ALEXANDRA PAGET-DEBEN

L'archipel de la séduction

Roman

EFFETS MIROIR

idc éditions

Du même auteur chez Le Bas Vénitien

Hélium

Couverture Nelson Rodrigo

Aujourd'hui l'Occident est arrivé à l'avant-dernier degré de la surproduction, de la vitesse, de l'anémie et de la névrose. Dans un monde qui ne sait que magnifier les vices d'une humanité dont la faculté de comprendre et d'aimer n'a pas crû en même temps que sa faculté d'inventer.
Paul Morand, 1941.

La primaire PS, c'est Loft Story.
Frédéric Mitterrand.

Je sais bien que les élites méprisent la télé-réalité, mais les électeurs voient les choses autrement. Information ou divertissement, ça reste de la télé.
Roger Stone, conseiller politique de Donald Trump.

À Myriam, Charlie parmi les Charlie.
Et à Florence.

Prologue

Vous n'avez jamais remarqué ? Les toilettes. Les cuvettes de chiottes… Elles sont d'un blanc virginal. On aurait pu les imaginer noires ou marron, histoire de noyer le poisson. Mais non : Immaculée Déjection, nous déféquons dans le grand blanc. On s'escrime à maintenir ces endroits propres, c'est la moindre des choses, mais surtout d'une netteté étincelante, presque louche, sous des éclairages en général pas du tout tamisés, comme pour transfigurer leur fonction originelle. Sans doute parce qu'elles servent justement à évacuer la merde, la pisse, un peu de vomi même à l'occasion.

Eh bien la télé-réalité, et à travers elle la société des médias, fonctionnent exactement de la même façon. Un bel emballage, en tout cas des décors un peu soignés, une île déserte au soleil, ou, moins drôle, cela dépend des moyens de la production, les meubles acidulés d'un entrepôt de banlieue transformé en villa avec piscine, pour aspirer et évacuer les aspirations merdiques, les rêves chiatiques, les déchets les plus nauséabonds et ordinaires de la société du vingt et unième siècle. Un vrai bonheur…

La dernière trouvaille en la matière parvenait au degré zéro de l'entendement, à un niveau très remarquable de saloperie. Ils avaient appelé ce chef-d'œuvre *l'Archipel de la séduction.* Des candidats venus tester la solidité de leur couple barbotaient, enfin pataugeaient dans le bleu caribéen, renforcé en postproduction de mers qu'ils n'avaient et n'auraient plus jamais l'occasion d'approcher. Les tentateurs étaient rémunérés sur la base d'un fixe et de primes au coup tiré, au ménage brisé.

Le dernier épisode diffusé, on tirait la chasse et tout ce beau monde retournait à l'anonymat dont il n'aurait jamais dû sortir. Personne, jamais au cours des huit saisons du programme qui cartonnait au-delà de toute espérance, ne parvenait à conserver une notoriété illusoire et basée sur le simple voyeurisme, ni n'égalait la trajectoire enviée d'un Steevy du « Loft ».

Louche et riche en bavures : le concept parfait, déclinable à l'envi, pas si cher à produire. Les patrons des chaînes concurrentes de celle qui diffusait cette merveille devenaient fous.

PREMIÈRE PARTIE

Je faisais main basse sur un tableau d'un genre différent, animé, vulgaire, mais réconfortant puisqu'il m'aidait à me sentir inhumain.

Roger Nimier, *Le hussard bleu.*

1

P & J

Cette année Britney Spears a fait la une de Télérama. Et Red Bull s'est mis à sponsoriser les voitures de SOS Médecins. J'ai parcouru le magazine dans tous les sens quand Diane a mis au monde les deux bébés, et nous avons quasiment un compte au 36 24 depuis que les jumelles ont six mois et leur propre système immunitaire. Il vaut mieux qu'elles apprennent vite à se défendre seules. Diane se remet mal d'un accouchement un peu prématuré et d'une bonne dépression post-partum. D'un commun accord avec ses parents, ils l'ont récupérée chez eux pour s'occuper d'elle et lui permettre de reprendre pied. J'ai gardé les enfants avec moi puisque leur mère « n'est pas en mesure de s'en occuper pour le moment ». C'est la formule que nous avons tous utilisée et qui résume le fait qu'en leur présence, Diane se met à pleurer ou tourne la tête de l'autre côté. Je continue à les conduire auprès d'elle le week-end.

Je suis sans doute en grande partie à l'origine de la situation. Diane avait voulu voir ce que cachait mon personnage glacé de jeune avocat associé, à trente-cinq ans, chez P & J. Elle a mis du temps à s'apercevoir qu'il n'y avait rien, mais trop tard. Cela l'a désespérée. Le rôle de nouveau père isolé, millionnaire, mais isolé que j'ai dû endosser lorsqu'elle a dévissé et s'est retrouvée en maison de repos, et le zeste d'humanité que cette situation m'a apporté auraient plu à la mère de mes enfants, beaucoup moins à mes confrères. Vaguement compatissants au départ, puis goguenards. Mes nouvelles et pesantes responsabilités, mon manque de disponibilité et donc de dévouement corps et âme, enfin sans âme, à la firme les ont vite excédés. Mes costumes de *Saville Row* tachés de lait caillé et jets de purée ont achevé le travail. Décidément oui : je suis devenu un peu celui que Diane cherchait. Le monde est mal fait.

Je suppose que Dieu là-haut, à la direction générale, va m'entretenir de tout cela dans son bureau du dernier étage de la tour E de la Défense.

J'attends que son assistante vienne me chercher dans le salon attenant au saint des saints. Les chaînes financières tournent en boucle sur les écrans plasma. Je rêvasse à ce qui m'a amené là…

Mon horizon s'est brusquement rétréci — ouvert, dirait Diane si elle n'était pas réduite à l'état de légume depuis des semaines — d'un coup à la naissance des enfants. Ma ligne bleue des Vosges à moi est devenue la barre des soixante-dix millilitres de leurs biberons. Les bébés avaient passé des semaines en couveuses, devaient remplir des objectifs de poids très précis. Diane avait à peine pu les voir au début. Nous avions eu très peur, et puis les choses étaient rentrées dans l'ordre : les jumelles sorties de leurs capsules transparentes, enfin débarrassées de leurs perfusions et de leurs tubes se portaient bien. Et je m'en étais retourné, soulagé, tellement soulagé, dans ma tour d'ivoire de la Défense, Diane encore convalescente, mais entourée de deux nurses, pour y faire ce que j'avais toujours fait, ce que j'ai été programmé pour faire. Amasser des montagnes d'argent, contourner les règles sans m'en affranchir, voir le monde sous un seul angle : mercantile, borné, tellement rassurant. Et j'avais abandonné Diane, si tant est que je ne l'ai jamais accompagnée. Je l'avais laissée seule avec ses angoisses, seule au-dessus des deux petits marsouins sortis de son ventre sans qu'elle ait eu le temps de dire ouf. J'étais bien sûr resté près d'elle et des enfants, à l'hôpital, et je rentrais chaque soir « chez nous ». Mais j'étais incapable d'être vraiment présent, émotionnellement. Diane... J'aurais dû disparaître au matin de la première nuit, comme d'habitude. Elle ne s'était pas rendue facilement, avait gardé ses distances longtemps. Elle ne demandait rien, semblait en général satisfaite quand nous étions ensemble. Nous passions des week-ends harmonieux dans des capitales d'Europe, j'avais fini par me sentir plutôt bien, sans y attacher plus d'importance, sans y prendre garde. Les enfants étaient tombés là-dessus comme un cheveu sur la soupe, deux gouttes d'eau plutôt. La proximité a ses limites.

Je m'appelle Timothy. Tout le monde m'appelle Tim. Sauf Diane. Elle dit mon prénom en entier, et le prononce correctement. Tout le monde m'appelle Tim...

— Monsieur Mac Dermott ?

Murielle, l'assistante du grand patron. Petite, mincissime, blonde, choucroutée, perchée sur quinze centimètres de talons, un peu inattendue dans l'univers très codifié de P & J, elle ose un imprimé léopard de temps à autre... Elle me sourit gentiment. Depuis que je la connais, depuis cinq ans, elle n'a pas bougé. Ce doit être au prix d'un long combat, de séances de fitness entre midi et deux, de salades sans vinaigrette, d'une préoccupation constante. Je me lève et m'attarde un instant sur sa silhouette impeccable.

Elle me sourit encore en m'ouvrant la porte. Jean-Paul lève la tête et quitte son siège pour venir à ma rencontre. Il n'est pas obligé de le faire. Il me serre la main entre les deux siennes et nous nous asseyons de part et d'autre de sa table de travail. Trente-huitième étage, direction générale : ambiance feutrée, moquette quadruple épaisseur, pas de plantes vertes distraites, des mini arbres rares. Silence, rien que le miroitement des laques, de l'acier brossé au soleil qui inonde la pièce. Elle donne sur les quatre faces de la tour qui oscille un peu à cette hauteur, les jours de grand vent. De l'autre côté des fenêtres scellées, les autres buildings scintillent eux aussi, leurs arêtes découpent le ciel. Mais notre immeuble est le plus haut de tous, question de principe.

— Alors Tim ? Comment vas-tu ?

Jean-Paul ôte ses demi-lunes et joue avec en me regardant par en dessous.

Je souris sans répondre. Ce n'est pas une question, nous le savons tous les deux. Il baisse les yeux sur un dossier ouvert devant lui et rechausse ses lunettes. Les choses sérieuses vont commencer. Il laisse s'installer un silence convenable pendant qu'il examine quelques documents du fameux dossier. Puis il finit par le refermer, croise les doigts dessus, me regarde à nouveau en souriant. Je fixe l'immeuble d'en face. Il suit mon regard et saisit l'occasion.

— Tu n'as guère profité de *l'annexe* ces derniers temps…

P & J loue à l'année des chambres de l'hôtel Pullman, dans la tour juxtaposée à la nôtre. Elles sont réservées aux associés qui peuvent ainsi travailler tard et revenir tôt au bureau sans perdre de leur temps précieux. Nous appelons l'établissement *l'annexe*.

Je ne réponds toujours pas. Je ne dors plus à la Défense, je rejoins l'appartement chaque soir, le moins tard possible pour voir les enfants. Je ne veux pas les laisser à l'unique soin de leurs nurses et baby-sitters, comme cela a été mon cas. Elles sont déjà privées de leur mère… Il soupire, se lance.

— Bon, Tim… On sait tous ce qui t'arrive, crois bien que nous sommes conscients des difficultés que tu traverses. On a essayé d'être là, j'espère que tu l'auras noté. Mais ça va faire un an, non, à force ?

— Bientôt oui. Ça passe, hein…

— Je ne t'ai pas demandé à propos, mais elles vont bien, oui ? Bon. Donc…

— Tu veux savoir quand je compte me remettre au travail ?

Il tripote son coupe-papier, un objet affreux en chrome, genre pièce détournée d'une voiture de luxe. Jean-Paul collectionne les automobiles. Il le repose et me regarde enfin en face.

— Disons que j'aimerais faire un point d'étape avec toi.

Le silence s'installe.

Je me lève alors et reboutonne ma veste. Il paraît surpris.

— Je te remercie, Jean-Paul, d'avoir pris du temps pour moi, d'en avoir perdu aussi un peu ces derniers mois. Je vais démissionner de mes fonctions, ce sera plus simple.

Il n'y aura pas de problème.

Il tique un peu.

— Avant d'en arriver là, j'ai quelque chose à te proposer. Rassieds-toi, s'il te plaît.

Je ricane en me réinstallant.

— Un trois cinquièmes ?

Il sourit.

— Nous avons un problème un peu particulier. Plus exactement des clients de ton portefeuille. Ils s'en sont ouverts à nous…

— Mes clients sont venus te voir toi directement ?

— Tu étais peu disponible. Et encore une fois, la situation requiert vraiment… Enfin c'est délicat. Je t'explique ?

— Je t'en prie.

Nous nous taisons tous les deux après qu'il m'a exposé de quoi il retourne. Il est vaguement embarrassé. Je croise les jambes.

— Si j'ai bien compris, ils sont tellement à la rue que vous imaginez leur proposer un truc pareil ? Et c'est à moi que vous avez pensé pour orchestrer ce plan foireux ? Je suis avocat, hein, pas…

— Effectivement, nous envisageons de te confier cette affaire.

— Pourquoi ? Je n'ai vraiment plus rien à perdre ?

Il ne répond pas.

— Combien ?

Il lève un sourcil.

— Une rente. Mensuelle. Confortable. Plus tes indemnités, stock et actions de la boîte bien entendu.

Quand même…

— Et j'aurai carte blanche ?

Il opine.

— Ils veulent mettre le paquet. Le staff de leur propre boîte de production sera à ta disposition. Ta partenaire, si on parvient à la convaincre de participer à notre plan, produit elle-même des programmes du même… type. Vous travaillerez en binôme, elle te guidera dans ce monde-là. Et tu peux effectivement employer tous les moyens qui te semblent… appropriés.

— Dans les limites de la légalité ?

Il tourne le regard vers les fenêtres et les tours avoisinantes.

— Dans les limites de ne pas se faire prendre.

— Laisse-moi un peu de temps pour réfléchir.

— Prends tout le temps qu'il te faut.

Il se lève, clôt ainsi l'entretien.

Un patron de chaîne de télévision, a fortiori de la première chaîne d'Europe, ne peut pas laisser un programme truster ainsi les audiences. Même sur une seule case. Il ne le doit pas. Leur plan, énorme à première vue, ne tenait compte que de cet impératif. Parce qu'il conditionne la survie du média dans le système tel qu'il est conçu. La saine émulation, le partage des profits n'existent pas à ce niveau d'intérêts stratégiques, financiers, personnels. Je suis bien placé pour le savoir. Tout cela ne m'étonne pas vraiment. Jouer sur les ressorts psychologiques des adversaires, les amener à sortir de leur rôle, les pousser à désobéir, mettre la pagaille en somme dans leurs plans bien rodés… Cette mission, sur le fond, ne diffère pas vraiment de mon travail habituel. Mais descendre moi-même dans l'arène… C'est une autre affaire. La plus complexe, risquée et excitante de ma carrière, la plus incarnée. Je me sens intrigué, curieux de me plonger dans les eaux troubles de cet univers vulgaire, qui ne l'est en définitive pas plus que le milieu dans lequel j'évolue d'ordinaire. Cela se voit seulement beaucoup plus. J'étouffe dans ce rôle de Papa poule. J'ai été suffisamment délaissé par mes parents pour éprouver un vrai sentiment de protection pour mes enfants. Je les aime tendrement, je n'ai pas voulu ni pu les laisser aux soins de leurs grands-parents ou de nannies parce que je ne veux pas qu'elles commencent leur vie dans le froid et l'absence, et le sort de leur mère ne m'est pas indifférent, enfin je me sens responsable, mais je ne suis pas fait pour cela. La vie de famille. Je n'en ai pas eu, et je crois que cette intimité me terrifie, en tout cas je ne m'y sens pas du tout à l'aise. Et aussi invraisemblable que cela puisse paraître, je réfléchis sérieusement à cette idée : participer moi-même à l'émission qui pose problème à notre client. L'infiltrer. Pour la couler de l'intérieur. Comme à tous ses participants, ce programme m'offrira le moyen d'échapper à un quotidien que je subis désormais, une porte de sortie ou d'entrée que j'estime avoir amplement méritée. Faire n'importe quoi, avec n'importe qui, loin, et seul enfin… Pour commencer je m'arrête en rentrant, près des quais. Flâner, au milieu des gens, au milieu de l'après-midi, à Paris… Je pique une cigarette à une dame très élégante qui regarde la Seine en souriant, m'assieds à même le quai, les jambes pendantes au-dessus de l'eau. Et je reste là, longtemps. De la musique sort d'une péniche amarrée un peu plus loin. Pat Benatar… Je reconnais, je fredonne les airs adolescents et je me mets à rire tout seul. Depuis des lustres j'exécute mes journées les yeux rivés sur des écrans. Maintenant je vais être dedans !

La maison est calme. Je passe une tête dans la nurserie. Les deux zouaves, absorbés dans la contemplation d'une série de cubes emboîtés, dodelinent en échangeant leurs impressions dans leur langage. Je ne les interromps pas et file dans ma chambre, en saluant au passage Evelyne, la nounou, plantée devant un épisode d'une série à base visiblement de… zombies ? Parquets blonds d'origine, lambris, cheminées, moulures, meubles anciens : Diane nous avait installés dans un univers douillet, patiné, rassurant, un peu passé. Elle avait levé un sourcil en pénétrant pour la première fois dans le loft meublé, enfin déserté façon Bauhaus que j'occupais. Je l'avais laissée faire, comme souvent. Je l'avais laissée s'approcher, essayer de me réchauffer, et près de moi, elle avait pris froid, forcément. Je m'allonge dans la chaise anglaise devant la fenêtre et regarde la lumière changer dehors. Au bout d'un moment, alors que je commence à me demander ce que je faisais là, Evelyne frappe à la porte. Elle va leur donner leur bain. Je ne suis jamais présent à cette heure-ci. Je me relève. Après force éclats de rire, éclaboussures, une fois changées et en pyjama, je joue avec les enfants, allongé par terre, en costume, au milieu du salon. Elles me grimpent dessus, se cassent la figure, hurlent de rire. Et puis c'est l'heure du dîner. Je laisse Evelyne œuvrer et repasse dans la chambre me changer. Dans les appartements en face, les gens commencent à rentrer. Le jour décline. Les pièces s'allument comme les alvéoles de petites ruches industrieuses. Evelyne demande si elle peut y aller. Les filles n'attendent plus que moi pour se mettre au lit.

— Oui, bien sûr, allez-y. À demain !

Cette vie de « famille » n'est qu'un rôle pour moi, que je m'efforce de tenir. Mais je ne ressens rien, que l'impression de ne pas être à ma place. Sauf peut-être quand je suis avec les enfants. Elles touchent quelque chose en moi, j'aime leur petite odeur, leur petit… J'aime leurs petits touts. Mais cela ne fait pas tout… Je les couche et bientôt le silence envahit l'appartement. Je me sers un whisky. Je ne sais pas ce que je fais là, je m'ennuie.

Au milieu de la nuit : pleurs. Trois heures quarante et une. Petit cauchemar, gros chagrin. Je les berce un moment, chacune au creux d'un bras, parce qu'évidemment les sanglots de l'une ont réveillé l'autre. Elles se rendorment paisiblement. Moi aussi, je titube jusqu'à mon lit et m'écroule. Pas pour longtemps. Je me réveille brusquement, les yeux grands ouverts, il fait encore nuit, avec une grande angoisse inconnue qui me serre le cœur. J'ai somnolé et rêvé d'elles étouffées, ensevelies sous une étagère qui s'est écroulée sur elles. Je cours vérifier qu'elles vont bien. Je referme doucement la porte de leur chambre. Et décide illico d'enlever à la première heure ces étagères bêtement fixées au-dessus de leurs lits. Et je ne parviens pas à me rendormir. J'ai peur. Pour la première fois de ma vie, je ne suis pas seul, je me sens seul. Terriblement seul. Elles dépendent de moi, et je ne suis pas certain de pouvoir leur apporter l'attention, l'amour dont elles ont besoin. On ne m'a pas appris. Ce n'est pas comme la gestion d'un dossier, froide, organisée. C'est chaud, ça vit, ça a besoin de vous, mais pas pour gagner. Pour vivre… Je dois les protéger. De moi aussi. Je ne sais pas faire ça. J'ai froid.

Je vais dire « oui »

Peplum World Wide

Quinze jours plus tard, nous tenons notre première réunion. Jean-Paul n'a laissé paraître aucun étonnement quand je lui ai donné mon accord pour cette mission. Il a entériné l'affaire et nous nous sommes mis au travail. Nous avons imaginé ensemble un dispositif, comme nous l'avons fait auparavant pour un montage financier un peu complexe ou un dossier « sensible ». Là, il s'agit de manipuler des êtres humains, cela ne fait pas grande différence. La rencontre a lieu chez nous, à la Défense, pour la première et dernière fois. Y assistent un représentant de la chaîne qui nous commandite et une productrice de la *Peplum World Wide*, la société qui fournit à notre client ses programmes de télé-réalité. Et se fait ridiculiser par les audiences record de *l'Archipel de la séduction*.

— Justine Pradalier. Timothy Mc Dermott.

Elle me tend la main. Je la rencontre pour la première

fois. J'ai parcouru son dossier et j'ai vu des photos d'elle. Elle est française mais vit en Suède, où *Peplum* a son siège. Ils l'ont envoyée pour trouver une solution à cette anomalie intolérable : un programme à succès qu'ils ne produisent pas…

Nous nous observons un instant. Elle est tendue. C'est normal : c'est LA mission de sa carrière, le moment pour elle d'exploser en réussissant là où tout le monde a échoué. Elle a dû déjà beaucoup intriguer pour réussir à s'imposer sur ce coup-là… L'enjeu pour Justine Pradalier est donc de taille, et pourrait bien l'amener à accepter le plan un peu fou que nous allons lui proposer. Notre stratagème, un cheval de Troie, n'a rien de très original, mais il est culotté. Nous proposons de nous introduire dans le système, au cœur de *l'Archipel de la séduction*, pour le faire imploser. Seuls les acteurs de ce plan classique sortent de l'ordinaire puisque Justine Pradalier et moi-même sommes censés y incarner l'un des trois couples venus « tester leur amour » dans l'émission. Nous comptons leur démontrer que nous sommes, ensemble, la meilleure solution : tous les deux inconnus, tous les deux rompus aux arcanes de l'étrange petit monde, les infiltrés parfaits.

Pas très grande, menue, elle porte le tailleur-pantalon sombre réglementaire, des escarpins, vertigineux, Louboutin évidemment, les cheveux châtain clair, ondulés, retenus en queue-de-cheval. Discrète cambrure, beau cul, joli minois, l'air trop sérieux pour être honnête. Je l'imagine en bikini au milieu d'une bande de candidates décérébrées et d'Apollons en short de bain. Je visionne en boucle depuis dix jours les épisodes des sept dernières saisons de *l'Archipel de la séduction*, à la maison, entre deux promenades au parc avec les bébés. Je ne les ai quittées que pour des séances de travail avec Jean-Paul.

Nous avons inventé une autre règle du jeu, en jubilant parfois devant notre ingéniosité, comme des enfants justement. Cet emploi du temps de grandes vacances m'a un peu fait perdre de vue les conséquences éventuelles de notre petit montage. Aujourd'hui je ne porte même pas de cravate. Nous nous asseyons autour de la table de réunion, dans le ronronnement du projecteur fixé au plafond. Je vais passer des extraits des émissions précédentes. Justine Pradalier plisse les yeux à cause du contre-jour, dos à la fenêtre. Ils sont verts. Je me relève, une télécommande à la main et me mets à déambuler de long en large, concentré sur mon exposé.

— Bien. Nous sommes partis d'un premier constat, je parle sous votre contrôle, mademoiselle Pradalier. À la base de leur concept, de celui de tout programme de téléréalité, il y a le casting.

J'appuie sur un bouton et quelques images des participants de la dernière saison défilent sur l'écran, je les commente au fur et à mesure.

— Lui, c'est Arno. Dans la vie il est… routier, passionné de moto et fan de Johnny. La totale. Il est venu pour passer quinze jours au soleil, entouré de nanas sublimes en bikini, mais surtout pour passer à la télé. Il n'a jamais entendu parler d'Andy Warhol — ici légers rires de mes compères — mais il est l'illustration parfaite de son concept de célébrité instantanée. Comme tous les candidats de ce jeu, toutes saisons confondues. Ils ne viennent que pour ça, ne rêvent que de cela, vont à la salle de sport dans ce but-là : être vu, exister aux yeux de millions de personnes.

Justine Pradalier m'interrompt, en soupirant.

— Nous « castons » essentiellement dans les salles et les boîtes de nuit, effectivement. Rien de nouveau sous le soleil…

Jean-Paul sourit.

— Et quelle est la part de ce genre de castings sauvages par rapport aux candidatures spontanées ?

Le représentant de la chaîne intervient.

— Rien à voir. Les sociétés de production et les chaînes reçoivent énormément de courrier pour participer à ces programmes. On étudie certaines candidatures, mais d'abord c'est compliqué à traiter, et puis cela semble préférable de trier parmi des populations qui ont déjà le profil…

Je me tourne vers Justine Pradalier qui fait mine de s'ennuyer.

— Justine ? Je peux vous appeler Justine ?

Elle acquiesce, et répond.

— C'est clair, oui : il vaut mieux chercher où l'on est sûr de trouver… Parce que beaucoup de gens rêvent de participer à ces émissions, mais peu d'entre eux réunissent les critères nécessaires. Mais si nous en venions au fait ?

— J'y viens, chère Justine, j'y viens.

Je passe aux plans suivants.

— Voici la fiancée d'Arno. Sandrine, vingt et un ans. Jeune fille en fleur, totalement bluffée par son gros lourdaud de copain. Elle est tendre, fragile, simple, le genre à faire des ronds sur les i. Il l'a convaincue de jouer, contre son gré.

Je continue à faire défiler les caricatures, pêchées au fil des saisons, choisies toujours selon les mêmes critères.

Je m'arrête.

— Les participants sont des archétypes, sans nuance, du misogyne absolu, de l'homo refoulé, de la romantique écervelée, de l'intello des plages… Notre idée consiste à nous appuyer sur ces éléments déjà triés sur le volet si j'ose dire, formatés un peu plus par la production pour obtenir les situations prédéfinies et y jouer leur rôle, et…

de les retourner. De leur apporter de la nuance, justement. Ces émissions sont en fait terriblement dénuées de surprise, les rebondissements sont attendus, toujours les mêmes, déjà écrits, d'ailleurs on sait d'avance comment ça va finir. Arno va succomber, Sandrine va pleurer, ils vont se déchirer par caméras interposées, et se retrouver. « Lui pardonnera-t-elle ? » n'est pas la question. On connaît déjà la réponse. C'est le degré zéro du suspense, tellement distrayant et sans risque, sans affect pour le téléspectateur. Et c'est pour cela qu'il adhère : on lui raconte des histoires, salées, certes, mais qu'il connaît déjà. Il n'y a pas plus confortable. Nous, on chamboule tout, sur place. Je m'explique : en gros, on persuade la bimbo qu'elle a un cerveau, le macho qu'il a un petit cœur qui bat derrière sa carapace, on les fait sortir de leur rôle, on désamorce l'algorithme de base sur lequel repose le jeu, et au passage on en démonte la stratégie. Bref on agit sur l'aspect le plus fragile, le plus manipulable de leur dispositif : leurs personnages. On sape leur travail principal, leur vraie valeur ajoutée : le casting. Jusqu'à ce que cela ne veuille plus rien dire, jusqu'à ce qu'il ne se passe plus rien…

Justine se tourne vers moi.

— Et comment vous faites ça ?

— On joue sur les sentiments, mais des vrais, cette fois, des beaux, des nobles. On fait prendre conscience aux participants du côté quand même ultra pervers du truc et…

— Mais c'est qui ce « on », comment vous… ?

Je fais un signe de la main.

— Attendez, je vous explique le principe, ensuite le modus operandi. Donc en gros le message qu'on leur fait entrer dans la tête : au lieu de te conduire comme ce que l'on attend de toi, soit un vilain cavaleur, une fieffée ordure, une salope finie ou une victime au grand cœur, une pauvre fille atteinte d'abandonite aigüe devant des millions de téléspectateurs, ne fais pas ce que l'on attend de toi, deviens ce que tu es. « Résiste, prouve que tu existes » quoi ! Et ça, Justine, c'est nous, nous deux qui le leur apprenons. Nous participons à l'émission, nous sommes l'un des couples. Nous nous introduisons dans le système et dans les esprits surtout…

Elle ouvre la bouche, et vu sa tête, c'est pour me traiter de dingue, mais le représentant de la chaîne intervient.

— Vous voulez les éduquer, en somme, leur apprendre à se tenir ?

— En quelque sorte. On va les « déformater », si vous me passez l'expression, les pousser dans la bonne pente, en leur démontrant que c'est…

— Le seul moyen de faire la différence et donc d'accéder vraiment à la célébrité dont ils rêvent ?

— Absolument. Les mecs vont se retrouver devant Arte en lieu et place du « Loft ». Ça ne fera plus un rond.

Silence. Ils cogitent. Justine reprend la parole.

— Et vous pensez que je vais, moi, accepter de partir sur cette île, de former un faux couple avec vous…

— Vous avez une autre idée ? Il n'y a pas d'autre moyen d'y arriver que de torpiller ce programme de l'intérieur. Et vous êtes la seule à en connaître vraiment les rouages.

Elle se tortille un instant sur son siège.

— Techniquement, vous voyez ça comment ?

— Pour commencer, nous sommes dans les temps. Le casting de la prochaine saison va débuter. Nous avons d'ores et déjà un contact au sein de leur équipe. Il se chargera de nous faire passer les premières étapes. Après, à nous de nous faufiler. Le même intermédiaire nous procurera les notes des « casteurs » ainsi que leur choix définitif, dont nous ferons donc partie, ainsi que deux autres couples.

Nous connaîtrons tout d'eux, à l'avance. Nous disposerons aussi bien entendu, par le même biais, des scénarii.

Le représentant de la chaîne se penche en avant.

— Qui est cet intermédiaire ? Comment pouvez-vous être certain qu'il ne vous lâchera pas ?

— Nous prendrons et lui donnerons un certain nombre de garanties. Tout et tout le monde s'achète de nos jours, il suffit d'y mettre le prix. Nous serons l'un des trois couples venus tester leur amour sur ces deux îles, faites-moi confiance. Justine saura comment faire pour que nous passions les différentes étapes avec succès. Vous êtes la meilleure, non ?

Elle me fixe.

— Pas tout à fait puisque je suis là.

— Vous avez choisi de les combattre parce qu'ils sont imbattables. Pour l'instant en tout cas. Je me trompe ?

Elle sourit et me répond par une autre question.

— Et qu'est-ce qu'on fait des séducteurs et séductrices ?

Le représentant de la chaîne hausse les épaules.

— Ils font ce qu'on leur demande, nous en sélectionnons certains pour jouer dans nos autres productions. Enfin vous ne comptez pas les mettre dans la confidence ?

— Nous nous appuierons seulement sur l'un d'entre eux pour Justine, l'une d'entre elles pour moi, sans leur révéler… le fond de notre stratagème. Je pense que nous saurons trouver les moyens de les manœuvrer. Quinze jours de tournage éprouvant au milieu d'étrangers à séduire et de concurrents à évincer, c'est long… Surtout sans aucun appui. Alors si on les rassure et qu'on leur promet un bel avenir, ils ne poseront pas de question à mon avis.

Il réfléchit, ou fait semblant. Compte tenu du fait qu'il représente ici le commanditaire de toute l'affaire, nous

nous arrêtons tous respectueusement, comme si nous retenions notre souffle.

— Inutile d'upgrader le côté trash, nous sommes bien d'accord. Parce que le format est en soi déjà très érotisé…

Mon regard croise celui de Justine Pradalier. Un sourcil levé, elle considère cet abruti. Il aimerait tellement encaisser les retombées publicitaires des parties de cul télévisées dont il s'inquiète… Je souris. Il n'a rien retenu ou rien compris. Je l'observe à mon tour. Ah non, en fait il est mort de trouille, ce doit vraiment être l'opération de la dernière chance. Il joue sa tête lui aussi. Et c'est tout ce qui l'intéresse, sa tête.

Justine pose la main sur la table devant lui.

— Jérôme, plus trash on ne peut pas. On a essayé, tu le sais mieux que moi, et on s'est plantés. On a tout essayé… Alors ça vaut peut-être la peine de réfléchir à leur idée, non ?

— J'en déduis que tu envisages de donner ton accord ? Il faut vraiment que vous soyez à la ramasse là, hein… Putain…

Ils se regardent tous les deux avec une absence gênante d'aménité. Je reprends la parole.

— En fait on va plutôt dégrader cet aspect-là, si vous me suivez.

Jérôme – je-fais-dans-mon-froc-même-en-franglais, se lève et lâche.

— Je propose que nous en restions là pour aujourd'hui. Votre proposition est très… innovante, il faut qu'on réfléchisse. C'est gonflé, et risqué. On laisse passer le week-end et on se revoit lundi ?

Justine Pradalier se lève à son tour. Je suis le mouvement. Nous nous serrons tous la main à la sortie de la salle de réunion.

— Justine… Je te raccompagne ?

Jérôme a besoin de parler… Mais elle décline.

— Non, merci. J'ai un rendez-vous à Neuilly juste après.

Il la regarde de travers. Elle éclate de rire.

— Non, pas chez eux ! Arrête la parano !

L'ascenseur arrive, nous montons tous les quatre, en silence. Nous l'abandonnons au rez-de-chaussée. Nous sortons enfin de la tour, sur l'Esplanade. Il fait très froid et beau depuis quelques jours, un temps de sports d'hiver. Justine Pradalier respire l'air sec et glacé en faisant de la buée, ôte ses lunettes, fouille dans son sac, en sort un paquet de cigarettes, s'arrête pour en allumer une. Elle en aspire une longue bouffée, en plissant les yeux.

— Pardon ! Vous en voulez ?

Elle me tend le paquet.

Je me sers, lui fais signe que je n'ai pas de feu. Je me penche sur sa main et la flamme de son briquet.

— Vous ne fumez pas, en fait. Ce n'est pas votre genre.

— La preuve ! Par où allez-vous, je vous accompagne ?

Elle sourit.

— Non merci.

Je m'arrête, jette ma cigarette.

— Bon, alors à lundi.

Elle lève la tête vers moi.

— Pourquoi faites-vous cela ?

— Et bien, comme vous non ? Pour sauver le monde de cette ineptie.

— Vous doutez de mes intentions ?

— Nooon ! Du tout. Pour quelle autre raison, sinon ?

Elle regarde autour d'elle, transie sur cette esplanade battue par les vents.

— Brrr. J'ai envie d'un martini, ça vous dit ?

— Oui. Mais on arrête les rimes en i ? Merci ! – Elle rit.

2

Senlis

Le crissement du gravier sous mes roues me ramène à la réalité. Je n'ai guère mis les pieds à Senlis ces dernières semaines. J'ai laissé la nounou des enfants les conduire ici le week-end à ma place. Je passe tout mon temps dans les locaux de *Peplum World Wide* à suivre pas à pas les progrès du casting de *l'Archipel de la séduction*. Les informations et les fiches complètes fournies par notre taupe me permettent de confectionner mon propre personnage et le couple que je vais former avec Justine, rebaptisée Vanessa pour l'occasion. Nous avons nous-mêmes passé la première étape du casting, courue d'avance grâce à notre complice. Ce qui a constitué un excellent entraînement. Nous avons réalisé et envoyé une petite vidéo du couple que nous sommes censés former et avons décroché un rendez-vous pour les tests suivants. Le peu de temps que je ne consacre pas à ma préparation pour incarner Alex, mon double de télé-réalité, en compagnie de Justine et son équipe, je le passe à la salle de sport afin d'être tout à fait raccord et à l'aise aussi avec mon image. Car j'apprends que c'est indispensable pour ne pas « troubler le signal ». Rien ne doit venir parasiter la concentration et la vigilance que vont me demander quinze jours d'immersion totale au pays de la crème solaire et de la guimauve. Quinze jours de psychologie à deux euros, d'emploi du temps millimétré, de pensées calibrées, de surveillance constante… Quinze jours sur le fil. Cette perspective m'a sans doute poussé à venir à Senlis aujourd'hui, et puis j'ai négligé Diane, une fois encore. Mais comment faire avec quelqu'un qui passe ses journées à contempler le ciel par les fenêtres, et refuse, une fois sur deux, de voir ses enfants ? Au début, les jours « sans », je laissais les petites à ses parents, avant de monter la voir quand même. Elle ne répondait pas à mon salut, ne me regardait pas. Nous ne parlions pas. Je passais un quart d'heure en silence, assis sur le lit à regarder son profil tourné vers les nuages. Et je redescendais, je souriais à Charlotte et Henri, nous prenions le thé. Nous devisions poliment, essentiellement des progrès des enfants qui commençaient à crapahuter entre nos jambes. Nous n'évoquions pas la situation. Alors au bout d'un moment, c'est vrai, j'ai demandé à Evelyne de se charger aussi de ces allers retours. Mais ce soir, il fait doux, pour la première fois depuis longtemps. Les gens dans les rues, les cols ouverts, les jupes légères, les terrasses comme de grosses fleurs poussées d'un coup… J'ai regardé par la fenêtre la gaîté du printemps en avance. Quand je l'ai ouverte, une violente bouffée d'air frais, mais sans animosité, comme détendue, m'a sauté au visage. Et une irrépressible envie de campagne, de feu de bois, de famille m'a envahi. Senlis, le souvenir de Senlis, l'atmosphère de la maison d'enfance de Diane où elle s'est immédiatement réfugiée au sortir de la clinique-où-l'-on-soigne-les-dépressions-nerveuses s'est imposé. Je n'ai pas cherché à résister. Il faut que je leur parle de toute façon, c'est le bon moment. J'ai confié les enfants à la baby sitter pour la soirée, et j'ai roulé seul, la fenêtre ouverte. J'ai traversé des champs miraculeux et tendres, dans toutes les nuances de vert. L'herbe couchée sous la caresse d'un vent faible, amoureux précautionneux des arbres denses. J'ai laissé entrer dans l'habitacle l'odeur de sous-bois encore détrempés, de moisissure agréable pour l'emporter avec moi au soleil cru qui m'attend.

Les pièces du rez-de-chaussée de la maison aux murs de pierre blanche et ocre couverts de glycine font des taches de lumière dans l'obscurité, sur la toile des arbres en berceau. Je m'approche. Par les fenêtres du salon, je découvre Léonor, la sœur de Diane. Elle travaille, penchée sur des cahiers ouverts devant elle, dans le rond jaune d'une lampe ventrue. Je frappe doucement au carreau. Elle ne sursaute pas, tourne vivement la tête, ravie d'échapper à ses devoirs. Elle me voit, sourit, se lève et me fait signe d'entrer. Je grimpe les trois marches du perron, la porte s'ouvre et je la reçois dans les bras. Ses cheveux sous mon menton sentent la pomme, elle est châtain clair, bien plus clair que sa sœur. Elle a grandi, mais perdu le côté grande asperge de sa poussée de croissance. Elle fait beaucoup plus que son âge dans son petit haut échancré, et je me retrouve brusquement dans le personnage d'Humbert Humbert dans Lolita… Mais appareil dentaire et acné juvénile n'ont jamais eu d'effet érotique sur moi et je souris en embrassant ce bébé géant en forme de Betty Boop. Elle lève la tête vers moi.

— T'es tout seul ? T'as pas amené les enfants ?

— Non ! Je passais dans le coin, j'ai eu envie de vous voir. J'aurais dû prévenir…

— Bah non ! Viens !

Elle me précède dans l'entrée et me demande sans se retourner, en prenant à gauche vers la cuisine :

— J'vais m'chercher un Coca, tu veux un truc ? Tu te laisses pousser les cheveux ? Ça te va carrément bien !

— Euh oui ! Je prendrais bien un peu de whisky, merci. Je peux ?

Elle hausse les épaules avant de disparaître. J'entre dans le salon et reconnais l'odeur diffusée par les lampes Berger, mêlée à celle des feux de bois allumés tout l'hiver et du parfum de Charlotte, la mère de Diane. Léonor revient et s'assied sur l'accoudoir du canapé en sirotant son soda à même la canette, le tout réprouvé par ses parents. Je souris.

— Alors quoi de neuf ?

— Bof. Et toi ?

Je fais le tour de la table, mon verre à la main et jette un œil sur ses cahiers ouverts.

— Tu t'en sors ?

Elle lève les yeux au ciel. Je ris.

— Je vois. Montre-moi ça !

— $\frac{15x + 8 + 8x + 5 = 13x + 13}{13x + 5}$. Si x à la valeur de…

Les mathématiques de cinquième ont ce côté fascinant… Mais elle cesse vite de rechigner, daigne se pencher avec moi sur le problème et en dix minutes nous bouclons ses exercices. Elle doit y être depuis deux heures, les yeux dans le vague, à mâchouiller son stylo en envoyant des SMS. Du coup, soulagée de son lourd fardeau, elle se détend et me passe au feu de ses questions abruptes d'adolescente.

— Pourquoi t'es venu tout seul ?

— Tu n'es pas heureuse de me voir ? Je sais que je ne suis pas aussi intéressant que deux fillettes en barboteuses, mais…

— J'avoue ! Nan, j'rigole !

Elle fait une petite moue très réussie. Dire que je lui achetais de la barbe à papa quand je l'ai connue…

— Rassure-toi. Evelyne amène demain tes nièces pour le week-end, et peut-être un peu plus.

Elle s'illumine — elle adore les bébés — et me saute au cou à nouveau.

— Trop bien !

Nous restons silencieux un moment, un peu gênés tous les deux.

— Si tu es venu voir Diane, elle est chez le coiffeur avec maman. Y a un dîner ce soir.

Elle soupire.

— Chuis contente que tu sois là quand même !

— Et toi, tu n'y as pas droit au brushing collectif ?

Elle hausse les épaules.

— Nan, franchement ça me disait rien, puis j'avais mes maths à faire. Ah ben les voilà !

Diane sort de la petite voiture de sa mère, ouvre le coffre et en sort des paquets carrés à ficelle dorée : le dessert de chez Trottignon, la meilleure pâtisserie de la ville. Elle les empile sur son bras droit et referme le coffre de la main gauche. Elle résiste en riant aux assauts de Libido, le braque de Weimar, qui surgit et essaie d'attraper, avec son sourire de bon chien, un bout de peau ou de gâteau, autant attiré par les pâtisseries que par les caresses. Elle la saisit par le museau en se baissant, la morigène gentiment puis se dirige vers la maison, l'animal, la queue frétillante sur les talons. Charlotte suit, des paquets plein les bras. Diane enjambe les marches du perron lestement. Je la retrouve. Dans son milieu, on ne se perd pas longtemps, on ne se perd pas tout court. Elle porte un col roulé noir, une veste de chasse, une très belle ceinture en cuir mat, l'un de mes cadeaux, comme ses bottines. Je ne peux m'empêcher de sourire. Le tableau est tellement idyllique, tellement cliché, on se croirait dans un film de Chabrol. À Paris, Diane est quand même moins connotée. Mais je sais aussi que la vraie vie, celle qui rassure et vous tient comme un tuteur, est bien ici, à Senlis. Dans les jappements heureux du chien. Ses coups de griffes hystériques sur le carrelage de l'entrée décorée de lithographies de sciences naturelles genre encyclopédie des Lumières et de portraits de famille. Je suis Léonor pour venir à leur aide, Charlotte me voit, sourit et dit seulement :

— Tiens, regardez qui voilà ! Avant de disparaître dans la cuisine suivie de sa fille cadette, afin de nous laisser tranquilles.

De plus près, Diane ressemble encore plus à la jeune femme de bonne famille que j'ai eu tant de mal à séduire, les joues rosies par l'air, les cheveux très bruns, brillants, lisses, assez courts, le visage carré, les pommettes hautes, les yeux clairs, l'air sain. Elle me regarde à la dérobée alors que je glisse mes mains à la place des siennes dans les anses des sacs. Puis elle me sourit, la tête penchée sur le côté. Elle se détourne sans hâte, cela ne me change pas, je n'ai guère vu que son dos ces derniers mois, mais je remarque à nouveau comme elle est bien tournée. Elle crie en direction de la cuisine :

— Maman, ça va ? Tu as besoin d'aide ?

Puis au chien, qui manifeste à nouveau :

— Oh, oh ! Libido, du calme un peu. Couchée là !

La chienne s'aplatit dans un soupir fataliste.

De la cuisine Charlotte répond :

— Non, non, c'est bon ma chérie, Léonor m'aide à ranger.

— D'accord !

Ils ne sortent pas des pièces pour s'adresser les uns aux autres dans cette famille, ils parlent plus forts, ils vivent en fait, cela m'a frappé tout de suite, ayant peu vu la mienne, la reine des silences, dans laquelle il nous est difficile d'échanger trois mots hors des formules de bienséance. Alors crier ainsi, n'en parlons même pas…

Je m'efface pour lui céder le passage, et la suis. Elle entre au salon, ferme la porte à deux battants derrière nous. Je m'adosse à mon tour au canapé, légèrement étourdi. Le contraste est si violent entre ma vie, mes fréquentations actuelles et ce que je retrouve ici… Diane se retourne vers moi. Je la regarde avec une admiration non feinte.

— Tu es superbe !

Elle sourit.

— Merci. Toi aussi. Ça te va bien cette nouvelle coupe… Tu tombes bien, je voulais justement que nous parlions. J'aimerais…

— C'est oui.

— Pardon ?

— Oui, Evelyne conduit les jumelles ici demain, et elles resteront bien sûr avec toi.

— Comment sais-tu…

— Diane… Tu es en pleine forme à présent. Tu veux évidemment retrouver tes enfants.

Elle se détourne et effleure les touches du piano.

— Ça t'arrange ou c'est pour mon bien ? Elles ne vont pas trop te manquer ?

C'est plus une constatation qu'une question, j'ai l'impression. Je soupire.

— Diane… Je vais devoir m'absenter. Mais il est plus que temps que vous viviez ensemble, que vous appreniez à vous connaître, tu en meurs d'envie du reste ! Je réfrène un mouvement d'impatience. À mon retour, nous verrons comment nous organiser, tu veux bien ?

Elle se dirige vers le bar roulant et commence à se préparer un verre, le dos toujours tourné.

— Tu veux boire quelque chose ?

— Un whisky, je veux bien. Pas trop tassé, Léonor m'en a déjà offert un.

Elle s'exécute, dans le bruit des glaçons. Je m'approche de la cheminée, pour lui laisser le choix des armes. Elle vient enfin vers moi, de face, les verres à la main et me tend le mien, comme un gage de paix… Nous buvons en silence.

— Tu vas bien…

Elle baisse les yeux et pousse un gros soupir.

— Oui… Je respire à nouveau. Je ne ressens plus grand-chose que ça, à vrai dire, mais c'est déjà énorme. Et ils disent que cela va revenir. Je ne suis pas si sûre que ce soit une bonne idée…

Elle éclate de rire en levant un sourcil, l'air un peu incrédule, mais tellement soulagée, droite à nouveau, élancée vers l'avenir, le bonheur, trop longtemps différé, de serrer ses enfants dans ses bras j'imagine. Je l'ai vue si recroquevillée, pendant des semaines, si immobile…

— Et toi ? Comment tu vas ? Tu as l'air… Différent.

— Non. Comme d'habitude quoi !

Cela a dû aussi mal sonner à ses oreilles qu'aux miennes. L'air de ne pas y toucher, en faisant tourner son doigt sur le bord de son verre, elle dit :

— Tu restes dîner ?

— Vous avez des invités, je crois, je ne voudrais pas…

— J'insiste.

— Alors j'accepte.

Je reste. Charlotte rajoute un couvert en souriant gentiment. Elle ne me voue pas de rancune, ou alors elle le cache bien : j'ai engrossé sa fille, un coup double en plus, sans juger utile de demander sa main. Je déboule chez elle sans prévenir, mais elle ne m'en veut pas, ou ne me le montre pas. Je me conduis comme un goujat de *l'Archipel de la séduction.* Faite pour moi cette émission…

Je mets la main à la pâte dans la cuisine quand Henri fait son entrée. Un peu ébouriffé, il vient de passer l'après-midi dans les bois. Il hausse un sourcil en me découvrant ceint d'un tablier en train de tartiner et me pose la main sur l'épaule avant d'embrasser toutes ses femmes. Il monte se changer. Je sais que je ne corresponds pas précisément à l'image qu'il se fait d'un honnête homme, et que ma conduite envers sa fille doit le blesser, lui aussi. Mais ils m'acceptent, trop bien élevés pour intervenir, puisque

Diane a choisi de me laisser entrer chez eux. Je me promets de régulariser les choses, d'une façon ou d'une autre, dès mon retour. Pour commencer, j'aide Charlotte et Léonor à fourrer une poularde, en tenant la bête et en racontant tout ce qui me passe par la tête pour les faire rire. La pensée de ma mère flotte un instant : elle n'a sans doute jamais mis les pieds dans une cuisine, pas plus loin que le seuil en tout cas, encore moins les mains sur une volaille, de Bresse soit-elle…

Les invités arrivent. Nous prenons l'apéritif devant le feu, dont les flammes allument de beaux reflets dans les verres Saint Louis rouges et jaunes et l'argenterie, le couvert dressé sur la grande table. J'ai passé la plus grande partie de ma vie en pension, à l'armée, à l'université, tous établissements britanniques, et dans des maisons différentes, au gré des invitations, mais toutes sur le même modèle et qui n'étaient pas vraiment les miennes. Une fois, même, dans l'une d'elles, j'avais croisé mon père dans un couloir en descendant dîner. Nous étions tous les deux conviés au même week-end de chasse, lui par le maître de céans, moi par le fils de la maison, sans le savoir, et il m'avait… serré la main, sans un mot ! La vie de famille que j'ai découverte chez Diane m'a manqué. En m'approchant de leur cœur chaleureux, j'ai pris conscience du côté glacial de mon éducation, de ma vie, et parfois le contraste me donne un peu froid à moi aussi. Cela ne dure jamais bien longtemps. À table, Diane, placée en face de moi, ne dit pas grand-chose, elle se contente de sourire aux amis de ses parents. Ils l'ont pour la plupart connue enfant, et elle rit à la cour tendre que lui font les vieux copains de son père. Charlotte et Henri redonnent de vrais dîners, heureux et gais, comme avant. Les choses reprennent leur place, il ne manque que les petits bien au chaud à l'étage dans la chambre d'enfants dont on monte éteindre la veilleuse avant les entrées. Demain, cela sera réparé.

Pour l'instant il est préférable que personne ne repose au premier, Henri, un peu parti après deux fines digestives, s'est mis dans la tête de nous faire une démonstration de ses talents de sonneur. Diane le regarde souffler dans sa trompe de chasse au milieu du salon avec tendresse. Charlotte, en entrant dans la pièce de retour de raccompagner les derniers retardataires sur le perron, lève les yeux au ciel en découvrant son mari dans ses œuvres. Stoïque, elle lui pose la main sur le bras alors qu'il s'apprête à nous asséner un deuxième morceau.

— Merci, mon chéri, c'est très très bien, très impressionnant. Vraiment. En revanche, on se rend quand même mieux compte en situation, à la chasse, que dans la maison, tu vois ?

Il pose son instrument un peu au hasard et prend sa femme dans ses bras.

— Alors, Charlotte… Tu ne me laisses pas le choix.

Très digne, en mettant en marche la chaîne hi-fi au passage, il l'entraîne dans une sorte de chorégraphie hybride, joue contre joue sur la voix de Sinatra. On dirait les Reagan à la campagne. Elle rit et rétablit leur posture, ils se mettent à évoluer prudemment. Diane me fait signe, nous poussons quelques fauteuils pour leur faire de la place et sortons sur la terrasse. Il fait frais, mais les cognacs nous réchauffent. Nous nous appuyons au garde-corps en pierre, en regardant les arbres dans le noir. Il y a tant de choses que nous devrions nous dire… Je choisis pourtant de me taire, si par hasard elle veut me parler d'elle. Je n'ai rien d'autre à lui offrir qu'un peu de mon temps et mon fameux sens de l'écoute. Insuffisant. Mais pas si mal après tout : je facture cinq cents euros de l'heure en temps normal.

Charlotte dit :
— Diane… Les enfants ! Vous éteindrez en bas ?
Nous répondons en chœur :
— Oui. Bonne nuit.
Et nous restons seuls. Nous rentrons au salon, en laissant la porte-fenêtre entrouverte sur la nuit, et nous nous asseyons devant le feu de bois. Nous regardons les flammes un moment, en écoutant toussoter la tuyauterie antique, et puis le silence. Diane ouvre une boîte sur la table basse.
— Tu permets ?
— Tu fumes à présent ?
Elle sourit en tirant une longue bouffée de la cigarette qu'elle vient d'allumer.
— Tu en veux ?
Je me sers. Elle se lève, cherche un moment dans les disques. Je n'ai guère écouté de musique, ni pris le temps de quoi que ce soit depuis des mois. Il n'y a pas de dossier urgent, pas d'enfant à border, juste ce morceau qu'elle a choisi et qui nous enveloppe, et une sensation de bien-être, l'impression d'être à ma place, et que mon silence lui convient, pour une fois. Nous fumons en sirotant, assis par terre. Je retrouve son profil droit, tendu sur la chair tendre, les lèvres ourlées, la ligne du cou. Elle me regarde avant de baisser les yeux.
— J'avais à peine la force de les embrasser…
— Je sais.
— Elles sont si petites…
— Diane… Tu vas les retrouver, te retrouver. Les choses vont naturellement rentrer dans l'ordre, tu vas voir. Elles ne demandent qu'à t'aimer. Et tu ne leur as rien fait, ni même manqué, au sens propre du terme. J'en suis sûr. Tout va aller bien à présent. Ne t'en fais pas.
Pour la rassurer, je me mets à lui raconter. Les levers, les

couchers, les couches, les jets de purée, les gamelles sur les fauteuils, les jouets, les doudous préférés, les baisers. Elle rit. J'ignorais que j'en savais tant sur mes enfants.

— Tu t'en es bien sorti…

— Pas si mal, en fait.

J'évite de lui dire que sa désaffection m'a bien obligé à « m'en sortir » comme elle dit, et que moi, j'ai fait mon devoir sans broncher, et me suis transformé en garde d'enfants… Enfin en papa. Parce qu'on n'abandonne pas ses enfants, au sens physique du terme, bien sûr. Cela ne se fait pas. On assume ses responsabilités. Avec son baby blues, elle m'a juste laissé deux bébés sur les bras, ses états d'âme flinguent ma carrière… Autant dire qu'une petite voix, britannique, celle des femmes de ma famille, me grince aux oreilles qu'elle ne se tient pas. Mais sa réaction, bien qu'inadmissible en un sens, a au moins le mérite de l'humanité. Et je ne suis pas étranger à son effondrement, je le sais bien… Elle n'a tout simplement pas su gérer l'arrivée brutale des enfants, sa séparation immédiate d'avec elles, dans le désert affectif que je lui ai imposé. Tout le monde ne naît pas corseté comme les miens. Je peux bien faire cela, après tout. Je continue donc à lui dire ce qu'elle a besoin d'entendre. Nous buvons, et tout se confond, s'engourdit dans la langueur du soir, la chaleur du feu de bois et du cognac, la musique que passe Diane. Je regarde le pli au coin de sa bouche, le petit grain de beauté un peu plus foncé juste à côté. Sans rien dire, elle se pelotonne contre moi. Sur elle je referme mes bras. Le nez dans ses cheveux, je respire son odeur de femme brune, un peu poivrée, mêlée à celle, étrangère et subtile du tabac. Et dans le baiser qui suit, je la retrouve, différente, plus boisée à cause du parfum de l'alcool. Je ne pense qu'à respirer en rythme, pour ne surtout pas l'interrompre. Elle m'embrasse doucement, avec une sorte de gourmandise patiente. Je sens le contact de ses doigts tièdes sur ma nuque. Je m'abandonne, je détaille mentalement le travail de sa langue, la saine science, de plus en plus précise de ses baisers sans hâte, attentifs, comme en train de se réveiller. Je me rappelle très bien certaines de ses ardeurs. Après tout ce temps sans s'exercer, elle n'a pas perdu la main… C'est peut-être comme la bicyclette… Je m'écarte. Elle a un peu peur je crois, que je ne la rejette ou quelque chose. Je prends vite son visage entre mes mains. Et je pose mon front contre le sien en soupirant.

— Diane… Tu m'as manqué.

Ce n'est pas tout à fait vrai. C'est plutôt un ensemble de sensations que je retrouve avec plaisir. Elle sourit.

— Tu fais des progrès…

Alors j'embrasse à mon tour son visage, son cou, longtemps, avec une certaine intensité, nouvelle pour moi. La maison endormie nous protège, abrite le sang qui bat à nos tempes, dans nos mains, dans un boucan d'enfer.

La musique s'arrête, Diane veut se lever. Mais avec tout ce que nous avons ingurgité, elle calcule mal son coup, manque s'étaler et se rattrape à moi et comme je suis justement, sur ma lancée, en train de parfaire l'état dans lequel nous nous sommes mis, ma chemise est baptisée de cognac. Une fois son équilibre retrouvé, elle me regarde un peu surprise.

— Merde !

Je tâche de réparer les dégâts, mais le liquide ambré poisse déjà le tissu, et le traverse.

— Viens avec moi.

Elle me conduit dans une salle de bain que je ne connais pas, ils viennent de l'installer.

— Change-toi, je vais te trouver un truc à te mettre. J'arrive.

Murs en béton lavé, petits carreaux de céramique noire, objets en acier brossé et meubles de style, lumière clinique et chaude à la fois, un mélange entre style minimaliste et mobilier classique : la marque de mon passage dans la vie de Diane. J'ôte ma chemise alcoolisée, me passe de l'eau sur le torse, sur le visage et croise mon image dans la grande glace au-dessus des vasques, légèrement étourdi. Diane entre, un pull sous le bras. Elle pile. Nous nous regardons au travers du miroir. Elle lâche ce qu'elle tient. Je me retourne, elle cligne des yeux et s'avance. Je ne bouge pas du tout. Elle pose la main sur ma poitrine épilée, hâlée grâce aux U.V., elle suit la ligne de mon corps jusqu'aux abdominaux, plus présents. J'ai dû travailler un peu. Je mesure un mètre quatre-vingt-dix, et j'ai été champion universitaire de natation : j'ai plutôt une musculature longiligne. Mais selon les équipes de *Peplum World Wide*, j'ai un bon potentiel. Je l'ai donc exploité pour correspondre aux critères esthétiques de *l'Archipel de la séduction*. Et me suis soumis à des séances de musculation, bronzette, dépilatoires. En tout cas, le résultat fait son petit effet. Diane soupire. Et me déboutonne.

Je l'attrape par la nuque, ses vêtements glissent à terre en même temps que les miens. Le contact froid du sol quand je l'allonge sur le carrelage, et celui de ses seins chauds. Le silence uniquement troublé par ses halètements, son cri sourd, quand je passe ma langue sur son sexe. Les yeux grands ouverts, puis clos, sur le secret éclatement des petits courts-circuits sous les paupières serrées. Son abandon et la violence de ses coups de reins pour me faire entrer plus avant, son buste renversé, loin, ses mains agrippées au tapis de bain, et puis la tendresse de sa bouche sur mon sexe et les mots crus, éperdus qui relancent le désir. Elle va effectivement beaucoup mieux.

Elle s'empale sur moi, assis sur la cuvette des toilettes. Elle bouge posément, profondément, dirige en gémissant le va-et-vient, ouvre des chemins aigus et graves, ultimes. Je respire l'odeur des sexes échauffés, suis le parcours d'une goutte de sueur entre ses seins, nous avons mis le chauffage dans la salle de bains, on étouffe à présent. Elle alterne les rythmes, son discours devient incohérent. Je prends la direction des opérations, et intensifie mon mouvement. Elle se met à râler, j'agrippe ses cuisses. Elle se cambre en arrière, son sexe serré sur le mien comme une bouche tout au fond, qui n'en finit pas de palpiter. La déchirure dans la tête, et l'explosion, immédiate.

Nous restons accrochés l'un à l'autre comme deux grands bébés tout nus, le temps de nous calmer et de retrouver une respiration normale.

Nous nous réveillons en même temps que les oiseaux qui commencent leur journée. Nous avons réitéré un certain nombre de fois nos retrouvailles, dans la nuit et nous sommes endormis par terre dans la salle de bains transformée en étuve. Nous avions tiré au hasard sur les peignoirs et les serviettes suspendues, et nous étions enroulés dedans. Et un peu emmêlés, dans tout ce tissu éponge et ces exercices pornographiques. Nous mettons quelques instants à reconstituer le puzzle de nos membres mélangés. Diane se rhabille, file constater et réparer les dégâts au salon. Je l'entends ouvrir les fenêtres, escamoter les bouteilles et les verres, vider le cendrier plein dans la cheminée encore tiède, ranimer le feu pour réchauffer la pièce après l'avoir aérée. Je me passe la tête sous l'eau, enfile le chandail qu'elle est allée me chercher la veille. Elle revient en baillant de la cuisine quand je sors de la salle de bains. Elle a allumé des bâtons d'encens, l'odeur de cèdre flotte et couvre déjà celle de nos écarts. Je me penche pour l'embrasser, elle baisse la tête, j'effleure son front. Elle relève les yeux, un étrange sourire aux lèvres.

— Je ne te propose pas de petit-déjeuner… Je vais me recoucher, Papa ne va pas tarder à se lever, et je ne voudrais pas…

Elle pose un instant sa main sur sa hanche.

— Tu comprends ?

— OK, je t'envoie les enfants avec Evelyne, alors, en fin de matinée ?

— Je veux bien, oui.

Il est sept heures du matin, l'heure de se faire congédier comme un palefrenier par une bourgeoise bon teint… Sans même une tasse de café en récompense de mes services. La classe…

Je m'incline et tourne les talons. Je veille à ne pas claquer la portière de la voiture, à monter doucement l'allée. À ne pas déranger en somme. De retour chez moi, je me fais un café très serré, ni lavé, ni rasé, la bouche pâteuse, parfaitement calme. Et animé d'une énorme colère, froide, évidemment. Dehors, la rue s'anime, les enfants ne vont pas tarder à se manifester. Je les réveille sans attendre, embrasse leurs petits ventres chauds, avec une sorte de soulagement et un pincement au cœur. Elles disent Papa, et caca maintenant. Pour elles aussi, c'est un peu la même chose...

3

Paris

Partir en voyage, quelle que soit la destination, c'est un peu comme coucher avec quelqu'un d'autre que son partenaire habituel. Excité et un peu effrayé, au moment de s'exécuter, on donnerait parfois cher pour ne pas y aller. Mais renoncer à ce que nous avons organisé, planifié, en se donnant beaucoup de mal souvent… Alors nous nous lançons, comme du haut du grand plongeoir, une boule au ventre. Et le plaisir nous récompense, même si la destination n'est pas à la hauteur, le plaisir de s'échapper, d'être ailleurs, de maîtriser un peu son destin.

Je prépare mon départ, en sifflotant entre mes dents un petit air idiot, obstiné, borné. Et allègre. Pour la première fois depuis longtemps, je dors paisiblement, sans réveil tonitruant, ni léger sommeil à protéger, ni terreur nocturne à consoler.

Finalement je n'ai laissé à personne d'autre le soin de conduire mes enfants auprès de leur mère. Après l'avoir quittée par la porte de derrière, aux aurores, j'ai refait le chemin de Senlis, en sens inverse, avec les enfants, cette fois dans leur siège bébé. J'ai éprouvé une certaine émotion en ramassant une chaussure qui avait glissé et rattrapé un début de vol plané dans les rosiers. Elles me faisaient des bisous en rigolant, leurs petits bras autour de mon cou, serrées contre moi, dehors devant la maison. J'ai refusé d'entrer, j'étais déjà reparti comme un voleur une fois dans la journée, cela suffisait. J'ai remis consciencieusement deux petites filles en parfait état de marche à leur mère, sans rien dire et même avec un grand sourire. J'ai opposé un silence glacial et poli aux questions plus ou moins muettes de Diane. Elles arrivaient un peu tard, après la partie de jambes en l'air. Je crois en fait que j'étais vexé comme un pou de m'être fait ainsi renvoyer dans mes, enfin nos pénates, comme un domestique. Et au lieu de le lui dire, j'ai décliné l'invitation à prendre ce café que l'on m'avait refusé quelques heures plus tôt, j'ai refermé cette porte qu'elles avaient réussi à entrouvrir, toutes les trois. J'ai expliqué, accroupi devant elles, aux petites filles qu'elles allaient rester ici avec maman, quelque temps. Elles étaient plus intéressées par l'idée de m'escalader que par ma dissertation. Nous avons alors fait une dernière cascade, échangé quelques rires ravis, de part et d'autre, on n'est pas de bois, sous le regard de Diane, un peu perdue. Puis je les lui ai collées dans les bras, l'ai embrassée sur les deux joues et je suis parti. J'ai fait au revoir de la main, par la fenêtre, jusqu'à ce qu'elles disparaissent de mon rétroviseur, sur le perron de la belle maison. Je me suis senti triste, elles allaient me manquer mes deux petites poupées… Mais soulagé aussi. Mon cœur s'est assez vite relâché, remis à battre normalement. Ces enfantillages n'avaient que trop duré. Je suis rentré directement, et me suis couché dans la foulée.

J'ai rendez-vous en début d'après-midi avec Justine Pradalier, rue Pierre 1er de Serbie. Pour me présenter les tout derniers membres de l'équipe qu'elle a recrutés pour parachever la préparation de notre projet et le piloter, une fois que nous serons, nous, sur place. Les locaux de *Peplum Word Wide*, efficaces, glacés, prétentieux dans le genre trop dépouillé, beaux néanmoins, ne laissent absolument pas deviner quelles horreurs s'y préparent.

Justine et son équipe désormais au complet ne m'attendent pas encore, quand en avance je fais mon entrée. Ils tournent la tête dans un bel ensemble et l'un d'eux échappe un sifflement.

— Whoua ! Manque plus que la cravate du Jockey Club !

Je hausse un sourcil.

— Je dois en avoir une dans la voiture, si vous y tenez. Bonjour. Timothy Mc Dermott.

Je leur tends la main, un par un, cérémonieusement. Justine sourit. Elle se lève, m'embrasse sur les deux joues et me prend par le bras.

— Au moins, vous mériterez vos salaires ! Bien, donc il faut faire de ce gentleman un représentant standard de la middle class franchouillarde. Donc relookage complet — cela ne se voit pas aujourd'hui, mais Timothy a déjà bien travaillé — extension populaire du vocabulaire, on descend d'au moins un niveau de langage... Et on commence tout de suite. Tim... On ne fait pas tant de cérémonie dans une émission de télé-réalité. On se tape dans les mains, comme ça.

Deux de ses collaborateurs me montrent le truc. Mouais... Et l'un des deux éclate de rire en voyant ma tête.

— Dans la vraie vie non plus. Et les boutons de manchette... Il lève les yeux au ciel.

Justine rit.

— Ça va aller. Déjà on va commencer par se tutoyer, tous, OK ?

Nous sommes censés vivre ensemble Justine et moi, enfin Vanessa et moi, depuis deux ans, à Longjumeau. Ils nous ont loué un appartement dans cette contrée, où nous n'avions ni l'un ni l'autre jamais mis les pieds, pour que nous ayons une adresse commune et « raccord » avec nos profils. Assis autour de la table de réunion au milieu de cette petite dizaine de personnes chargées de piloter mon existence, pendant quelques mois au moins, payées pour me rhabiller, m'apprendre à parler, à me comporter et à devenir Alex, mon avatar de *l'Archipel de la séduction*, je regarde les clichés de ma fausse maison, de mon faux bureau. Je suis responsable de plate-forme pour un tour-opérateur. Justine et moi sommes la caution CSP à peine plus du programme destiné à ratisser large, de plus en plus large. Je n'y connais rien, donc je garde mon avis pour moi, mais je commence à penser que nous avons été un peu légers dans la conception de ce plan. J'ai du mal à m'imaginer me fondre dans cet Alex, et que personne ne s'aperçoive du subterfuge. Il est dix-huit heures, nous avons décortiqué le déroulé de ce que je suis censé faire, dire et penser. Je les regarde et jette une pile de clichés et ma soi-disant biographie sur la table où ils glissent.

— Comment suis-je censé faire croire à quiconque que je suis ce type-là ? Il a l'air bien gentil d'ailleurs, à la limite de la fadeur. Mais ça ne colle pas ! Qui, mais qui, dites-moi d'à peu près éduqué peut envisager de passer quinze jours au milieu d'inconnus sur une île en maillot de bains pour « tester » son couple ? Il doit forcément avoir un problème ce mec-le-plus-normal-du-monde. C'est impossible. Je me demande même comment la production n'a pas encore cherché plus loin…

Je me passe la main dans les cheveux et me carre dans mon fauteuil en marmonnant : « ça ne marchera jamais… » Justine fait signe aux autres de prendre une pause.

— Regarde-moi.

Je finis par lever les yeux.

— Ne t'inquiète pas. Je comprends que ce soit un peu effrayant comme ça, mais tu t'en sors très bien. Tu commences à entrer dans le rôle.

— Tu trouves ! ? Je n'ai pas peur, je pense juste qu'on va se faire serrer !

Elle fait une petite moue.

— Tim… Tout est écrit, prévu, voulu par les scénaristes.

Il te suffit, là, d'y croire vraiment.

— Mais c'est bien tout le...

— Plus c'est gros, plus ça passe, je ne vais pas te l'apprendre, tu es avocat ! Nous sommes là pour te préparer, je suis là pour te guider. Et puis rassure-toi, ils ne cherchent jamais bien loin, à partir du moment où tu corresponds à ce qu'ils veulent... Personne ne cherche jamais vraiment. La police, la justice, peut-être parfois... Mais elle relâche les multirécidivistes et s'acharne sur les grands-mères qui arrosent sans le savoir sur leur balcon les plantations de marijuana de leurs petits-enfants. Il faut avoir de très bonnes raisons pour s'intéresser réellement à quelqu'un...

Penchée vers moi, la tête appuyée sur la main, elle parle sans émotion, le regard fixe, un léger sourire aux lèvres.

— Par exemple ?

Elle bouge sur sa chaise et se lève, en attrapant ses affaires sur la table.

— Je ne sais pas, moi... Un intérêt supérieur... L'amour, la haine, la vengeance... Un intérêt très intime en tout cas.

Je la regarde. Elle empile ses dossiers dans une sacoche trop petite pour les contenir tous.

— Intéressant. On arrête pour aujourd'hui si j'ai bien compris ?

Elle fait une petite moue.

— On a bien travaillé... Tu commences presque à parler normalement.

— Pas « normalement » ! Comme un participant de jeux télévisés.

— C'est ça la norme, Tim.

Je la prends par le bras, et m'empare de sa sacoche.

— Je te raccompagne à ta voiture.

— Et non... Je suis en transports en commun. Je suis censée vivre à Longjumeau, je te rappelle.

— Bon, dans ce cas, je t'accompagne avec mon propre carrosse. Comme cela, tu pourras développer pour moi tes théories passionnantes.

— Tu n'es pas le genre de Vanessa…

— Écoute, on oublie Vanessa et… Alex pour ce soir tu veux bien ?

Elle fait mine d'hésiter.

— Juste pour ce soir, promis.

Nous entrons dans le parking. Je lui ouvre la portière passager. Justine se penche pour déposer ses effets à l'arrière et tombe sur une peluche oubliée. Elle la saisit délicatement, remet les oreilles dans le bon sens et me la tend. Je la range dans la boîte à gants.

— Laisse ce lapin en dehors de tout cela.

Je mets le contact et démarre. En bouclant sa ceinture, elle murmure :

— Ça, tu ne dois pas le dire souvent…

Je raccompagne Justine jusqu'à chez elle. Je descends de voiture pour lui ouvrir la porte. Elle lève les yeux au ciel, glisse ses jolies jambes hors de l'habitacle et prend appui sur la main que je lui tends. Elle porte ses talons vertigineux, en hauteur et en prix, pas très raccords avec son personnage de *l'Archipel de la séduction.* À deux pas de sa rue, sur les Grands Boulevards, je me souviens d'un délicieux et véritable restaurant japonais. Je l'en informe. L'idée lui plait. Il est vingt heures, nous avons beaucoup travaillé et pas déjeuné. Installés côte à côte nous commandons du saké chaud, et contemplons le lent défilé de sushis, sashimis et makis sur le tapis roulant devant nous. Une fois décidés, nous nous laissons choir de part et d'autre d'une table basse, assis en scribe, dans l'odeur subtile et aérienne des intérieurs nippons. Nous mangeons en silence. Justine surtout joue fermement de la baguette, une mèche de cheveux sur l'œil. Je la regarde dévorer, amusé. Elle a ôté ses talons, non prévus dans la procédure dînatoire orientale. J'attends qu'elle soit un peu rassasiée pour lui parler. Elle se recule et s'adosse légèrement, en émettant des soupirs qui laissent supposer une légère congestion de son abdomen dans sa jupe crayon. Je fais signe au serveur et recommande du saké. Elle hausse un sourcil.

— Tu comptes me saouler ?

Je souris.

— Il faut bien faire passer tout ça !

Je la sers.

— Dis-moi, des gens vont fatalement, te, me, nous reconnaître, non ? En dehors des désagréments… familiaux et professionnels que cela pourrait nous causer, qu'avez-vous prévu pour que personne ne trahisse notre véritable identité ?

Elle regarde distraitement une estampe sur le mur en papier de riz. Elle quitte des yeux le mont Fuji-Yama, comme à regret.

— Du moment que cela ne perce pas avant la diffusion, on s'en fout, et même, cela peut nous servir. La rumeur joue son propre rôle dans le processus. Tu as peur que quelqu'un découvre et dévoile que nous ne sommes pas qui nous sommes ? J'imagine que tu y as pensé avant d'accepter, non ? C'est quand même l'un des risques à courir, mais très peu probable. P & J verrouille tout. Tu penses bien qu'il n'est pas question que leur nom soit mêlé à ce genre-là. On part du principe qu'il est inimaginable qu'un avocat associé de chez eux participe à cette émission. Article 1 : c'est impossible, article 2 : se rapporter à l'article 1. Et il en sera ainsi crois-moi. Tes relations ne regardent pas ce genre de programmes, ne lisent pas la presse people, tes proches et ta famille encore moins. Tu imagines ta belle-mère en train de s'exclamer après le bridge « devinez ce que fabrique mon gendre en ce moment ? » Quand bien même elle aurait un doute, elle se garderait bien d'en parler à quiconque. Et dis-toi que tu seras méconnaissable, débarrassé de tes costumes trois-pièces, les cheveux plus clairs, plus longs, avec une barbe de trois jours et relooké par nos soins Tu n'imagines pas à quel point la télévision change les gens. Bien maquillé et éclairé, on peut rendre Francis Heaulme presque euh… sympathique, et Jésus carrément inquiétant. Qui voudra te reconnaître dans ce benêt en shorts ? Quand bien même quelqu'un irait fouiner, P & J est censé t'avoir envoyé en mission, compte sur eux pour l'alibi en béton armé ! Et encore une fois : on rira au nez de quiconque prétendra que c'est toi. On croira facilement à une vraie ressemblance, voilà tout. Il suffit que tu joues ton rôle aussi parfaitement que possible. Et je n'ai aucun doute sur le champ des possibles avec toi. Tu ne te laisses jamais prendre en défaut. Tu as toutes les apparences, l'éducation, la qualité d'écoute, la courtoisie d'un homme délicieux, que tu es, d'ailleurs. Mais nous savons aussi tous les deux de quoi tu es capable, naturellement.

Je lui rends son sourire au-dessus des verres de saké vides.

— Les journalistes peuvent aussi faire leur boulot, non ?

Justine se penche vers moi.

— La presse est à la solde, comme tout le monde. Depuis que l'émission existe, tous les ragots possibles ont circulé sur le fait que les participants sont des acteurs etc. Comme Sheila est un homme… Une rumeur de plus. C'est le buzz qui compte, pas le fait de savoir si l'info est fondée ou non. Enfin ! Les choses ne sortent que si quelqu'un les laisse sortir, les journalistes ne cherchent que si on veut bien les laisser trouver, Tim, tu sais bien.

Là-dessus, elle disparait aux toilettes. Je règle pensivement l'addition.

Une fois dans la rue, nous faisons quelques pas en silence, Justine un peu devant. Sans se retourner elle demande :

— Tu veux monter boire un verre ?

Je ne réponds pas, la rattrape en deux enjambées. Je me penche très vite pour l'embrasser. Elle ne se recule pas, parfaitement calme, parfaitement maîtrisée, m'arrête en m'attrapant gentiment par le menton.

— Nous ne sommes pas obligés. On pourrait même éviter de faire ce qu'il est si logique que nous fassions, non ?

— Justine… Tu me demandes de monter…

Elle me lâche et sourit.

— Pour voir. Mais tu n'en as pas vraiment envie, je crois, et moi non plus. Tu ne m'en veux pas ?

— Évidemment non.

Je me penche à nouveau, effleure sa joue. Et file à l'anglaise.

Je me réveille tout seul, avant la sonnerie programmée, depuis mes douze ans. Nous sommes lundi, j'ai cours de danse sportive avec Justine avant sa journée de travail. Je file dans la cuisine. En préparant mon petit-déjeuner, j'expire et inspire lentement en serrant et desserrant le périnée, comme on me l'a appris à la salle de sport. Puis petite série de tractions. Ensuite café serré, jus d'orange frais pressé la veille par la femme de ménage. Puis direction la salle de bains. Après la douche, je me lance dans la préparation désormais rituelle de mon double : masque exfoliant désincrustant, BB crème, anticernes. Mon corps s'est affûté et étoffé, mon visage s'est modifié avec l'épilation des sourcils, la barbe de trois jours réglementaire, la nouvelle coupe de cheveux, ma blondeur naturelle renforcée, les prothèses visuelles de couleur. Et on appelle cela des lentilles de « contact »…

J'ai divisé ma penderie, comme mon identité. D'un côté les complets sombres, chemises à poignets mousquetaires, cravates ton sur ton. De l'autre le vestiaire d'Alex, « casual chic », branché mais pas trop, pour coller à mon personnage. J'ai une collection de baskets, à présent… Je choisis une paire de jeans, un t-shirt immaculé à col V, près du corps évidemment, un blouson de bowling en cuir fauve, des chaussures de kung-fu blanches avec une rayure bleue et rouge. Et je souris au type dans la glace. Je commence à m'y faire et pour le coup, je suis rassuré : personne ne me reconnaîtra, enfin ne voudra me reconnaître.

Je descends tranquillement jusqu'à ma bouche de métro. Je prends aussi les transports en commun. J'aime bien : la vraie vie, à portée de main, dans toute sa diversité, ses bonnes et mauvaises surprises. Fascinant quand on n'y est pas contraint, qu'on est là juste en observateur. Ce matin par exemple, je remarque une nouvelle affiche, atroce, en quatre par trois, sur les animaux abandonnés. Un chien squelettique, mourant, en gros plan, plante son regard famélique dans l'objectif. Titre, dans la même police que sur les paquets de cigarettes : l'abandon tue. Plus loin, allongé sur le bas flanc, un clochard dans un état lamentable, un pansement sur l'œil. Il insulte une très jolie fille qui passe devant lui et l'ignore, au téléphone. J'observe les gens pendant leur trajet, les renifle, écoute leurs conversations, pour mieux les piller, leur ressembler, les désamorcer.

La danse en couple est une idée de Justine, destinée à me débarrasser de ma raideur et à nous donner une apparence de proximité physique. Des cours de dé-maintien en quelque sorte ! Cela fonctionne parfaitement. Je m'y rends avec plaisir. J'aime assez danser des tangos brûlants, des salsas avec elle, la sentir se cambrer dans mes bras, se plier à ma volonté. Car quelque chose me dit que Justine Pradalier ne s'abandonne pas, ou seulement au très profond d'elle-même, à de sombres démons qu'elle maquille, dont elle contient parfaitement la noirceur. Cette femme m'intrigue. Je n'ai pas envie d'elle, seulement le désir de satisfaire ma curiosité. J'arrive toujours en avance. Réflexe de prétoire. Cela permet de capter et de s'approprier les éléments que laisse passer même un très furtif moment de surprise. Apparemment Justine encore plus que moi. Le studio de répétition est vitré en hauteur. Avec ma taille, il me suffit de me hausser légèrement pour jeter un coup d'œil à l'intérieur, avant d'entrer. Ils sont assis sur le sol, l'un en face de l'autre, appuyés sur leurs bras tendus en arrière, nus. Et encastrés. Sofiane, notre professeur de danse, gagne ses galons de futur séducteur de *l'Archipel de la séduction* à la vigueur de ses coups de reins, si j'en juge au visage renversé de Justine Pradalier, les yeux fermés, la bouche ouverte. Je peux presque l'entendre haleter. Elle ouvre les yeux brusquement et lève le regard, mystérieusement avertie de ma présence. Elle sourit alors lentement, sans ciller, en me fixant et me laisse la regarder se faire besogner, longtemps, à grands coups. Elle ne me quitte pas des yeux, jusqu'au moment où sa jouissance l'y contraint et l'emporte dans un râle silencieux. Je leur laisse le temps, dans le couloir, de se remettre, et frappe avant d'entrer. Justine finit tranquillement de se rajuster devant la glace, ils échangent une bouteille d'eau et Sofiane vient me taper dans la main.

— Salut cow-boy ! Alors, prêt ? Tu t'étires un peu avant de commencer, et on y va, OK ?

Il cherche déjà parmi les disques épars autour de la chaîne

hi-fi. Elle me rejoint, au milieu du studio, au moment évidemment où j'ai la tête en bas, en renouant sa queue-de-cheval. Elle me regarde. Je me redresse, rit et l'embrasse sur la joue. Elle murmure :

— Ça t'a plu ?

Je pose mon pouce sous son œil, où bat un nerf. Je lisse doucement la peau.

— Tu triches, ce n'était pas dans le script. Qu'en penserait Alex ?

Elle sourit. Sofiane se retourne et frappe dans ses mains.

— En piste.

Elle éclate de rire et me tend la main.

Je ne me suis jamais senti aussi proche de quelqu'un. Diane m'avait intéressé tant qu'elle me gardait à distance. Elle a l'âme bien trempée, elle avait tenu longtemps, et cela avait rendu sa conquête plus importante à mes yeux. Mais pas sa reddition. Elle avait lutté jusqu'au matin, brave comme la chèvre de Monsieur Seguin, alertée de pressentiments qui s'étaient vérifiés. J'avais dû me découvrir un peu pour l'approcher, et lui laisser entrevoir un peu de ma vérité. Elle s'était encore plus défendue. Mais je l'avais eue, quand même. Après, je n'avais trop su quoi faire de cette amoureuse d'autant plus exigeante qu'elle s'était bien battue. Je savais bien jouer de tout ce qu'on voulait, mais j'étais incapable de lui donner ce dont elle avait besoin : la chaleur des sentiments.

Tout me porte à croire, cette fois, que j'ai trouvé quelqu'un à ma mesure, quelqu'un comme moi. Je me demande pourquoi Justine est comme ça, aiguillonné par son indifférence, sa froideur, captivé par une partie avec une partenaire de cette trempe, son éternel sourire doucement ironique sur le visage, son calme absolu, cette sorte d'absence dans ses yeux, comme si elle regardait toujours au-delà de vous. Détachée, et avide.

4

J -15

Berck-sur-Mer

— Tiens, tu nous remets la même, là ?

S'il te plaît et merci, on peut s'asseoir dessus. La serveuse soupire et ramasse les verres pour les remplir. Marrant… Pour commander au bar, il fait le même geste que pour lui demander, enfin plutôt lui ordonner de se déshabiller. Elle sent son regard, d'ailleurs pas forcément très amène, lui chauffer les reins pendant que de dos elle se hausse sur la pointe des pieds pour verser les doses de pastis dans leurs verres. Mais qu'est-ce qu'elle peut être idiote de se laisser faire par ce trou du cul trop sûr de lui qui la siffle quand ça lui chante… Elle soupire et se force à sourire en leur faisant face derrière son comptoir avec son petit cardigan jaune trop serré sur son décolleté qu'elle considère comme son atout majeur. Elle a tort : elle a quelque chose de frais, d'attendrissant, de jolies jambes, et elle n'est pas sotte. Mais à Berck-sur-Mer il n'y a guère que les phoques pour apprécier sa compagnie pour ce qu'elle est, sans rien lui demander. Il ne la regarde plus, de toute façon, trop occupé à parader. Il porte une gourmette au poignet avec son nom gravé. Il ne l'enlève jamais, même pour baiser. C'est encore ce qu'il fait de mieux. Enfin dans son genre : direct, mais vigoureux. Il s'entretient, il fait du sport, du vélo, cent kilomètres chaque dimanche quand même, il se fait même épiler les mollets. Cela l'a fait rire quand elle l'a découvert. Il a froncé les sourcils, elle a lâché l'affaire. Qu'est-ce qu'il est susceptible… Elle soupire à nouveau.

— Alors ? T'es sur le départ ?

Jean-Philippe gobe l'une des cacahuètes qu'il tient dans son poing fermé.

— Hmmm.

Les deux copains en costume lie-de-vin, cravate pot-pourri et mocassins à glands rigolent en regardant Jean-Philippe, qui tarde à répondre pour ménager ses effets.

Elle le regarde derrière son bar.

— Manquait plus que ça. Alors ça a marché, ils vous prennent. C'est Marion qui doit être contente…

Il la considère un instant et avale sa « tomate » d'un trait. Il dépose sa monnaie sur le comptoir.

— Ouais justement, je mets les voiles. Faut que je la briefe, ils envoient une équipe demain matin pour nous filmer. Allez salut !

Sans un regard pour la serveuse, il serre les mains des deux acolytes hilares, vaguement admiratifs, qui le regardent s'éloigner et se mirer dans la glace au passage avant de sortir. Tout lui réussit à J.-P. Il les a toujours bluffés. Y a qu'à voir comment ça tourne avec les gonzesses, à commencer par les clientes à l'agence. C'est avec elles qu'il fait son chiffre, c'est même devenu sa spécialité en quelque sorte. Sacré J.-P. !

Jean-Philippe se vérifie à nouveau dans la vitre de sa voiture. Il resserre son nœud de cravate et entre dans l'habitacle en soupirant. Un bon plan cette émission. Une cliente, l'une de ces Parisiennes séduites par la Côte d'Opale, celle d'Azur étant inabordable, lui avait glissé l'info. Une copine à elle travaillait sur *l'Archipel de la séduction*. Il voyait ce que c'était ? Non, il ne voyait pas, pas le temps de regarder des conneries à la télé. Bref : elle lui avait expliqué le concept, qui avait retenu son attention. Et justement sa copine s'occupait du casting. Ils étaient à la recherche d'un couple mixte. Avec un beau noir ou un métis, elle avait précisé. Bien sûr il avait fallu convaincre Marion, mais elle avait fini par céder et faire ce qu'il voulait, comme d'habitude. Et ça avait marché. Total : quinze jours tous frais payés sur une île au large de l'Indonésie. Enfin sur deux îles : Marion sur l'une et lui sur l'autre. Avec dix séductrices en maillots de bain du soir au matin. Il a jeté un œil sur les précédentes saisons. Sans compter la pub, et les possibilités de business, qui sait, que cela peut lui rapporter.

Il entre dans l'appartement en desserrant sa cravate d'une main, de l'autre en étudiant d'un œil distrait le courrier qu'il a récupéré sur la commode en pin de l'entrée. Il jette le tout sur le canapé du salon. Et ne remarque qu'à ce moment le silence, inhabituel. Il fait un vague tour d'horizon. Elle n'est pas là, tiens… Il attend un peu, hésite, sent un léger, très léger et familier début d'angoisse monter. Il respire profondément et se sert un pastis sur le minibar roulant. Non, il n'a rien à craindre. Franchement. Marion ! Marion, qu'il trouve toujours fidèle au poste, quelle que soit l'heure de son retour et la durée de son absence, le regard, admiratif bien sûr, levé sur lui dès qu'il daigne se pointer ? Il sent sa belle assurance se craqueler à une vitesse grand V, à l'idée que peut-être… Un mauvais sourire monte à ses lèvres. Cela ne se passera pas comme ça, en tout cas. Il s'avance à la fenêtre, son verre à la main, le cœur battant à la perspective de l'insupportable outrage. Il regarde distraitement à l'extérieur et la voit, sur le trottoir en compagnie du couple de chinois qui tiennent le japonais en bas de chez eux. Sa respiration qu'il a machinalement retenue fait un léger sifflement en revenant à la normale et il se dépêche d'oublier l'intense sensation de soulagement qu'il a ressentie en la découvrant, dehors. Elle ne l'a pas abandonné. Il fronce les sourcils. Mais qu'est-ce qu'elle fabrique encore ? Il ouvre la fenêtre sans faire de bruit et se poste, les bras croisés, dans l'encadrement de la baie. Elle ne l'a pas vu, absorbée dans une conversation de serpent à lunettes martien avec le couple de pékinois qui parlent à peine français. Il est, encore, question des fameux papiers de la mairie qu'ils doivent remplir au sujet de la terrasse et de l'enseigne du restaurant. Il a suivi d'une oreille distraite les récits de Marion à ce sujet. Visiblement, les services municipaux n'ont pas trouvé suffisants leurs efforts pourtant méritoires et il faut revoir la copie… Les formulaires à la main, elle leur répète dans l'espoir de se faire comprendre, en désignant l'enseigne coupable :

— Non, mais zéro soixante-dix, c'est zéro soixante-dix pour la saillie verticale. Ils parlent de saillie verticale… Ce doit être ça, non ?

En levant la tête, elle aperçoit Jean-Philippe. Accoudé au balcon du troisième étage, il fume en observant la scène, l'air à la fois moqueur et excédé. Il lui fait signe de monter. Il jette son mégot dans la rue, qui fume un instant sur le trottoir avant de s'éteindre.

Elle leur rend les papiers.

— Bon ! Si vous voulez j'irai avec vous à la mairie lundi. S'il y a quelque chose qui ne va pas, ce sera plus facile. Parce qu'à la mairie, ils sont comme ça, s'ils ne comprennent pas un truc, ils ne vont pas chercher plus loin. C'est l'administration… Déjà pour nous, c'est compliqué, alors pour vous, hein !

Elle jette un œil vers l'appartement à l'intérieur duquel J.-P. l'attend. Et il n'aime pas attendre J.-P..

— Lundi, c'est promis, lundi. D'accord ?

Ils se confondent en petits cris gutturaux et courbettes empressées. Elle se sauve comme une jolie gazelle vers son chasseur mal embouché.

Assis dans son fauteuil, sirotant son pastis habituel en

jouant avec sa chevalière carrée gravée à ses initiales, il lève un œil condescendant à son entrée, mais se fend d'un sourire.

— Alors ? T'as fini avec ton casse-tête chinois ?

Ah ah ah ! Pas mal celle-là ! Mais elle ne relève pas sa pointe d'humour. En fait elle se demande ce qu'il fait là si tôt, un vendredi. C'est son jour de RTT, elle est accoutumée à le passer seule, à récurer l'appartement en discutant au téléphone avec ses copines ou sa mère. Il est trop occupé pour venir déjeuner avec elle. Il s'étire et ôte l'une de ses chaussures en la poussant par le talon avec le bout de l'autre.

— Bon, t'es prête pour demain ?

C'est vrai, demain… L'équipe de télévision débarque pour filmer leur quotidien. Cela ne lui dit rien qui vaille cette émission. Mais Jean-Philippe n'en démord pas, il veut la faire absolument, avec elle, puisqu'il faut être un couple. Quand il veut quelque chose, il peut devenir vraiment très, très lourd. L'idée de subir ses assauts et de l'avoir sans cesse sur le dos jusqu'à ce qu'elle cède l'a épuisée d'avance. Elle soupire.

— Qu'est-ce que tu veux manger ?

AUBAGNE

Le téléphone sonne et Natasha peste. Elle est en pleine « french », à la troisième couche en plus, ça risque de sécher à moitié le temps de répondre, et elle devra tout recommencer. Elle soupire, dépose avec soin le pinceau dans le flacon de vernis irisé et se lève pour décrocher le combiné avec deux doigts tout en secouant l'autre main. Elle a juste le temps, à la coupure déjeuner, de s'accorder ce moment, seule dans le deux-pièces, tous ses ustensiles déposés devant elle sur la table du salon, comme de bons soldats, la télé allumée en fond sonore. Elle s'y mettait en chantonnant, les jambes croisées, les sourcils froncés, toute à sa tâche, sans même ôter sa blouse rose nacrée brodée à son nom sur la poitrine à gauche juste en dessous de « La Perle Institut de Beauté ». Elle se redresse d'un coup quand une assistante lui indique qu'elle va lui passer… elle n'a pas bien compris qui au juste, mais des gens de *l'Archipel de la séduction.* Elle patiente quelques instants en compagnie du générique de l'émission, le buste dressé, pigeonnant, le cœur battant, comprimé dans son uniforme étroit tout en battant machinalement la mesure de son pied, du bout de ses semelles compensées. Elle a le temps d'inspecter ses ongles avant qu'on ne lui passe son interlocuteur. Une seconde, l'idée que leur participation au jeu, à elle et Tarik, puisse être remise en cause, qu'on l'appelle pour lui annoncer que finalement cela ne se fera pas, l'effleure. Elle respire un bon coup. Natasha n'a foi qu'en deux choses : le Dieu cathodique et son destin, les deux intimement liés. Le jour de sa gloire télévisuelle est enfin venu, il ne peut en être autrement. Son « oui » est donc relativement assuré. Et elle sourit quand on lui demande s'il est possible d'avancer un peu l'heure du tournage prévu le lendemain. Aucun problème. De toute façon elle a pris sa journée. Elle raccroche, pimpante, compose immédiatement le numéro de Tarik. Et se ravise. Il doit être à la salle de sport à cette heure-ci. Elle dispose encore d'un petit quart d'heure, elle décide de passer le voir, tout excitée. Pressée tout à coup, elle sort en laissant tout en plan, tant pis pour la french, se regarde néanmoins en passant dans le miroir de l'entrée, inspecte sa blondeur oxygénée, se passe le doigt sur les lèvres. Satisfaite d'elle-même, elle sourit comme une enfant et file en claquant la porte, dévale les escaliers, image vivante de la Java de Nougaro, ses « p'tites fesses en bataille sous sa jupe fendue », charmante, inculte. Elle voulait être Marylin Monroe, ou plutôt Loana, alors qu'elle eut été si mignonne en Alice. Mais son pays des merveilles à elle s'appelle télé-réalité, et lui paraît bien plus réel, donc désirable que l'autre côté du miroir de la petite héroïne de Lewis Caroll, dont de toute façon, elle n'a jamais entendu parler. Tarik n'est pas à la salle. Un peu déçue, elle l'appelle sur son mobile. Et tombe sur le générique de Mission Impossible qui dure trois ans et que ce crétin s'obstine à conserver en guise de messagerie. Elle referme le clapet de l'appareil avant la fin en regardant l'objet avec incrédulité. Puis elle lève la tête vers le soleil implacable, un sourcil froncé. Quand les choses ne tournent pas comme elle le veut, elle s'en remet volontiers aux autorités supérieures et cosmiques. Elle a chaud, elle va transpirer, sa blouse est en viscose... Elle hésite sur le trottoir, délicieuse vraiment, malgré ou grâce à ses couleurs un peu criardes, à tous ses trucs en « trop » : ses cheveux un peu trop blonds, ses ongles un peu trop longs, un peu trop oranges, ses chaussures un peu trop compensées, son côté un peu trop en plastique. Son allure générale manque de naturel, mais dès qu'elle s'anime, sa spontanéité lui donne des airs d'héroïne de BD, de manga même, très attirants. Elle se décide enfin et fonce en équilibre sur ses échasses au bar où Tarik officie, traverse Aubagne vasouillarde, en pleine digestion. Elle entre avec soulagement dans la fraîcheur du café, à peine ouvert. Les chaises sont encore à l'envers sur les tables à l'intérieur. Elle appelle « Tariiiik ! » en clignant des yeux dans l'obscurité relative après l'éblouissement de la rue. Personne ne répond, elle commence à s'énerver, à trépigner même en regardant l'écran de son téléphone. Et elle sent deux bras l'enserrer dans son dos.

— Hey bébé !

Elle se retourne contre lui. Il porte son habituel t-shirt noir moulé sur ses pectoraux, il sent le gel douche. Elle cesse de bouder, croise ses mains sur sa nuque. Ils se regardent un instant sans rien dire, en souriant, puis il la soulève par la taille, l'installe sur un tabouret, passe derrière le bar. Il attrape un verre, une paille avec une sorte de houppette multicolore, ouvre l'un des frigos, en sort une bouteille qu'il secoue. Il en frappe le cul et tourne le couvercle qui fait « poc », en verse le contenu dans le verre qu'il fait glisser sur le comptoir d'une poussée si bien calculée qu'il s'arrête juste devant elle.

— Jus de goyave ! dit-il avec un grand sourire blanc.

Elle sourit. Il la regarde boire à la paille en passant une lingette sur le zinc pourtant impeccable.

— Alors ? Prête ?

Elle fait un peu de bruit en aspirant et s'arrête.

— Ben ouais. En fait ils arrivent plus tôt demain, ils ont téléphoné tout à l'heure.

Il opine du chef en donnant un dernier petit coup.

— Ça va l'faire, bébé. T'inquiète même pas, ça va être le feu ça !

Elle descend de son perchoir comme elle l'a vu faire dans les films et les séries, se dirige vers la porte en ondulant à cause des talons, sous son regard qu'elle sent toujours sur elle. Elle s'y croit déjà. Elle se retourne avant de sortir et lui sourit. Sa silhouette s'encadre dans le contre-jour et la porte ouverte. Il aime bien quand elle fait son petit cinéma rien que pour lui.

— Ho ! T'oublies rien, là ?

Elle rit, ravie, et revient sur ses pas, se penche par-dessus le comptoir, lui tend les lèvres. Il l'embrasse et lui caresse les cheveux légèrement, pour ne pas déranger le savant arrangement.

— Je t'ai pris des séances d'U.V., faudrait mieux pas que tu crames, c'est pas le même soleil où on va. T'as déjà les joues comme les fesses d'un bébé !

Elle lui tire la langue et file. Elle est déjà en retard.

Paris

La maquilleuse pose une base sur mon visage et je me laisse engourdir par le va-et-vient de ses doigts sur ma peau. J'imagine que les mêmes gestes doivent être effectués au même moment à Aubagne et à Berck. Ils avaient programmé le tournage des séquences de présentation des trois couples simultanément dans les trois univers différents. Et aux aurores. Parce que la chaîne avait trouvé plus porteur de mettre en scène « la France qui se lève tôt ». Avant de la montrer en train de se bourrer la gueule et de forniquer. Nous nous étions effectivement réveillés horriblement tôt, après avoir passé la nuit dans « notre » appartement de Longjumeau. À vrai dire nous y étions depuis la veille, seuls, comme un vrai couple, afin d'y installer un peu de vie, remplir le frigidaire, laisser l'empreinte de nos fesses sur les canapés. Nous avions du reste passé un bon moment tous les deux, à jouer à la dînette après avoir arpenté les rayons d'un supermarché, et dépensé en une soirée le budget de courses d'une semaine du couple « normal » que nous étions censés incarner. Au départ plein de bonnes intentions, les raviolis aux quatre fromages, jambon cru et Côte-du-Rhône s'étaient mués en foie gras, langoustes et Gevrey Chambertin. Il faut dire que nous avions besoin de réconfort. Il avait plu des cordes toute la journée sur la banlieue, nous nous étions perdus en nous rendant « chez nous ». Justine conduisait, elle était déjà venue une fois ou deux, mais elle avait fini par stopper sur le bas-côté, et me demander d'entrer l'adresse dans le GPS de mon Smartphone.

— J'arrive jamais à me repérer dans ce bled. Même le

nom… Longjumeau. Comment on appelle les habitants de Longjumeau ? Non, mais ! Franchement !

Nous étions partis d'un fou rire. Justine avait levé un sourcil en découvrant l'appartement loué au mois et meublé par ses équipes, et sur ses indications. Ils nous avaient pondu un intérieur tellement étudié que nous nous y sentions complètement étrangers avant même d'avoir essayé d'y jouer quoi que ce soit. Nous y avions mis le désordre nécessaire.

L'équipe de tournage était arrivée dès six heures et demie. Ils avaient installé un stand maquillage dans le salon. Justine, enfin Vanessa, s'affale à côté de moi en soupirant, et effleure mon épaule au passage pour ne pas foutre en l'air le ravalement de façade en cours. Je sursaute légèrement. On lui met dans les mains le plan du tournage, et les « indications de dialogues ». Je n'avais pas réussi à aller jusqu'au bout du document. Je somnole, nous nous étions couchés fort tard.

Le réalisateur fait irruption, suivi de la script.

— Ça va Alex, ça va Vanessa ? Bon, vous avez lu le truc ? Hum ? Qu'est-ce que vous en pensez ?

J'ouvre définitivement les yeux. De toute façon la maquilleuse s'attaque à Justine, moi je suis terminé. Je fais une moue, pas très convaincu…

— Ben…

Il n'attend pas ma réponse. Il se tourne vers la script.

— Tu vois ! Même eux sont de mon avis. C'est n'importe quoi ton truc, plus ça va plus c'est n'importe quoi ! On en est à la V4, et c'est toujours aussi mauvais. C'est à peu près aussi naturel que… Voilà, c'est ça, on dirait du Rohmer ! Mais Rohmer, lui, il le fait exprès, non ? Enfin j'espère !

Justine fait un sourire idiot genre « je ne peux pas me prononcer, je n'y connais rien ». Avec ses rouleaux sur la tête. Je manque éclater de rire. Je me lève. La script hausse les épaules.

— Ouais, et ben qu'est-ce que tu proposes, parce qu'on est un peu hors délai, là.

Il m'attrape par le cou.

— Et ben on va leur faire confiance à ces petits poulets ! S'écarter de tes dialogues pourris en tout cas, en gardant la trame, de toute façon ça ne peut pas être pire, hein. On a toute la matinée pour arriver à caler trois minutes correctes, on devrait y arriver quand même, merde !

Il me lâche, jette un œil à ma tenue, une chemise genre bûcheron, mais urbain.

— C'est très bien ça, le costume. Bon, on y va, les enfants, allez, allez !

Et il repart. Vers la cuisine, où nous devons tourner la première scène. Je le suis, non sans déposer au préalable un léger baiser à la racine des cheveux de ma compagne.

« Il est huit heures. Vanessa et Alex prennent leur petit-déjeuner dans leur cuisine, avant d'aller travailler ». C'est à peu près ainsi que commencerait le commentaire du sujet. Nous avons l'air de sortir de la douche, après une nuit paisible à Longjumeau. Nous ne parlons guère, comme un couple habitué à se retrouver autour d'une tasse de café, chaque matin.

Vanessa, donc, tirée à quatre épingles en uniforme d'une compagnie aérienne, floutée, demande en regardant sa montre, *Festina*, non floutée, sponsor de l'émission.

— Ce soir, tu viens me chercher ?

Et je réplique, en avalant une gorgée de vrai café :

— Hum. Tu atterris à 17. 00, c'est ça, on est mercredi ?

Ou jeudi, ou lundi. Le commentaire possible : « Ces

deux-là n'aiment pas être séparés. Depuis leur rencontre, Vanessa a arrêté les rotations sur les longs courriers. Ce qui leur permet de se retrouver quasiment tous les soirs. »

Puis nous nous levons, Vanessa fait mine de débarrasser, mais j'interviens. Ce n'est pas prévu dans le script.

— Laisse ! Je m'en occupe, va finir de te préparer.

Je hasarde une petite tape sur les fesses, elle sourit et m'embrasse avant de sortir. Le réalisateur demande de couper. Il est TRÈS content.

Pour la séquence suivante, après une retouche maquillage nous nous séparons sur le seuil de l'immeuble. Elle va prendre son RER pour Orly, et moi rejoindre mon bureau de « Jepars. com », en voiture. Par précaution et pour faire plus vrai, j'ai expliqué à la production que mon employeur, fictif, ne souhaitait apparaître en aucune façon à l'image, ni être cité, et pour cause ! On la voit s'éloigner après nos adieux, flou net, alors que je cherche mon, faux, badge dans mes poches pour descendre au parking. Elle se retourne et m'appelle :

— Alex !

Je lève la tête. Mon visage en gros plan, net, elle en arrière-plan, floue. Puis tout net, plan large, elle m'envoie un baiser et murmure, de loin, mais elle porte un micro.

— Je t'aime !

Je souris etc. etc.

À treize heures, ils ont tout ce qu'il leur faut.

Tout s'est passé comme sur des roulettes, ils n'y ont vu que du feu, nous avons bien travaillé. Le soir même, après le débriefing chez *Peplum* avec toute l'équipe, Justine veut fêter cela au bar tabac d'en bas. Nous sommes tous soulagés, et euphoriques, nous prenons plusieurs verres très vite. À vingt-trois heures, ils veulent fermer. Il y a un grand « ooooooh ! » d'incrédulité. Justine essaye de négocier, elle est bien partie. On a droit à une tournée générale supplémentaire, mais c'est la dernière. Sur sa lancée, elle décide qu'on ne peut pas s'arrêter là, et c'est vrai que nous n'avons pas envie de nous quitter. J'ai déjà beaucoup bu moi aussi, j'ai l'impression d'être une cerise à l'eau-de-vie au milieu d'autres fruits dans un même bocal. C'est très agréable. Tout est faux, nous ne sommes pas un couple, nous sommes une équipe double, dans une optique pas très nette. Mais tout devient flou de toute façon. Je monte au hasard dans une voiture, hilare. Dans la boîte de nuit, il y a plein d'amis de tout le monde, de bons camarades qui nous accueillent à bras ouverts. Je n'ai guère fréquenté que le milieu de la finance jusqu'à présent, et on y boit trop plutôt tout seul, en cachette…

Justine s'accoude près de moi, au bar. Elle lève la main pour commander deux autres cocktails maison, sans me consulter. Elle est gentiment ivre, gaie, très belle, décoiffée, la couleur de ses yeux a changé. Je la regarde sans rien dire. Elle considère sa main posée sur le comptoir, sur sa carte de crédit corporate. L'alcool bouge en fait, ce n'est pas nous qui titubons, c'est lui. Cela fait comme une danse multicolore et animée autour de nous, immobiles. Je n'avais jamais remarqué. Je le lui dis, elle sourit :

— Il y a beaucoup de choses que tu ne connais pas, Tim…

Je me penche et je l'embrasse, en silence, au milieu d'une clameur intense. Son visage accepte le mien, tranquillement. Sa langue trace dans ma bouche des chemins électriques. Nous nous séparons contents de nous. Je ne lui demande pas pourquoi cette fois elle s'est laissée faire. Plus tard dans la nuit, quelqu'un va au ravitaillement. Il titube en mettant un casque, dans l'entrée d'un appartement inconnu. Je ris comme tout le monde en essayant de me rattraper aux murs.

Je discute depuis un moment avec un type charmant, au calme, assis sur une marche d'escalier. L'enchantement éthylique s'est mué en déséquilibre, moins agréable, alors j'ai décidé de faire une pause. À force, il me propose d'échanger nos numéros. Je sors mon mobile. Le symbole « messages » clignote sur l'écran. Avec tout ce boucan, je ne l'ai pas entendu sonner. J'ouvre le SMS en continuant à rigoler avec mon nouvel ami. Deux photos s'affichent. Les jumelles, sur un tricycle. Je m'arrête de rire et reste coi, un instant. Je relève le nez.

— Ça va ? Tu prends mon numéro, moi c'est Alain.

Je m'exécute, difficilement. Il me regarde et me tend un verre à moutarde, avec Goldorak dessus, rempli d'un truc un peu fluo. J'avale d'un trait, du très mauvais punch, beaucoup trop fort. Je m'étouffe à moitié. Il me tape dans le dos.

— Ça va mon vieux ?

Je fais signe que oui, en essayant de retrouver le message de Diane, sans y parvenir et en paniquant, j'ai peur de l'avoir effacé. Il crie, à cause de la musique :

— T'es sûr ? Si tu veux parler, tu sais…

Je me recule, glacé.

— Merci, ça va aller.

Il part alors dans un grand discours, plus drôle du tout, sur les bienfaits de la verbalisation ou je ne sais pas quoi, couvert par la dernière chanson d'Eminem et de Rihana. Justine m'a fait faire des *playlists* pour me donner une idée de ce qu'écoutent les gens que je vais côtoyer pendant quinze jours. Je retrouve l'image de mes filles, respire et range le mobile dans ma poche, en sécurité. Je fredonne le refrain : « I like the way you lie » en n'écoutant plus mon interlocuteur et en cherchant un moyen de lui échapper. Mais il n'a pas l'air décidé à me lâcher. Je finis par l'interrompre.

— Non, mais… T'es psy ou quoi ?

Il me regarde, sincèrement surpris.

— Ben… Oui ! J'assure le soutien psychologique des candidats des émissions de *Peplum*.

J'éclate de rire. Effectivement, dans mon état, je n'ai pas fait le rapprochement, mais je me souviens l'avoir vu à l'œuvre dans quelques-unes des trouvailles télévisuelles que j'ai dû visualiser.

— Ah bon ! Ben, t'es pas psy alors !

— Comment ça ?

Je me relève.

— Tu poses ton cul sur un plateau pour te faire de la pub, tu livres trois-quatre analyses comportementales tellement primaires que même moi j'y arriverais. Tu fais le beau, ça remplit ton cabinet et en plus tu publies un bouquin par an sur le sujet. Ok, très bien, mais t'as vu dans quel état ils ressortent les candidats ? Je serais toi, je me poserais des questions sur l'efficacité de mes interventions, non ? Pour eux, je veux dire !

Et je le plante là, médusé, rejoins les autres dans la cuisine, en train de jouer au base-ball avec un rouleau à pâtisserie et des œufs. Je les regarde un moment transformer la pièce en porcherie, en évitant les projectiles.

Je n'ai pas pris de nouvelles de mes enfants depuis des jours. J'ai à peine pensé à elles… Mes deux cascadeuses, alpinistes de salon, baroudeuses en pyjama, je les avais si souvent portées jusqu'à leur lit, endormies dans mes bras. Ma nouvelle fausse vie me les a fait oublier. Je ne me suis même pas aperçu qu'elles me manquent.

Deuxième partie

On diffusera massivement, via la télévision, des informations et des divertissements flattant toujours l'émotionnel ou l'instinctif. On occupera les esprits avec ce qui est futile et ludique.
Aldous Huxley, 1939

La dislocation est en marche, la dislocation est en marche… Je ne sais pas pourquoi je remâche cette phrase en regardant l'aile de l'A350 trembler comme si elle allait se décrocher, derrière mon hublot de première classe. Justine à mes côtés vérifie en silence sur son écran le plan de sabordage de *l'Archipel de la séduction.* Dans la voiture avec chauffeur envoyée par la production pour nous conduire à l'aéroport, je lui ai suggéré une base line pour ses futurs projets, après la réussite de notre plan : « Vous aimerez ou vous détesterez, mais pourrez-vous y résister ? » Elle a levé un sourcil et noté le truc. Je deviens très calé en accroches cyniques.

Justine referme son ordinateur, le range dans son sac sous son siège, s'étire en soupirant, se tourne vers moi.

— Je reprendrais bien un peu de champagne, moi. Ça te dit ?

Ça me dit, oui. Tout me dit depuis quelque temps. Je lui souris.

— Je m'en occupe.

Je m'apprête à me lever pour repérer une hôtesse. Elle me retient par la ceinture de mon jean.

— Jean-Philippe et Marion : troisième rang à ta droite devant nous. Tarik et Natasha, septième gauche.

Je sais, bien entendu, que nous voyageons tous dans le même avion. Eux l'ignorent. Les castings se sont déroulés sans que les candidats ne se rencontrent. Nous sommes censés faire connaissance sur place au moment du tournage, histoire de ménager l'effet de surprise, d'accentuer le dépaysement, la perte de repères au milieu d'inconnus, de favoriser les égarements. Cela commence par un voyage en première. Les séducteurs et séductrices voyagent sur un autre vol, en classe éco.

« Bienvenue dans l'autre monde, mes petits… », je pense en repérant discrètement mes camarades de jeu.

Jean-Philippe sirote son champagne en reluquant sans discrétion les hôtesses et les passagères à sa portée. Marion, plongée dans le magazine de la compagnie, lève le nez à mon passage. Je lui souris. Mignonne petite biquette. La transformer en lionne ne va pas être une mince affaire… Elle baisse les yeux sur son journal. Plus loin Tarik et Natasha trinquent, ravis. Ils ne sont jamais allés beaucoup plus loin que la Canebière.

Aucun d'entre eux n'est vraiment innocent… Marion peut-être ? Mais quelle idée de se laisser embarquer dans une histoire pareille… Elle doit bien y trouver son compte. En tout cas, elle est la seule à ne pas avoir l'air très rassuré. Les trois autres se croient les élus, ils viennent tous dans cette aventure avec une idée derrière la tête, trouble et parfaitement narcissique, pour laquelle ils sont prêts à se donner en spectacle. Tarik rêve d'horizons lointains, de plages de sable blanc, de balades en hélicoptère, et aussi de montrer ses pectoraux à la télé, une vraie publicité pour sa future salle de sport, pourquoi pas ? Natasha veut devenir une vedette, comme celles des magazines qu'elle lit entre deux clientes à l'institut. Elle s'y voit déjà, les yeux brillants : le ballet des coiffeurs, maquilleuses, dans un nuage de laque. Elle veut passer de l'autre côté. Ni elle, ni Tarik ne souhaitent se mettre en danger, ils sont résolus à ne pas dépasser les limites qu'ils se sont fixées. Pauvres agneaux, ils pensent simplement profiter de l'émission, et croient ce qu'on leur a dit, pour justifier leur sélection : ils ont le potentiel. Ils n'ont aucune idée des enjeux pour la production, pour la chaîne. Ils planent, heureux dindons d'une sinistre farce. Jean-Philippe, lui, ne rêve pas, il ne pense comme toujours qu'à lui. Il est le plus mal intentionné. En dehors de Justine et moi bien entendu. Marion s'en fout.

Je reviens m'asseoir, avec deux flûtes de champagne. Elle me sourit, attend que je sois bien installé et nous trinquons.

— Bien… À la réussite, alors ?

Je lève mon verre.

— À la réussite.

— Je ne t'ai pas demandé… Ça s'est bien passé la cérémonie des adieux, avec femme et enfants ?

J'avale une gorgée, calmement.

— Je ne suis pas marié. Et je ne serai absent que quelques semaines.

Elle hoche la tête et contemple les nuages par le hublot.

Cela s'était très bien passé, en effet. J'avais envoyé un sms à Diane pour lui dire que je passerais bien dire au revoir aux enfants. Elle m'avait répondu « bien sûr ». Bien sûr. Les petites chéries m'avaient sauté au cou, et j'avais passé une heure à jouer avec elles, à les embrasser, à leur mentir : « Papa part quelques semaines, mais je reviens. D'accord ? » Et puis j'avais pris congé, sans mot dire, claquemuré. Diane, un peu désarçonnée, m'avait proposé ce café qu'elle m'avait refusé ce matin où j'avais dû sortir par la porte de derrière. Et j'avais décliné. J'étais très en colère, et j'étais parti pour lui dire ma façon de penser, pour une fois. Mais je n'avais pas pu, retenu sans doute par cette éducation qui était encore la mienne. *No explain, no complain*. Cela nous aurait pourtant fait du bien à tous les deux, une sainte colère, une réaction. Mais j'avais opposé à ses questions muettes mon indifférence et ma froideur habituelles, au lieu de pousser la gueulante qui eût été salvatrice… En claquant la porte de ma voiture, j'avais juste réussi à lâcher : « À mon retour, nous parlerons, si tu veux bien. » Elle avait juste hoché la tête.

Je me réveille, une crampe atroce dans le bras contre lequel je me suis appuyé en glissant dans le sommeil. Il fait nuit dans l'avion. À ma gauche, Justine travaille dans l'ombre, le visage éclairé par l'écran bleuté de son ordinateur.

À l'arrivée à Jakarta, des membres de la production nous attendent et nous exfiltrent très vite de la masse des passagers. Ils nous pilotent chacun à des points opposés de l'aérogare pour qu'aucun des trois couples que nous formons ne se croise encore. Au milieu de la foule, suivis de nos accompagnateurs, Justine et moi observons discrètement nos compagnons de jeu. Ils se comportent exactement comme prévu. Au moment de grimper avec Marion dans un véhicule climatisé en direction de la destination finale, à quelques heures de route, Jean-Philippe a disparu. L'équipe dite « de réception » chargée de le prendre en charge avec Marion, se met à sa recherche. Ils le trouvent assez vite, en train d'insulter un serveur indonésien ébahi. Il est persuadé d'avoir laissé son mobile dans le snack où on les a parqués le temps de récupérer leurs bagages. L'appareil se trouve en fait dans la poche de l'un des assistants qui l'a récupéré. Il le lui arrache des mains sans dire merci, l'air soupçonneux. Natasha a décidé de se refaire une beauté, mais Tarik ne sait plus dans quelles toilettes, et il est l'heure d'y aller. Elle réapparait changée de pied en cap, elle a prévu une tenue pour chaque occasion dans son bagage à main, et là c'est… balnéaire. Tarik siffle et la prend dans ses bras à grands coups de « bébéééé ! ». Ils esquissent quelques pas de salsa au milieu de l'aéroport. Ambiance grandes vacances. Marion attend en lisant des guides touristiques en anglais et en essayant de se repérer sur les cartes. Un assistant de la production ne tarde pas à se pencher dessus avec elle. Jean-Philippe qui revient, vexé, en a les yeux qui sortent de la tête, me glisse Justine à l'oreille. Nous, nous attendons sagement, les yeux dans les yeux, assis autour d'un verre de jus de fruit. Cela promet, vraiment. Ils ne profitent pas de leurs derniers moments de solitude. Ils n'ont pas conscience, même Marion pourtant très moyennement emballée, de ce que vivre scrutés, exploités sous l'œil de dizaines de caméras et derrière elles d'une armée de techniciens chargés de diriger et capter leur « vie » peut impliquer. Justine et moi y sommes préparés. Nous savourons ces ultimes instants de relative liberté.

Enfin, tout le monde retrouvé, nous partons, séparément, pour le théâtre de nos turpitudes. Sur le parking, à l'air libre, alors que nous chargeons les bagages dans le coffre, l'un de nos hôtes répond à son portable. La production. Il leur assure qu'ils nous ont bien récupérés, que tout se déroule comme prévu et nous sourit en raccrochant.

— C'est parti !

Je cligne des yeux, et grimpe dans le véhicule. Jakarta… Je me sens bien, bêtement, heureux sous le soleil, curieux de ce que je vois de l'autre côté des vitres, hélas teintées, du 4X4. La circulation dense et un peu folle nécessite toute l'attention de notre chauffeur, tandis que son collègue répond au téléphone et envoie des mails sans discontinuer. Les choses se calment et ils nous expliquent ce qui nous attend sans entrer dans les détails logistiques de leur organisation. Nous les connaissons mieux qu'eux.

Brice Toulemonde, le présentateur, est sur place depuis huit jours pour enregistrer les séquences « froides » où il apparait seul à l'écran. Ils nous le dépeignent comme plutôt gentil, et plutôt « pro ». Et nous le savons plutôt très ambitieux aussi, donc pas très regardant, ce qui va nous simplifier la tâche. Nous sommes à présent Vanessa et Alex, l'un des trois couples qui s'acheminent sous un soleil de plomb vers les deux îles « paradisiaques », une pour les hommes, une pour les femmes, séparées par un bras de mer au milieu de l'océan et distantes l'une de l'autre de quelques miles nautiques, assez loin de la terre pour que nous soyons vraiment coupés du monde. Le présentateur seul peut aller et venir d'un camp à l'autre et rentrer à son hôtel sur le continent. Les techniciens font les trois-huit pour que rien n'échappe à la production, rien n'est écrit évidemment, mais aussi et surtout rien de ce qui peut se passer d'inattendu sur les deux îles : une petite usine à rêves, un vrai cauchemar. Nous, nous faisons dans le préfabriqué : Justine s'est procuré le scénario des quinze jours de tournage. Une trame qu'une dizaine de scénaristes, basés dans le même hôtel que Brice, se tiennent prêts à réécrire et adapter en fonction des événements. Ils ne vont pas être déçus par la contribution personnelle que nous allons apporter à leur travail…

La voiture noire aux vitres fumées file au travers de la végétation verte, puissante, que je devine odorante. Au fur et à mesure de notre percée dans ce pays inconnu, je me défais de mon identité. Je deviens Alex, et Justine se rapproche, s'adoucit, devient la tendre Vanessa. Nous serons bien sûr les seuls rescapés, les seuls à ne pas flancher, puisque les seuls sans affect. Il nous sera bien plus aisé de mettre de côté nos sentiments — inexistants au demeurant ! – et de garder la tête froide, dans la confusion générale entretenue par la production. Ils n'hésitent pas à travestir complètement la réalité à grands coups d'images habilement montées, si d'aventure le dépaysement complet, la séparation, la profusion de stupéfiants et la présence constante de jeunes bipèdes déterminés à les faire trébucher ne suffisent pas à faire perdre leur peu de retenue aux candidats.

Nous roulons. Le transfert vers l'océan prend du temps, nous allons au bout du monde. Justine me tient la main en regardant le paysage défiler, en silence. Se répète-t-elle les détails mille fois répétés de ce que nous allons devoir dire, faire, à l'arrivée, une fois sous l'œil des objectifs, puis plus tard ? Songe-t-elle que nous allons passer quinze jours dans la peau de personnages, que nous vivons nos dernières heures réelles, enfin vraies ? Nous n'allons bientôt plus être reliés que quelques minutes par jour, par téléphone, hors caméras, grâce à la complicité grassement payée d'un complice sur chacune des îles. Nous ne retrouverons nos identités, et ne pourrons cesser de débiter des dialogues plus ou moins prévus qu'à ces moments-là, dans l'obscurité, la clandestinité, sous escorte. Pour la première fois de ma vie, j'ai un peu le trac. Je serre sa main et tourne le visage vers le sien. Elle me sourit. Gentiment. Amoureusement même. Elle a déjà changé de peau, je n'ai qu'à évoluer dans ses pas. Ils stoppent enfin le véhicule, dans une petite anse peu fréquentée. Un Zodiac nous y attend pour nous emmener sur l'île des filles où nous devons tout de suite tourner notre seule séquence ensemble, celle des adieux, avant d'être définitivement séparés, et conduits à nos pénates respectives. La grande rencontre avec les séducteurs et séductrices ne doit intervenir que le lendemain, au bord de la piscine, centre névralgique des opérations, donc à débordements, dans tous les sens du terme. En revanche, nous ferons connaissance avec nos camarades de jeu le soir même, au dîner.

La nuit tombe lorsque nous sortons de l'espace climatisé de la voiture. L'odeur d'iode, la chaleur nous enveloppent comme des bras. Le ciel bleu marine surplombe une mer d'huile, d'un ton plus électrique et qui fait ploc ploc sur les proues des quelques embarcations amarrées, en face d'un appontement jonché des résidus de pêche, laissés là après le retour des bateaux. La voiture s'éloigne et disparaît sans bruit, comme un mirage, sans que les enfants accroupis, occupés à trier des coquillages oubliés ne lèvent la tête. Des gens du coin s'emparent de nos bagages, les portent au-dessus de leur tête dans l'eau. J'ai une envie folle, irrésistible de les suivre et d'entrer à mon tour dans l'océan et de m'étendre sur le sable frais. Mais la deuxième partie du programme est hors de question. J'enlève mes chaussures, prends Justine par la main et l'entraîne. L'eau est un peu froide – elle tressaille contre moi – mais délicieuse après ce long voyage. Elle sourit, en avançant à mes côtés, dans le sillage des rayons du soleil couchant sur l'onde. Moment parfait. Dommage, sans caméra, me chuchote une petite voix. Mais je la fais taire. Ce genre de pensée ne peut pas traverser l'esprit d'Alex. Juste avant la séparation, il doit avoir le cœur un peu serré, submergé de sensations intenses dans ce bain de mer improvisé au crépuscule. Que fait-il alors ? J'enlève ma compagne dans mes bras pour la porter jusqu'au bateau. Elle s'accroche à mon cou. Chevalier servant, et trempé, je me sens animé des sentiments qu'éprouve mon personnage. Heureux. Et déchiré.

Nous y sommes. Nous distinguons des lumières, une côte. Personne ne crie « Terre ! » comme dans les films. Je pense à Dreyfus, au Diable. Qu'a-t-il pu ressentir, lui, enchaîné, à l'approche de son caillou saillant au milieu d'une mer dangereuse ? Nous regardons approcher le moment de notre propre emprisonnement, où l'imposture va devenir la règle carcérale. Comme le pauvre capitaine, je m'apprête à endosser un rôle, un destin qui ne sont pas les miens. Mais moi je les ai choisis, et je n'assumerai même pas la responsabilité de ce qui va se passer là où de petits feux nous clignent de l'œil. Puisque ce n'est pas moi qui agirai, mais mon personnage. Justine regarde elle aussi. Les caméras nous attendent et tournent déjà. Nous avons encore cinq minutes à nous. Nous sommes filmés, mais pas encore équipés de nos prothèses microphoniques. Justine me dit quelque chose que je ne comprends pas à cause du bruit des moteurs et de l'océan. Je me penche pour mieux l'entendre. Elle pose sa main sur ma nuque, la serre entre ses doigts et attire mon visage. Elle murmure mon vrai prénom juste avant de m'embrasser. D'une façon qui génère une réaction immédiate. Je m'écarte pour tenter de lui dissimuler cet enthousiasme juvénile et pas très professionnel. Elle sourit et se serre au contraire contre moi, glisse sa main sur ma queue. À l'image on ne peut pas voir cette partie de l'action, mais ces adieux ont l'air aussi passionnés que spontanés.

Juste avant d'accoster, on nous équipe des fameux micros HF qui ne vont plus nous quitter. Nous avons répété des dizaines de fois, et encore pendant le voyage… Les liaisons téléphoniques entre nous deux auront lieu après le dîner ou le feu de camp, avant la soirée, au moins un jour sur deux. Je tâche de me concentrer sur le script large que j'ai mémorisé, les quelques répliques phares qui vont me guider. Nous arrivons sur la plage, sans rien dire, déjà conscients que nous sommes écoutés. Brice nous attend, pieds nus sur le sable, en pantalon et chemise de lin immaculés, au milieu des projecteurs et des caméras, les deux autres couples autour de lui. Nous sommes les derniers. Assis dans le canot, serrés l'un contre l'autre, les cheveux dans le vent, nous prenons une dernière respiration.

Justine-Vanessa, superbe, déjà un peu hâlée, moins maquillée, décoiffée, rajeunie m'appelle, un sourire éclatant aux lèvres.

— Alex ?

Je tourne la tête vers elle, docilement.

Son sourire s'élargit un peu plus encore.

— Je t'aime.

Je prends sa main, de nouveau. Elle est glacée.

Brice a remonté son pantalon et les pieds dans l'eau, aide Vanessa à descendre de l'embarcation. Je saute virilement dans l'océan. Une fois sur la plage, deux cadreurs tournent autour de nous comme deux grosses mouches. Vanessa met de l'ordre dans ses vêtements. Brice est trop maquillé, gominé, ses manches de chemises trop négligemment remontés sur ses avant-bras bronzés, son sourire beaucoup trop large. Que je lui rends, détendu, en échangeant une poignée de main.

— Bon voyage Alex ? Pas trop fatigué ?

— Ça va, merci. Pas fâché d'être arrivé, quand même !

Vanessa s'approche. Je la prends par la taille. Brice laisse un léger temps pour que les choses s'organisent autour de nous.

— Eh bien, bienvenue à tous les deux. On n'attendait plus que vous. Vous me suivez ?

On s'occupe des bagages dans l'ombre revenue. Une fois réunis sous les tentes dressées plus haut, autour de la piscine des filles, les effets personnels de Vanessa seront portés dans sa chambre, et discrètement inspectés. Les miens attendent dans le Zodiac pour la dernière étape du voyage vers l'île des garçons.

Brice nous accompagne jusqu'aux quatre autres aventuriers de l'amour. Il nous présente. Vanessa embrasse Jean-Philippe et Tarik, pendant que je m'acquitte du même cérémonial auprès de Natasha et Marion. Et puis nous inversons et je me dirige vers les hommes. À la gauche de Brice, qui nous guide et autour duquel doit tourner toute la scène, Jean-Philippe m'ignore, Tarik me sourit largement et nous échangeons un salut de basketteur noir américain ghettoïsé. Mes formateurs m'ont montré cette intéressante coutume, je ne m'en tire pas trop mal. Je suis plus grand que tout le monde. Les filles papotent, un peu tétanisées, déstabilisées par cette entrée rapide dans le vif du sujet. Natasha pigeonne du balconnet, Marion rougit, Vanessa sourit. Brice donne le départ, d'un grand geste enveloppant.

— Allez on y va. Pas de regrets ?

Dans un bel ensemble, chacun à notre façon, décidé, emballé, effrayé, nous lui emboîtons le pas. Nous gravissons le chemin balisé de torches, main dans la main, sans parler, pénétrés de la solennité de l'instant. L'air sent la citronnelle, mais nous n'entendons bizarrement aucun bruit. Les habitants habituels de la forêt se taisent, perturbés sans doute par ce remue-ménage télévisuel. Enfin nous parvenons au camp des filles.

Un cocktail de bienvenue nous attend, sur des tables dressées de nappes blanches, une armée de serveurs autochtones affublés de vestes également immaculées officient dans la lueur des torches et des bougies. C'est assez féerique. Réunis autour de la piscine éclairée, dans la douceur du soir, j'observe nos partenaires de jeu : le charme opère. Je plonge le nez dans mon verre et attends la suite des événements, en échangeant avec Vanessa les « oh ! » et les « ah ! » prescrits. Brice reprend la parole après avoir aimablement échangé quelques mots avec chacun d'entre nous sous les projecteurs.

— Bien. Mes amis, je déclare officiellement cette saison huit de *l'Archipel de la séduction* ouverte. Et je vous souhaite la bienvenue au nom de toute l'équipe. Mesdames, vous êtes ici chez vous, Messieurs, c'est la première et la dernière fois que vous mettez un pied sur l'île des filles. La vôtre vous attend, vous n'allez pas tarder à vous y rendre en bateau, il y en a pour dix minutes de navigation. Si l'un d'entre vous se mettait en tête de traverser par ses propres moyens, pour je ne sais quelle raison, mais l'amour a ses raisons... sachez que c'est à vos risques et périls. Les courants sont très forts, nous utilisons les services de gens d'ici, des marins chevronnés pour garantir notre sécurité à tous. Les feux de camp quotidiens, vous le savez, auront lieu sur vos îles respectives à tour de rôle. Vous n'aurez plus aucun contact « physique » avec vos partenaires à partir de ce soir et jusqu'à la fin... ou votre sortie du jeu. Demain vous rencontrerez vos séducteurs et séductrices. Vous passerez la journée avec l'un d'entre eux, que vous aurez choisi après les avoir vus tous ensemble. Ils sont dix. Il faudra dès demain commencer par en éliminer un. Mais vous devez être fatigués, le voyage a été long. Je vous propose de vous laisser quelques minutes pour vous dire au revoir, ou adieu — qui sait ? Quant à moi, je vous quitte. Je vous retrouve demain pour le premier feu de camp. D'ici là, prenez soin de vous. À demain !

Il tourne les talons, suivi par ses caméras, tandis que les nôtres continuent à nous filmer, certains cadreurs se rapprochent pour capter l'expression de nos visages. Je tiens Vanessa contre moi. Elle frissonne, dans nos regards emmêlés se lisent à la fois angoisse, excitation et tristesse de nous quitter. Pour les dialogues, ça donne côté Tarik et Natasha :

— Je t'aime bébé, crains rien. Y'a rien qui peut nous atteindre.

Elle essuie de grosses larmes du bout de sa manucure, il murmure en lui touchant doucement les cheveux, penché sur elle, rassurant, costaud, stable. Côté Marion et Jean-Philippe, il l'a prise dans ses bras et calée contre son épaule.

— On fait comme on a dit, d'accord ?

Elle hoche la tête, perdue dans son déodorant.

— Mais si je te vois avec une de ces filles ?

Il s'énerve un peu et l'éloigne de lui en la tenant par les épaules.

— J'irai pas plus loin que ce qu'on a dit, c'est tout. Tu me crois ou pas ? C'est qu'un jeu, c'est tout. Te laisse pas approcher, toi, et ça ira. OK ? Allez.

Ils s'embrassent. Du côté d'Aubagne, c'est les grandes eaux. On dirait que l'un des deux part à la guerre. Enlacés, nous sommes nous sur le mode prévu : « déchirés-mais-dignes ». Je regarde Tarik et Natasha et me demande si on ne va pas devoir employer les grands moyens pour les décoller. Je me mords les lèvres pour ne pas faire part de mes réflexions à ma camarade.

Natasha, entre deux sanglots : « Tu leur dis de ma part à tes séductrices : qu'elles y pensent même pas à te toucher. Parce que ch'uis pitbull ascendant louve, moi !

Moi : « Prends soin de toi, mon amour. »

Vanessa, en riant, l'air extasié malgré sa peine, le regard tourné vers la piscine : « Ça ne va pas être très difficile, ici. Je penserai à toi tout le temps. »

Moi : « Je t'aime. Tout ira bien. »

Elle hoche la tête.

— Oui tout ira bien.

Elle me caresse la joue.

Je descends de mon bungalow à l'espèce de pool house composé de plusieurs grandes cases ouvertes autour de la piscine. J'ai pris possession de mes quartiers et passé un bon quart d'heure sous une douche brûlante malgré la tiédeur de la nuit. Baigné, changé, frais, tout va bien. Le couvert a été dressé pour trois sur une terrasse, en surplomb de la mer. Il est déjà plus de dix heures du soir, j'ai une faim de loup… Sur le chemin éclairé de torches, dans l'air parfumé, me revient le souvenir d'un été brûlant, de nuits chaudes et odorantes comme celle-ci, au fin fond du Périgord. Je passais mes journées sur un toit, comme dans un four en plein ciel au milieu des arbres, écrasé de soleil, à réparer la charpente d'une maison. Je ne me rappelle rien d'autre que les pauses dans la fournaise, l'eau glacée tirée du puits dont nous nous aspergions en descendant, le bruit assourdissant des cigales, la sensation de plénitude et du travail bien fait, la bonne fatigue du soir. À la nuit tombée, nous nous réunissions autour de vieilles chaises et d'une table de jardin un peu rouillées, après une longue et délicieuse toilette, abrutis, chancelants, apaisés, affamés, impatients de profiter du vin, de manger des pâtés sur du bon pain épais. Je suis fatigué également ce soir, détendu et comme ouvert à tout, heureux de ce dîner. Je ne connais pas encore officiellement mes comparses, nous n'avons rien construit ensemble, hormis déjà des scènes que continuent à capter les caméras. Une équipe nous attend à la porte de nos chambres, et nous suit partout dès que nous en sortons. J'ai une vieille chanson oubliée dans la tête, je la fredonne entre mes dents. Elle doit elle aussi appartenir à ce souvenir périgourdin inclassable, égaré dans ma mémoire. Persiste pourtant, encore aujourd'hui, le son des cloches de l'église romane du village, dans le silence de la campagne déserte. J'en revois le clocher. Je suis familier de ces plongées dans un passé que je ne reconnais pas, dans des souvenirs dont j'ai le sentiment qu'ils ne m'appartiennent pas, alors je ne m'inquiète pas. Tout se dissipe d'ailleurs à la vue de mes acolytes déjà installés, eux aussi bien proprets. On me tend un cocktail exotique, très fruité, et très éloigné des joies viticoles de mon coin de campagne précédent. Je m'installe entre Tarik et Jean-Philippe à la table ronde qui nous est réservée. Porcelaine, verres à pied, linge de table amidonné, seau à champagne perlé, lumières douces, musique d'ambiance agréable, une *playlist* du Buddha Bar sans doute… Tout serait parfait si l'un des deux ne s'était pas aspergé d'une eau de toilette compliquée, type « Égoïste », mais achetée sur le marché de Sarcelles. Je souris en vidant mon verre, les narines palpitantes. Je vais devoir m'habituer aux mœurs, y compris olfactives, de mes compagnons, qui plaisantent en commentant la vue, le voyage, leur chambre, etc. Il est question du jacuzzi pour le moment, Les cadreurs tournent autour de nous, nous sommes équipés bien entendu de nos micros, mais très vite, nous les oublions. On nous sert des fruits de mer délicieux, des langoustes grillées, du vin blanc forcément, puis du champagne… Jean-Philippe fume, entre les plats, des Marlboro rouges. Tarik non. Je me renverse en arrière après une dernière bouchée, me cale contre le dossier de ma chaise en soupirant d'aise.

— Je peux t'en piquer une, J.-P. ?

Il a insisté pour que nous l'appelions par ses initiales.

— Vas-y, sers-toi ! Tarik, toujours pas ?

J'allume ma cigarette aux bougies, en me penchant par-dessus la table. J'en profite pour les observer. Ils s'endorment un peu, assommés. Il va falloir relancer les opérations. Je me lève, les deux qui somnolaient sursautent.

— Bon, les mecs, on va quand même pas aller se coucher comme ça ? Je vous ai apporté un petit cadeau du pays, pour fêter notre arrivée. Je reviens.

Je passe derrière le bar, où j'ai déposé mon présent en arrivant. Un serveur lui aussi endormi me tend le paquet.

Arrivé à notre table, je sors ma bouteille, triomphal.

— Cognac !

Jean-Philippe se redresse sur sa chaise.

— Bon, ben dans ce cas, un p'tit poker. Sérieux ?

L'œil de Tarik se rallume.

— Ouais, mais, qui a des cartes ?

Jean-Philippe se relève à son tour et ricane.

— Pour qui tu me prends ? Je vais les chercher.

Avec Tarik, nous finissons les fonds de bouteille en rigolant, sous la lune. Il n'a plus envie de se coucher.

— Ben, dis donc, t'as une sacrée descente toi, pour un musulman !

Il éclate de rire.

— T'emballe pas ! J'pratique pas, j'suis barman, alors... Mais c'est vrai que d'habitude je touche pas trop à ça. Natasha elle aime pas. Là j'me lâche, c'est les vacances, quoi !

J'ai beaucoup bu de mon côté, je frissonne, un petit vent me caresse les oreilles. Et je comprends tout à coup d'où me vient le souvenir de tout à l'heure : je passe mon temps dehors depuis quelques heures, et cela ne m'est pas arrivé depuis… depuis… les charpentes de Dordogne. Je remonte à mon tour en vitesse chercher un chandail dans ma case, et prendre l'air aussi. Il ne faut surtout pas que je perde le contrôle. J'entre dans mon bungalow où j'ai laissé la lampe de chevet allumée, et la fenêtre ouverte derrière la moustiquaire. Le rideau en voile léger se gonfle sous l'effet de la brise. Je récupère un gilet dans ma valise ouverte que je n'ai pas encore vidée, me passe la tête sous l'eau et redescends en sifflotant, mon pull sur les épaules. De retour à notre table, je les trouve tous les deux debout, Tarik appuyé sur le dossier d'une chaise, Jean-Philippe les poings serrés et comme un peu pâle, sous sa peau métissée. Je m'assieds en soupirant.

— Qu'est-ce qui se passe ?

— T'as rien remarqué de bizarre dans ta chambre, toi ?

Je m'assieds et entreprends l'ouverture de ma bouteille.

— Ben, non… Pourquoi ?

Tarik marmonne un truc et disparaît à son tour.

— Y a quelqu'un qu'a fouillé dans mes affaires.

Je lève un sourcil, en parvenant à mes fins.

— Merde. Qu'est-ce qui a disparu ?

— Rien, mais…

— Ah bon, ben c'est pas grave alors. Je te sers un verre quand même ?

Il me regarde, comme s'il allait se jeter sur moi.

— Lâche-moi avec ça. Je te dis qu'on a fouillé dans ma chambre !

Je soupire et repose son verre vide, tout en trempant les lèvres dans le mien.

— Hum. Tu sais pas ce que tu rates…

Il fait le tour de la table, se plante devant moi, furieux. Absolument pas impressionné, je lève la tête en souriant.

— Tu te fous de ma gueule ?

Les caméras se rapprochent de nous, scrutent ce qui a l'air de se profiler comme le premier incident de la saison.

J'ouvre la bouche pour lui répondre, Tarik réapparaît, un peu transpirant, il a dû courir.

— Ben non, chez moi, j'ai rien vu de pas normal.

Il nous regarde, s'aperçoit vaguement d'un truc, et s'installe ostensiblement entre nous deux. Au cas où. Je lui tends son verre, il me sourit et en boit une gorgée. Il s'étrangle un peu.

— Pas mauvais, hein ?

J.-P. frappe la table violemment devant moi et crache entre ses dents :

— Putain, mais ça te fait marrer ou quoi ?

— Calme-toi, OK ? On t'a rien piqué, y a pas mort d'homme. T'avais planqué un truc, un téléphone, genre ? C'est ça qu'ils cherchaient…

— Mais comment tu sais ça toi ? C'est qui « ils » ? Hein ? C'est toi ?

Il s'agite, hurle, mais je me suis redressé sur mon siège. Et pour épargner sa fierté visiblement malmenée, Tarik pose une main sur la poitrine de J.-P. et l'autre sur mon bras. Comme s'il avait la moindre intention d'en découdre, ce roquet énervé, et moi, de relever. J'avais oublié ces ambiances de saloon. Grandiloquence, testostérone à fleur de peau…

— Putain, si je trouve celui qu'a fait ça…

Tarik reprend une gorgée.

— Écoute, je sais pas c'est qui, mais c'est pas Alex, ça va pas ou quoi ? Il a raison : on t'a rien gaulé, lâche l'affaire.

Il nous regarde un instant, arrache son micro, le balance sur la table en renversant les verres et part en trombe en bousculant le cadreur qui le suit.

Tarik soupire.

— C'est pas comme si on n'avait pas des meufs pour faire ça… C'est con, faut être trois pour un poker, non ?

Je nous ressert.

Très vite, nous en venons au cœur du sujet.

— Qu'est-ce qu'elles font les filles en ce moment, à ton avis ? Ça casse la tête franchement. C'est la première fois qu'on est séparés avec Natasha.

Je l'écoute gentiment en échangeant avec lui de, fausses, confidences, entre hommes, tâche de soigner son spleen à coups de cognac, décidément excellent, mais il n'y connaît rien, et de sentiments partagés. Nous nous quittons fin saouls, surtout Tarik qui n'a pas l'habitude, et contents de notre soirée. Nous sommes « frères » maintenant.

Je remonte à ma chambre en titubant, filmé bien entendu. J'entre dans ma chambre et m'écroule sur le lit, non sans éteindre et me débarrasser de mon micro. J'attends dix minutes en faisant semblant de ronfler. Puis on gratte très doucement à la baie vitrée. Je l'ouvre et sors sur la terrasse. Le jeune homme qui m'y attend me fait signe de me taire et de le suivre. Il enjambe la balustrade, je l'imite, dans le noir. Nous marchons un moment, en nous éloignant des bungalows disséminés au milieu de la forêt sommairement défrichée. Enfin, il se tourne vers moi, toujours sans rien dire et me tend un téléphone cellulaire dont l'écran éclaire brièvement son visage. Il ôte les écouteurs et me les donne.

Il s'éloigne légèrement pour faire le guet. Justine parle très bas, mais je l'entends distinctement.

— T'es là ? Ça va ?

— Pas mal. Et toi ?

Je la sens sourire à l'autre bout du fil.

Je lui raconte très brièvement la pose des premières

banderilles, cet acte un qui s'est déroulé comme prévu.

— Bien. C'est un bon début. Comment tu le sens ?

— Il est tendu comme un string, mais pas dangereux. On en fera ce qu'on voudra, suffit de le canaliser. Et je me suis fait un copain.

— Parfait. J'ai aussi un peu avancé de mon côté… On continue comme ça. Ton contact te donnera les instructions pour demain soir comme convenu. OK ?

— OK. Bonne nuit.

— Oui, toi aussi.

Je m'apprête à ôter les écouteurs, elle ajoute, goguenarde :

— Tu me manques déjà.

Je souris dans l'obscurité et remets le combiné à mon acolyte. Il en ôte immédiatement la puce et la glisse dans sa poche de bermuda. Nous rentrons à ma case, il semble connaître le terrain comme sa poche, toujours sans un mot. Une fois à bon port, nous échangeons un signe de tête, j'enjambe la balustrade dans l'autre sens tandis qu'il disparaît dans la végétation.

1

Le premier jour

J'ouvre les yeux d'un coup. Légère migraine. Il fait à peine jour, j'ai dû dormir quatre heures à peine, nous sommes réquisitionnés dès l'aube. Nous devons tourner des séquences de présentation de nos couples et de nos motivations respectives dans le décor où va se jouer la partie. Ce qu'ignorent bien sûr mes petits camarades. La production nous a fait jouer une vraie scène de faux adieux la veille pour obtenir l'intensité dramatique nécessaire. Ce matin, c'est la « vraie » dernière fois que nous voyons nos conjoints. Au programme : cheveux dans le vent, dessins de cœurs sur le sable et confessions. Où il est question d'entrevoir pour quelles raisons tordues des gens apparemment sains d'esprit décident de se donner en spectacle sur la base de « qui trompera l'autre en premier » ? Je connais ma partition sur le bout des doigts. Et justement : j'ai rêvé de Justine cette nuit, le peu de temps qu'a duré ma nuit. Des rêves torrides. Les échanges de serments d'amour et de fidélité prévus sont accompagnés de baisers passionnés. Rien qu'à l'idée, j'ai une nouvelle érection. J'ai dû partager le repas de mes partenaires de jeu hier soir, la nourriture « spéciale » prévue pour porter l'excitation des candidats à son comble. Nous étions trop peu nombreux pour que je puisse faire semblant d'avaler les mets ainsi assaisonnés sans éveiller les soupçons. Je me caresse avec délices, les yeux tournés vers le ciel qui s'éclaire.

Je suis donc très détendu ce matin. Avant de sortir, je jette un dernier coup d'œil dans la glace. J'ai l'air en pleine forme, le teint frais presque rose sous un léger hâle, les dents éclatantes, les cheveux ébouriffés genre « je sors de la douche » coupés court à la romaine. J'ai achevé ma mue, et les ajustements préconisés par Justine ont fait de moi un autre homme. Je surprends parfois mon reflet avec étonnement, j'ai du mal à me reconnaître, débarrassé de mes costumes sombres, de mon visage pâle de citadin qui ne voit jamais le jour et croise un tournesol tous les dix ans. J'accroche mon micro à ma ceinture et l'allume, enclenchant ainsi le signal et je retrouve une équipe sur le pied de guerre à ma porte. Je meurs de faim et lance en arrivant un œil amical au buffet dressé près de la piscine, aux grappes de fruits débordants, aux montagnes de croissants et de toasts, aux carafes perlées de jus frais. Je vais pouvoir me sustenter, ils n'ajoutent aucune drogue au petit-déjeuner à ma connaissance. Il fait déjà chaud. Je souris aux cadreurs en m'asseyant et m'étire voluptueusement, dans un petit bruit de clapotis. Tarik apparaît bientôt, en marcel immaculé, bermuda long et tongs. Il est lui aussi plutôt frais malgré le cognac et les quelques heures de récupération. Il a seulement l'air d'un enfant au réveil, étonné et souriant, cela lui va bien. Jean-Philippe arrive alors que nous achevons presque de nous restaurer, en plaisantant gentiment. Nous sommes les uns pour les autres les seuls points fixes de l'aventure, les seuls pôles rassurants. Les caméras ronronnent doucement, les équipes aussi profitent de la détente matinale, et jouent avec nous. J.-P. porte des lunettes noires, et semble résolu à ne pas les enlever de la journée. Il tire une chaise en grommelant « salut » et allume directement une cigarette. Je me tourne vers lui, la cafetière à la main. Il fait un signe de tête et me tend sa tasse. Je verse la potion fumante presque au ras.

— Noir, je suppose, hein ?

Il soupire, les sourcils levés.

— Ouais !

Je repose ma cafetière et lui passe le bras autour des épaules, brièvement. Tarik est allé lui chercher un jus d'orange et des croissants. Il se détend un peu. Il a dû passer la nuit à ruminer le cambriolage de sa chambre.

Nous sommes repus et J.-P. finit par grignoter et même par rire à nos blagues. Tarik se relève pour épousseter les miettes de ses vêtements, il se rassied en souriant.

— Hey ! Aujourd'hui les mecs, c'est les séductrices !

Jean-Philippe se réveille tout à fait et son œil s'allume.

— Putain ouais !

Bref, l'harmonie règne. Alors surgit un assistant de production, équipé d'un micro-casque, un *paper board* à la main, son badge autour du cou, un assistant de production quoi. Il nous salue comme tel, c'est-à-dire l'air débordé.

— Bien, messieurs, si vous avez fini de déjeuner, on va se mettre en route, OK ?

Jean-Philippe fronce les sourcils.

— En route pour où ? Elles pensent qu'on va aller les chercher, les séductrices ?

Il ricane.

L'assistant le regarde en souriant poliment, résigné à expliquer à cet imbécile ce qu'il va de toute façon accepter de faire sans protester. Parce que c'est de la télé.

— Non, bien sûr, elles vous retrouvent ici, avant le déjeuner. Et vous partez avec celles de votre choix pour l'après-midi. Mais on va d'abord tourner quelques plans ici sur la plage avec vos copines. Elles arrivent.

Jean-Philippe nous regarde, bouche bée. Je prends la parole.

— Quoi ? Et la scène des adieux d'hier soir, ça n'allait pas ?

L'assistant me regarde, soupire. Il commence à m'expliquer patiemment et sans la moindre honte leur peu ragoûtante cuisine. Je l'écoute sans rien dire, mais en le regardant fixement.

— Donc, voilà. Euh, on y va, les gars ?

J.-P. massacre son paquet de cigarettes vide, au bord de l'explosion, Tarik se tait en regardant la mer, songeur, mais sans doute heureux de ce sursis inattendu avec Natasha. Je m'approche de l'assistant.

— Bonne idée ça, de nous faire tourner tes plans à la con APRÈS la séquence émotion d'hier soir. C'est logique, et pis ça va être du tout cuit, t'inquiète, on va être super naturels !

Je lui arrache des mains son plan de tournage agrafé à sa tablette. Il pousse un petit cri. Je parcours le document des yeux.

— C'est ton boulot ça ? C'est grave cool, hein ! Allez on y va.

Je lui balance son conducteur dans les bras, me tourne vers mes camarades, qui me tapent sur l'épaule. Jean-Philippe particulièrement dont je viens de relayer l'indignation. Et surtout de gagner la confiance. Et j'ai fait preuve de ma virilité et de mon adhésion au groupe.

Nous retrouvons les filles au débarcadère, en contrebas. Elles viennent de traverser, à peine réveillées. En maillot de bain, déjà maquillées, elles plissent les yeux sous le soleil, elles aussi désarçonnées de devoir tourner des scènes idylliques avec nous, à huit heures du matin, alors qu'elles se sont préparées à ne plus nous revoir de toute la durée du jeu. Il fait une chaleur presque étrange de si bonne heure. Jean-Philippe ne desserre pas les dents. Ce contretemps a ravivé sa colère d'avoir été « visité » dans sa chambre, il n'a aucune envie de tourner ces scènes niaises avec Marion. Tarik s'éponge le front tandis que nous descendons :

— Fait chaud, truc de ouf !

Je m'arrête et scrute la plage, les filles qui nous attendent entourées d'un essaim de maquilleuses qui les « raccordent ».

— Ouais, t'as raison. On n'a qu'à piquer une tête. Avec les micros. Ça leur apprendra à nous faire des coups comme ça, à ces bâtards. Hein, J.-P. ?

Il sourit vraiment, pour une fois. Colère, vengeance, ce garçon ne fonctionne qu'en mode binaire. Il me tape en tout cas dans la main, et nous nous mettons tous les trois à courir. Et nous nous jetons à l'eau dans de grandes éclaboussures. Très beaux plans de camaraderie masculine au passage, ils pourront toujours les récupérer, d'autant que ça ne va pas durer. En revenant sur la plage, nous tendons nos micros noyés à un technicien en souriant. Il les récupère en soupirant et demande :

— Vous voulez bien vous changer, maintenant ? L'habilleuse vous attend.

Une jeune femme visiblement accablée nous tend des serviettes et des maillots de bain secs. Ainsi parés, nous pouvons enfin retrouver nos moitiés. Natasha, Vanessa et Marion se glissent dans nos bras, pendant que le ballet des brosses, houppettes, reprend. Sur un tournage, personne n'est jamais « raccord », d'accord non plus. L'assistant du matin chaussé de lunettes de surfer, pieds nus, et assez malingre réapparait tandis qu'on nous équipe de micros tout neufs.

— Pas mal les gars le coup du bain improvisé... Bien, vous allez partir par couple, chacun avec une équipe sur les différents spots de l'île. C'est vrai qu'on aurait dû le faire dans l'ordre, mais bon, c'est juste une dernière balade sur la plage, OK ?

Tarik, Natasha pendue à son cou, demande :

— On peut se baigner avec les filles ?

Il souffre de la chaleur.

J.-P., contraint de faire à nouveau de la figuration auprès de Marion, qui a l'air aussi ennuyée que lui, ricane :

— Ben alors ? Ça te rappelle pas un peu chez toi, Aziz ?

Tarik le dévisage un instant, les caméras braquées à fond de zoom sur eux. Il a l'air de se demander s'il doit là, tout de suite, lui coller une droite, ce n'est pas dans le script. Marion d'ailleurs murmure, navrée :

— J.-P., s'il te plaît…

Tarik tourne la tête et embrasse Natasha.

— Je suis né à Vénissieux. Et mon prénom c'est Tarik. T'as des troubles de la mémoire immédiate, ou quoi ?

Et il éclate de rire en s'éloignant. Je lui emboite le pas suivi de Vanessa, Natasha et… Marion.

L'assistant nous interrompt.

— Vous faites ce que vous voulez, vous pouvez vous baigner, bien sûr, mais vous enlevez le matériel avant. On est d'accord ?

Ils partent donc chacun de leur côté, avec leurs partenaires attitrées, entrelacer leurs initiales sur le sable et se regarder dans le blanc des yeux. J.-P., suit le mouvement. De mauvaise grâce. Mais qui s'en soucie ? Je me retrouve à barboter avec Vanessa, les cadreurs aussi heureux que nous de mettre les pieds dans l'eau tiède et translucide. Allongés sur le sable, je la serre dans mes bras autant que je le peux, façon Deborah Kerr dans *Tant qu'il y aura des hommes*. Elle glisse en riant :

— Fais attention, tu ne vas pas pouvoir sortir de l'eau si tu continues !

Ils ont assez vite ce qu'il leur faut et nous laissent rentrer en nous tenant par la main. Nous jouons le jeu. Le bain a détendu Jean-Philippe, il couve Marion d'un air d'heureux propriétaire. Elle est charmante en effet, dans son petit deux pièces, les cheveux mouillés arrangés par les coiffeurs. Bien plus naturelle par exemple que Natasha dont la poitrine déborde largement de son haut de maillot, et plus innocente que Vanessa qui joue les bonnes copines un peu cérébrales, et gentiment allumeuses. Il est déjà temps de se quitter à nouveau, d'aller déjeuner à l'ombre et de rencontrer les séductrices et séducteurs. Les équipes ne prennent pas la peine cette fois de nous laisser nous dire au revoir, c'est déjà dans la boîte. Nous nous embrassons rapidement, après nous être roulés les uns sur les autres pendant deux heures.

Et puis elles remontent dans le canot qui les attend en se balançant mollement, et qui les emporte, très vite. Elles agitent la main jusqu'à disparaître de nos vues. Tarik accuse le coup. Alors J.-P., lui tape dans le dos.

— Ça va aller, va. Et excuse, pour tout à l'heure. J'étais trop véner', je le pensais pas pour le bled et tout ça. Il faut qu'on se serre les manches, hein ?

Ils échangent une belle accolade bourrue. Je manque éclater de rire.

Les séducteurs

Vanessa contemple la brochette de mâles alignés en short de bain, debout en face d'elle, de Natasha et de Marion, assises. Elle jette un coup d'œil aux deux filles et sourit intérieurement. Il est question de passer l'après-midi avec trois séducteurs chacune, pour faire connaissance. Tout le monde se retrouvera ensuite pour une soirée salsa. Les filles comparent les mérites, pour le moment esthétiques des dix éphèbes plus ou moins mats ou clairs de peau, plus ou moins bruns ou blonds, mais tous sur le même standard.

Il y en a pour tous les goûts, mais comme pour les sucettes, la forme et le fond probablement restent identiques. Tous arborent le même sourire blanc, la même allure de beau gosse, le même air sain, entretenu, le même ventre plat. La plupart cachetonnent dans l'émission entre deux saisons au club Med', les tournées de gogo danseurs dans les boîtes de province. Ce qui donne invariablement quand on leur pose la question : « je suis en train d'arrêter le mannequinat ». Pour faire l'acteur. Un doctorat de paléontologie plus rarement.

Natasha regarde Marion qui rougit, laisse tomber, se penche vers Vanessa et lâche à voix basse :

— Putain, on se croirait chez Carrouf là !

Vanessa baisse la tête en rigolant.

— C'est plutôt sympa, comme supermarché, en même temps…

— Hé, mais tu crois qu'il va falloir leur sentir le cul, comme aux melons ?

Vanessa éclate d'un vrai rire, tandis que Natasha sourit, la tête haute, assez fière d'elle. Cette fille jusqu'à présent lui faisait un peu peur, sans qu'elle ne sache pourquoi. Elle n'arrivait pas à la cerner, avec son éternel sourire énigmatique. Natasha flairait quelque chose de bizarre chez Vanessa, mais était à mille lieues d'entrevoir la capacité de duplicité, d'organisation, de perversité de sa compagne de jeu. À mille lieues des enjeux, bien réels, eux, de ce programme de divertissement auquel elle participait. Sa curiosité était aiguillonnée par la personnalité ambivalente de sa comparse, qu'elle percevait en dépit de toute la science de l'intéressée. Mais au lieu de se méfier vraiment, elle imaginait on ne sait quel cadavre dans le placard, elle se croyait dans « La maison des secrets », alors que c'était plutôt celle des Usher. Elle n'avait pas assez lu, et trop vu de télé-réalité. Ce grand rire la rassure, et la rapproche de sa partenaire. Vanessa le sent immédiatement et note d'utiliser avec elle le ressort de la bonne vieille blague un peu salace. Et parfaitement innocente. Pour le moment en tout cas. De plus, cette intervention de Natasha va rester dans les annales de la télé-réalité, passer à la postérité navrante de cette société nombriliste. Brice, sur l'un des grands côtés de la piscine, enregistre son texte, debout. Il faut recommencer, il butte, Dieu sait pourquoi sur « première prise de contact ». Il va y avoir un peu de montage. Il doit présenter, brièvement, mais tout de même, les dix séducteurs aux trois candidates qui sourient dans le vide en attendant que ça se passe. Mais Brice est un diesel, un vrai professionnel. Une fois chaud, il déroule toute l'affaire sans accroc. Il en vient enfin aux candidates et se tourne vers Marion pour commencer.

— Marion, vous avez pu observer vos dix séducteurs potentiels. Vous pouvez en choisir trois pour vous accompagner aujourd'hui. Marion, à qui donnez-vous la chance de vous escorter pour un après-midi, je vous l'annonce déjà, plein de surprises ?

Marion, mal à l'aise, mais plus détendue qu'on pourrait le penser, débarrassée de la présence étouffante de J.-P., n'exprime pas d'hésitation. Elle choisit les trois premiers garçons en partant de la gauche. La seule chose qui lui a posé question a été de décider par quel bout commencer ! Ils font un pas en avant, et le tour de la piscine en rang d'oignon pour se placer derrière elle. Brice passe à la suivante. Natasha fait mine de réfléchir. Cela lui donne un côté improbable qui lui va bien. Et elle se lance, pressée par Brice :

— Je choisis… Angel, Louison et…

Elle en rajoute dans le côté introspectif, elle connait son

premier dilemme, elle se mord délicatement les lèvres, elle est parfaite. Elle fait surtout ce qu'on lui demande avec une innocence coupable. Brice enchaîne.

— Ah… Natasha, vous êtes face au problème du choix, problème universel et éternel. Mais je vous rassure, nous ne sommes qu'au premier jour de l'aventure, vous pourrez tous les essayer si cela vous chante ! Allez, la prochaine fois, promis, c'est vous qui choisirez en premier.

Il lui envoie un sourire horrible.

— Édouard. Je prends aussi Édouard !

Bingo. Vanessa baisse la tête pour cacher son contentement. Édouard est son complice parmi les séducteurs. Natasha, sa cible prioritaire. Vanessa n'a même pas eu besoin de le « sauver » en le choisissant elle-même, Natasha s'en est chargée. Il ne s'appelle pas du tout Édouard, et dans la vie ne porte pas ces lunettes d'écaille. Les équipes de *Peplum World Wide* l'ont facilement approché, il nage dans les eaux troubles de ce genre de productions depuis un moment. Il n'a pas été difficile à convaincre : le montant de son cachet multiplié par trois, et surtout, s'il obtient les résultats attendus, l'assurance d'un vrai rôle dans la prochaine fiction produite par *Peplum*. Ce qui garantit son entière discrétion. Et son efficacité.

C'est son tour à présent. Brice lui sourit.

— Vanessa, belle Vanessa. À vous ! Avez-vous fait votre choix ?

Sur les quatre garçons qui restent, elle se fait plaisir.

— Gregory, Rafaël. Et Sofiane.

Brice attend le signal.

— Julien… Les candidates ne vous ont pas choisi. Vous quittez l'aventure.

Une élimination, le premier jour, plante le décor.

Les filles partent immédiatement. Pour Natasha et ses

séducteurs : tour de l'île à la voile. Pour Marion et les siens, un épisode spa, et pour Vanessa et son escorte une séance masque et tuba dans l'un des endroits paradisiaques environnants, peuplé de poissons multicolores. Enfin s'il y en a d'assez dingues pour ne pas fuir l'armada nécessaire au tournage de cette séquence.

LES SÉDUCTRICES

Brice traverse en bateau la distance qui sépare les deux îles. Il ne profite pas des embruns, ne regarde pas l'éblouissant dégradé de bleus, de verts, qui brille sous le soleil aveuglant. Il révise ses fiches, concentré. Une année ils ont essuyé des intempéries qui ont singulièrement compliqué leur travail. Dieu merci, cette fois, la mer plate comme une limande se déchire en soupirant sous la proue de leur embarcation. Il est midi, ils sont dans les temps. Il se frotte les mains et s'étire pendant qu'ils approchent de l'île dite « des garçons ». Cela fait de grosses journées quand même… Pendant que les couillons barbotent tout l'après-midi, lui va devoir se farcir le *derushage*, le débriefing avec les équipes, les coups de fil avec Paris… Il ne va pas sortir des préfabriqués climatisés qui lui servent de bureaux sur les îles, passer son temps en réunion. Ensuite il devra s'atteler à la préparation du premier feu de camp, prévu le soir même à vingt et une heure. Cela laisse très peu de marge aux monteurs pour bidouiller les premières images des candidates avec leurs séducteurs, tournées en ce moment même et qui doivent être diffusées aux participants masculins du jeu le soir même. La cérémonie quotidienne est programmée sur leurs terres…

Ils accostent. Brice grimpe dans la jeep qui l'attend, pilotée par son assistant. Il lui remet le script final de la séquence qu'ils s'apprêtent à tourner. Ils n'entendent pas le bruit assourdissant des cigales, le ressac à la fois doux et fort : l'air grésille de talkies-walkies, de ronflements de moteurs, d'injonctions plus ou moins aimables, de conversations sans rapport…

Ils montent directement au camp des garçons où tout se met en place : les séductrices au maquillage, les candidats cantonnés dans leurs quartiers en attendant la rencontre. Brice s'assied en soupirant dans le fauteuil à son nom, comme au cinéma, croise, décroise les jambes, demande un café, allume une cigarette, répond à un coup de fil, aimablement, puis moins. Puis l'habilleuse surgit devant lui avec exactement la même tenue que celle qu'il porte, mais propre. Il raccroche, soupire de nouveau et s'empare des cintres.

— Merci. Bon, je me change et on y va ?

Le crachotement agaçant des talkies-walkies reprend de plus belle. Les assistants de production filent chercher les garçons. Les séductrices se dirigent vers leur place. Et en vingt minutes, on peut recommencer la même comédie. Jean-Philippe choisit Karin, Malika et Sandra, Tarik Julie, Naïma et Ambre. Alex sourit en découvrant Melody au milieu des quatre jeunes femmes qui transpirent discrètement de l'autre côté du bassin, dans lequel, malgré la température ambiante, il n'est pas question de plonger pour le moment. C'est sa complice.

Au milieu de l'océan, tout ce petit monde, piloté par la production, vaque à ses occupations. Les premiers jalons du stratagème imaginé à Paris par Justine et Timothy sont posés. Leurs relais respectifs au sein des séducteurs et séductrices, Melody et Édouard, font bien partie du casting et attendent leurs premiers signes. Le contact sera établi le soir même, après le feu de camp, lors de la fête. Tout se déroule comme prévu pour les grands ordonnateurs de la déplorable machination. Parce qu'il n'arrive en fait jamais rien de vraiment surprenant dans ce type de programmes… Enfin jusqu'à présent.

La nuit est tombée quand les garçons reviennent de leurs escapades respectives. Alex referme la porte de ses appartements sur l'équipe qui le suit depuis le matin. Il se débarrasse de son micro, s'allonge sur le lit et soupire dans le noir, seul, un instant. Il se sent bien, un peu poisseux peut-être et salé. Ils ont passé l'après-midi à se baigner, fait du jet-ski sur une eau tiède et turquoise. Et bu du champagne sur le bateau. Ils s'en sont arrosés aussi, tous les quatre et l'équipe par la même occasion. Il s'est bien amusé, comme jamais à vrai dire, tout en veillant à fournir de belles images et à se rapprocher de Melody. La douche de Moët et Chandon sur le plat-bord en compagnie de trois naïades, sous un soleil de feu, il n'y a pas beaucoup mieux…

Tarik saute sur son lit les bras en croix et se met à rire tout seul.

— Oh la vache !

Il s'empare d'un oreiller et le serre contre lui en fermant les yeux dans le silence de la chambre. Il reste ainsi un moment avant de se résoudre à se lever. Il est déjà en retard. Ils ont rendez-vous pour une collation, avant le feu de camp. Il tourne un instant dans la pièce avant d'entrer dans la salle de bains.

Tarik cherche quelque chose par habitude, et il s'aperçoit qu'il n'y a ni télévision, ni radio, évidemment pas de téléphone : aucun écran. Rien. Rien que le silence, et le bruit des vagues, celui des grosses grenouilles dehors. Aucun son que ceux de sa propre existence et de la nature alentour. Il s'arrête un instant, étourdi par ce silence soudain, inhabituel. Il hausse les épaules, se défait de son maillot raidi par le sel, le met à tremper dans le lavabo. Sous la douche il se met à chanter, d'abord la soupe qui passe en boucle dans le bar et à la salle de sport, sur les chaînes musicales, à la télévision toujours allumée, chez eux, à Aubagne. Et puis incidemment, dans la chaleur et la solitude humides, il glisse vers un répertoire oublié, exhumé d'une mémoire très ancienne. Il se met à murmurer, bas, les longues mélopées de sa mère, qu'elle ne cesse de fredonner toute la sainte journée, ces chants de l'Atlas, lancinants, rocailleux et doux. Il retrouve les paroles facilement. Il ferme les yeux sous le jet tiède.

Jean-Philippe jure en glissant sur le sol inondé de la salle de bains, transformée en hammam. Il se rattrape à la vasque, se stabilise, souffle. Il n'est pas passé loin de l'accident domestique. Il a déjà réussi à sortir indemne de son après-midi, alors se casser un truc en sortant de la douche… Il sort, avec précaution, et s'assied sur le lit, en sécurité, en grimaçant. Il est moulu, physiquement vidé. Il pense aux massages que les filles lui ont prodigués après ses cabrioles maladroites. Parce qu'il a quand même réussi à faire trois mètres, au bout d'un moment, avec cette saloperie de voile et la planche aux pieds. Du kitesurf ! Il secoue la tête. Qu'est-ce qu'elle lui a dit déjà la brune là, Sandra, quand il lui a signalé qu'il n'a plus fait tellement de sport depuis le lycée. Technique, mais il n'a pas précisé ? Ah oui :

— Ah, mais c'est naturel comme t'es foutu là ? Ben, ça va, t'es bien toi !

Et elle a éclaté de rire, esquissé une petite moue, ma foi plutôt approbatrice en le détaillant de haut en bas.

Il bombe le torse tout seul à présent devant la glace de la penderie, si mignon, tout gonflé de vanité, si peu sûr de lui, au maximum de la détente grâce à toute cette gymnastique et aux commentaires vaguement flatteurs d'une sous-actrice rémunérée pour les lui servir. Mais il a déjà oublié cet aspect, pourtant essentiel de la situation. Parce que pour lui, ce n'est pas un jeu. Rien n'est jamais un jeu.

Le feu de camp

Sur l'écran de la tablette que lui a tendue Brice, Jean-Philippe regarde sa compagne barboter. Marion, allongée dans un bain à bulles, vautrée plutôt au milieu de trois bellâtres, répond à leurs questions sur sa vie. Elle reste tout à fait dans les limites de la décence.

Dans l'extrait, elle tend sa coupe de champagne à l'un des séducteurs et se rallonge voluptueusement.

Il lui sourit de toutes ses dents.

— Bah détends-toi ! Stresse pas, t'es gênée ou quoi ? On est là pour s'amuser. Tu vas pas regretter !

Elle réfléchit en jouant avec l'eau qui bouge.

— Je ne sais pas trop en fait. J'ai suivi J.-P. Il voulait…

Il la coupe.

— Vas-y, oublie-le ! Profite, maintenant que t'es là ! C'est qu'un jeu !

Elle rit et fait une drôle de tête que Jean-Philippe ne lui connait pas. Un air… ironique, voilà.

— Tu sais avec J.-P., tout est toujours très sérieux…

Le séducteur l'asperge en riant.

— Et ben, ça a l'air cool ta life dis donc… Sérieux, lâche-toi.

Elle ne répond pas. L'extrait s'arrête là.

J.-P. rend sa tablette à Brice. Tarik et Alex se regardent, prêts à le soutenir.

— Alors, Jean-Philippe, qu'est-ce que vous avez vu dans cet extrait vidéo ?

Il prend un air dégagé, limite ennuyé.

— Pas grand-chose. Marion en train de boire du champagne avec un séducteur dans un jacuzzi.

— Et ?

Il se tortille un peu sur son rondin de bois.

— Et rien. Je vois pas qu'est-ce que je peux dire d'autre.

Brice lui sourit en levant un sourcil de l'autre côté des flammes sages qui s'élèvent au centre du plateau et justifient le titre pompeux de la séquence.

— Elle semble tout de même insinuer qu'elle ne s'amuse guère, que vous lui mettez la pression, non ?

Jean-Philippe lève les yeux sur le présentateur. Il n'a jamais envisagé les choses sous cet angle. Il hausse les épaules et maugrée.

— Je… Je ne crois pas qu'elle a dit ça. J'ai pas entendu ça, moi.

Brice laisse s'installer un silence, histoire de susciter le doute, en tout cas le questionnement. Un effet réussi, il le sent. Il regarde Jean-Philippe un instant, avec une sorte de commisération feinte, et se tourne vers Alex, qui attend, les bras entre les jambes. Brice lui tend l'écran posé à ses côtés.

— Bon… Alex, je vous propose à votre tour de visionner des extraits de cette première journée de Vanessa avec ses séducteurs. Vous désirez le voir seul, ou avec les autres candidats ?

Je souris et prend l'appareil.

— Avec eux, tranquille.

Jean-Philippe et Tarik se penchent sur l'écran. Je n'ai pas besoin de me forcer pour prendre l'air concerné, curieux de savoir comment Vanessa a négocié cette première étape. Du grand art. Effondrée… Elle était absolument effondrée. La séquence qu'ils avaient choisie se déroulait au coucher du soleil, à l'arrière du bateau qui les ramenait après une après-midi de plongée. Le regard de Vanessa, les cheveux encore humides attachés en une queue-de-cheval haute très virginale, se perdait sur l'océan, son profil se détachait sur l'incendie crépusculaire, elle essuyait une larme, entourée de ses séducteurs. Ils la consolaient… tactilement, en la tenant contre leurs poitrines glabres. Et puis, en plan serré, on la voyait sangloter dans les bras de Sofiane. Il lui passait la main dans les cheveux, lui parlait doucement, penché sur elle. Et l'extrait s'arrêtait là. Ils n'avaient pas prononcé un mot intelligible.

Je me mords les lèvres, tarde à rendre sa tablette à Brice, les yeux encore fixés sur l'écran noir, abasourdi. Le présentateur m'appelle doucement.

— Alex ?

Je m'ébroue. Long silence tendu. Question rituelle de Brice.

— Alors Alex, qu'est-ce que vous avez vu ?

Je suis parfaitement inquiet, parfaitement désemparé, parfaitement perdu. Bouleversant.

— Bah… Je sais pas quoi dire… Vanessa…

Je m'arrête. Et ne repars pas. Brice enchaîne.

— Vanessa pleure, oui, vous avez une idée…

Je me lève. Tarik et Jean-Philippe suivent le mouvement. Je regarde autour de moi comme pour trouver une cabine téléphonique là, maintenant, tout de suite. Pour appeler ma belle, la rassurer, lui dire que je l'aime. Mais sur cette île, il y a à peine une route tracée pour faciliter les allées et venues des véhicules de la production. Pas de supermarchés, pas de cafés, rien. Un décor. Alors… Je me tourne en tous sens à la recherche d'une solution et en proie à un certain affolement.

— Je veux la voir. Il faut que je la voie.

Brice prend un air navré, et ferme.

— Vous ne pouvez pas, Alex, vous savez bien. C'est la règle du jeu.

En trois enjambées, je franchis l'espace qui me sépare de l'animateur et l'attrape par le col de sa tunique. Brice en fait n'est pas très grand et paraît se ratatiner. Tarik et Jean-Philippe bien sûr endossent leur rôle de boy-scout et se mettent entre nous, tout en tâchant de me calmer, moi l'amoureux transi. Amoureux qui a passé tout l'après-midi au soleil à boire du champagne avec des naïades pendant que sa dulcinée hululait quasiment sous la lune, terrassée par leur séparation. C'est en tout cas ainsi que l'on peut interpréter la situation, à présent que les deux garçons ont réussi à me faire lâcher prise, la tête entre les mains sur mon rondin tandis que Brice, outré, se rajuste. Une bien belle séquence. Les caméras tournent à plein régime, je psalmodie, « je veux la voir, je veux la voir, je veux la voir ». Tarik à mes genoux essaye de dédramatiser.

— Mais, attends. Tu sais pas qu'est-ce qu'elle a, en fait. Si ça se trouve elle a l'mal de mer.

Il ne m'arrache même pas un sourire.

— C'est une meuf, gros. Demain ça ira mieux.

Je secoue la tête.

— Je vais voir quoi demain ? Je vais rien voir, on sait pas ce qui se passe sur cette putain d'île en face. Je ne vais pas rester là et la laisser comme ça !

Jean-Philippe revient avec un verre d'eau. Il me le tend et m'enjoint à boire.

— Alex ! Écoute. Elle a rien, il a raison, genre elle s'est cogné le gros orteil sur une saloperie de corail et ils ont choisi de te montrer ça, c'est tout. Arrête de flipper. T'as rien fait, elle non plus, laisse couler, OK ?

Jean-Philippe : la voix de la raison et de l'amitié. Il éprouve une vague camaraderie pour moi, mais surtout il me tend sa propre planche de salut. Grâce à son instinct de protection, il prend un peu la mesure de la notion de « réalité » dans ce cirque.

Et moi, en train de faire semblant d'essayer de me calmer, je me demande si J.-P. sent le danger. Est-il subitement devenu sage, et dans ce cas apte à jouer une partition différente, ou bien est-il dangereux pour le plan ? Je finis en tout cas par redescendre en pression et tout le monde se rassoit pour la dernière séquence.

Les blagues de potache, le bikini très mini, la bonne humeur de Natasha détendent l'atmosphère. Elle joue la *baby doll* au milieu des séducteurs complices, à « attrape-moi si tu peux », sort des trucs plus énormes les uns que les autres, et des œillades tellement outrées que l'on sent bien que c'était vraiment pour de rire. Elle s'amuse très ostensiblement, épanouie, objet de toutes les attentions, enfin devenue starlette, éblouissante dans son narcissisme contenté, terrifiante aussi. Mais Tarik sourit quand elle pince les biceps d'un Apollon en riant trop fort. Il la regarde en faire des tonnes avec un tel ravissement de la voir si heureuse, évoluer dans son rêve de toujours, dans son élément, qu'il n'y a vraiment rien à redire. Brice n'essaye que pour la forme de le titiller sur les images qu'il voyait.

Alors nous levons le camp, Brice s'en retourne vers ses moniteurs et ses coups de fil, nous partons retrouver les séductrices, apprêtées comme des entraîneuses pour la soirée. Tarik est heureux, et plein d'entrain, Jean-Philippe résolu à prendre tout ce qu'il y a à prendre, moi sombre et torturé. Ils s'occupent donc tous, avec les séductrices, de me remonter le moral, pour commencer. Les filles m'entourent, telle une cour pépiant, et me font part de leur point de vue féminin sur l'origine des pleurs de Vanessa. Avec leurs commentaires sucrés, elles profitent du moment pour avancer leurs pions et se rapprocher de moi. Certaines expliquent leur stratégie en termes choisis, face caméra, sur un fond de musique, un verre à la main :

— Moi, ça me dérangerait pas de le consoler Alex. C'est quand y veut.

Ces interventions de haute volée vont être immédiatement isolées, et montées, pour être diffusées à Vanessa dès le lendemain soir. La même Vanessa qui au même moment continue à pleurer, enfermée dans sa case, et finit quand même par ouvrir à Sofiane, qui frappe doucement à sa porte depuis un quart d'heure. Pendant que Natasha exécute un lap dance impeccable en compagnie de deux séducteurs sous les yeux de Marion, de plus en plus réveillée. Elle boit du champagne au milieu de sa propre cour de bipèdes. Ils se rapprochent à vitesse grand V, mais avec un minimum de subtilité. Il ne faut pas l'effaroucher. Pour le moment elle se contente d'assister aux divertissements prévus par la production, de s'enivrer gentiment, discrète et raisonnable, mais déjà plus gaie.

Chez les garçons, le whisky, le rhum, la vodka à profusion jouent leur rôle. Alex commence à se détendre. Rejoint sur la terrasse par Melody qui lui parle d'autre chose. En gardant ses distances, respectueuse de son chagrin. Au départ dérangé dans sa solitude, il finit par la regarder avec curiosité.

Je n'ai pas à me forcer. Melody m'a tout de suite plu avec ses airs dégagés, l'ironie douce-amère qui perce dans ses propos, un troisième degré très éloigné du bain sirupeux dans lequel je nage. J'en oublierais presque pourquoi je suis là. Je la saisis doucement par le coude devant les caméras, lui donne ainsi le signal convenu. Elle me sourit et s'excuse : elle doit se rendre aux toilettes. Est-ce que je désire un verre, au passage ? Dans une des cabines, elle trouve la feuille de route que j'y ai cachée plus tôt à son intention. Elle revient très vite, effleure mes doigts en me tendant la boisson.

— Allez, Alex, viens danser, quoi !

Je souris aux deux tentatrices venues s'agglutiner sur moi en me voyant trop près de Melody. Elle en profite pour s'esquiver.

Je la regarde s'éloigner à regret pour accomplir la mission qu'elle a acceptée. Plus tard, je m'assure qu'aucun objectif ne peut surprendre le regard très bref que je lui jette en passant près d'elle et de J.-P., sur l'épaule duquel je tape, en bon camarade, ni la simple inclinaison de tête qu'elle m'adresse en réponse. Je file et les laisse.

Melody est en train de dire à Jean-Philippe ce qu'il a besoin d'entendre : avec son assurance, et un tel potentiel, il pourrait casser la baraque. Elle le prend très, très au sérieux. Et quand il fait mine, déjà, de se rapprocher, elle pose sa main manucurée, tiède sur son bras et lui sert un truc du genre « non, J.-P., franchement pour Marion ça s'fait pas… Tu vois ce que je veux dire ? » Et ça marche. Il baisse sa faible garde de petit paon abreuvé, assommé d'alcool, de soleil, de bons sentiments. De son côté Tarik, en plein show, exerce ses réels talents de danseur au milieu des séductrices déchaînées. Il passe une très bonne soirée. Natasha un peu moins. Un séducteur, Édouard, semble complètement se désintéresser d'elle. Il ne la regarde pas, ne fait pas mine de s'approcher de son phare comme tous les jolis papillons à sa dévotion dans les bras desquels elle se vautre. Il discute au bar avec Marion, ce bonnet de nuit. Ils se sont visiblement trouvé des centres d'intérêt communs. Il est blond, racé, fin, froid. C'est un bel animal distant, un genre de lévrier, quand elle ne connaît que les bons gros toutous dingos qui vous lèchent les orteils et vous bousculent dans les portes, avec leurs gros biscotos et leur philosophie de vie rudimentaire. Édouard la prend de haut. Natasha à qui l'on vient de concéder le pouvoir et la gloire, aussi éphémères soient-ils, ne comprend pas que qui que ce soit lui résiste, a fortiori quelqu'un censé tout faire pour lui plaire ! Elle s'énerve, essaye d'attirer l'attention du bellâtre. Quand il daigne la regarder, il le fait poliment, comme si elle était transparente, comme si ELLE N'EXISTAIT PAS, ce qui compte tenu de sa plastique et de ses fréquentations habituelles lui fait drôle. Surtout maintenant. Et lui devient très vite insupportable. Et ça marche.

Plus tard, bien plus tard, Vanessa et Alex s'entretiennent au téléphone, planqués dans les toilettes, décidément le dernier salon où l'on cause sur ces îles. L'assistant de production de la veille a toqué à la fenêtre des gogues, Alex a récupéré un mobile allumé, sans bruit. Un cadreur l'attend à la sortie, avec son micro — ils ont le droit de l'enlever pour faire leurs besoins — il n'a pas toute la vie devant lui. Le téléphone vibre, il prend l'appel et comprend, au bruit, que Vanessa se trouve dans la même configuration.

— Comment ça va ?

— Ça va. Et toi ? Remise de tes émotions ?

— J'ai dû rester enfermée pour pleurer deux heures dans ma chambre, il était temps que ça s'arrête.... Tu en es où avec J.-P. ?

— Il mord à l'hameçon, je pense.

— Bon. Pareil avec Natasha. Tu t'occupes de Tarik dès que tu peux. Le plus tôt sera le mieux.

— Pas ce soir. Il est en plein *Saturday Night Fever*. Inabordable. Et pour Marion ?

— Ça suit son cours… naturel. C'est quelqu'un de bien.

Il va lui falloir un peu de temps.

— Hum. Si elle est plus fine qu'on ne pensait… Il ne faudrait pas qu'elle s'aperçoive…

— Ne t'inquiète pas. On continue comme prévu. Toi, comment tu te sens ?

— Je t'ai dit, ça va. Bon, il faut que j'y aille, là.

— O.K. On se reparle demain soir.

— D'accord, à demain.

— À demain.

Alex raccroche, tire la chasse d'eau. Une fois vide, il en soulève le couvercle avec précaution et fixe le mobile contre la paroi avec les chewing-gums qu'il mâche à cet effet depuis une demi-heure. Son complice viendra l'y récupérer plus tard. Il ressort, le sourire aux lèvres, amusé par ces méthodes d'agent secret…

2

Puis Dieu dit : Qu'il y ait une étendue entre les eaux, et qu'elle sépare les eaux d'avec les eaux.
Genèse 1. 6-8

Le deuxième jour

Et à des orages succédèrent des trombes d'eau, expression naturelle de tempêtes en suspens. Sans crier gare, un peu avant l'aube, le déluge éclata, sans réveiller candidats et techniciens, abrutis d'alcool et de fatigue. L'équipe de jour, elle, déjà sur le pied de guerre, élaborait un plan B pour ne pas perdre une heure, encore moins un jour de tournage.

On aurait dit la septième trompette de l'Apocalypse. Mais même l'Apocalypse ne pouvait infléchir le cours de cette production. Alors le réalisateur et le script de service terminèrent leur cigarette sur le balcon malmené, devant le rideau de pluie et les toits des cases dégoulinants. Et ils entrèrent au salon éclairé en se frottant les mains. On allait passer en mode « intérieur/jour » voilà tout.

De part et d'autre du bras de mer déchaînée, chacun sur leur île, Vanessa et Alex contemplent à leur tour la jungle lustrée sous le ciel plombé, tous les deux nus à la fenêtre, en même temps alertés par l'orage, frissonnants, dans la lueur faible du petit matin. D'excitation, et de peur peut-être aussi. La guerre secrète est déclarée, lancinante, présente à leur esprit de plus en plus affûté à mesure qu'ils évoluent dans le théâtre dont ils tirent les ficelles. Il n'y a plus de retour possible à présent. Parce qu'ils se sont pris au jeu, déjà. Ils en sont les seuls maîtres, et cela les a rendus accro, en un jour. Petits dieux d'un monde dérisoire, ils n'ont déjà plus le recul suffisant pour s'en apercevoir, tout entiers absorbés par leur entreprise, coupés du reste de l'univers, dotés de tous les pouvoirs. Livrés à eux-mêmes, à leurs désirs les plus obscurs, les plus inavouables, et sans personne pour les empêcher de les satisfaire. Pourtant, chacun d'entre eux porte en lui le souvenir de temps plus civilisés, de chaleurs plus timides, de paysages moins exubérants, de vents bien moins incendiaires. Mais rien à faire : leur futur se dessine armé, implacable comme une averse, ou un soleil tropical. Ils ont mis les pieds dans une gigantesque partie de « Risk », taille réelle. Avec de vrais pions, vivants, une petite armée secrète à leur disposition. Vertigineux... Timothy qui agissait au départ avec sa froideur et son détachement habituels, oublie peu à peu tout ce qui n'est pas le jeu. Il sort d'une période où il a nourri, protégé, couvé, seul en plus, sa progéniture. Il a répondu à son instinct de mâle et de père. À présent il répond à ses instincts d'animal et de guerrier. Et de ces deux dynamiques primaires, identiques bien qu'opposées en termes de résultat, il tire une présence nouvelle à la vie, un appétit inconnu de lui que le carcan social, la solitude, le manque de chaleur, son incommunicabilité avaient asséché et rendu étranger, d'abord à lui-même. Quant à Justine, depuis longtemps, rien ne compte plus pour elle que la jouissance qu'elle a découverte dans l'exercice du pouvoir, la conscience aiguë de son pouvoir sur ses semblables. Elle peut vivre une expérience unique : laisser libre cours à ses instincts les plus féroces et les plus vrais. Ils goûtent à peine, mais cela les tenaille, les tient éveillés, à une forme de sincérité absolue, effarante et aveuglante, et surtout pleine, sans frein, pleinement satisfaisante. Enfin. La soirée de la veille les a renseignés. Surexcités à la perspective du sacrifice de leurs victimes, flairant l'odeur proche du sang, ils vont devoir assouvir leurs besoins de chair s'ils veulent garder la tête froide dans ce contexte de laisser-aller, de chaleur, d'excès, de soleil, d'alcool, de mer. Au bout de deux jours à peine et comme tout le monde sur les deux îles, ils s'éveillent en manque, de sommeil pour commencer, frustrés et à l'affût. Alors ils commencent à réfléchir au moyen de s'accorder une satisfaction première. Et d'évacuer un peu de pression, en s'assurant du bon déroulement du plan, qui dépend de leur détente nerveuse, de leur disponibilité et de leur concentration. Ils expérimentent en fait la vie des armées en campagne, à l'ancienne. Et ils auront recours aux mêmes expédients, sans état d'âme, sans autre code que leur propre survie, d'autres règles que la mise en œuvre de leur stratégie. Et cela satisfait profondément ces deux êtres éduqués, policés, contraints à la solitude et aux faux-semblants depuis la maternelle. Cela fait moins l'affaire des autres participants. L'heure est à la gueule de bois généralisée. Et aux premiers dilemmes.

La soirée a été très arrosée. Même pour Tarik, pourtant sobre d'habitude. Il se réveille accompagné d'une bonne migraine et d'indices de débordements dont il ne garde aucun souvenir. Nu, ses vêtements projetés partout dans la chambre, un haut de bikini serré dans sa main droite comme un doudou, son caleçon décore la table basse et porte des traces suspectes. Il a toutes les raisons de croire à sa défaite, ou à la victoire de… Sandra. D'après les dernières informations de sa mémoire défaillante, ils ont dansé. Une danse très lascive et dénudée. Et cela ne fait aucun doute : il reconnait le soutien-gorge que portait, sans grande constance, la jeune femme la veille. Il saute du lit, ce mouvement brusque lui coûte une horrible douleur occipitale. Il se prend la tête entre les mains en soufflant, seul dans sa case.

On s'obstine à croire le contraire, mais l'alcool est rarement un compagnon fiable. Toutes ces jolies fioles, ces breuvages de toutes les couleurs, ces vapeurs enthousiasmantes, cette sympathique armée prête à vous mener, déjà victorieux grâce à elle, au bout de tous les combats vous laisse, en général, aux lendemains de la bataille, vide comme les bouteilles, soldat renversé et dépourvu de munitions. Et très seul. Évanouis la chaude camaraderie, les fous rires, l'entente, l'euphorie. Tout se dilue après trois verres dans un chaos aimable, dans le meilleur des cas. Ne reste ensuite que la nausée. L'alcool est comme ces filles très séduisantes, et pourtant faciles. Au début elles ne vous comptent pas leur plaisir. Et puis assez vite après s'être données, elles se dérobent, et vous laissent éblouis, et dépendants. Ensuite ce n'est plus jamais gratuit. Tarik paye déjà, penché sur la cuvette des toilettes, l'estomac vrillé, l'esprit brouillé. Il ne connait rien à ces vices. Les peuples arabo-musulmans, dont il est issu, savent habituellement se garder de l'ivresse, du moins celle des sens. Or il baigne dans les excès en tout genre, et s'y adonne.

L'illusion spiritueuse et le mirage télévisuel s'additionnent, tout tangue.

C'est ainsi que le trouve Jean-Philippe, un peu barbouillé lui aussi, mais plus aguerri, et surtout plein des propos de Melody. Ils ont parlé longtemps dans le brouhaha, elle lui a brossé un portrait de lui sans concession, mais plein de bon sens. Elle semble le déchiffrer comme jamais quiconque auparavant. Elle comprend ses aspirations (devenir son propre patron, avoir sa propre agence, « faire beaucoup de pognon » en gros). Elle a dit : « se réaliser dans toute son envergure ». Ce qui recouvre quand même beaucoup et pas grand-chose. Mais elle a ajouté : « Imagine ce que l'on pourrait faire ensemble. Toi et moi main dans la main :

le monde serait à nos pieds. Je suis sûre que tu ne me décevrais pas… Un tel potentiel devrait, doit être exploité, Jean-Philippe. »

Marion, en comparaison, lui semble molle, molle, molle, il en fait le frein d'une ambition bâillonnée, la sienne. Il est juste trop nerveux, pas assez travailleur, de mauvaise foi, médiocre en somme, mais enfin comme beaucoup de gens. Seulement il n'est pas sot. Alors il enrage depuis qu'il est en âge de penser. Il enrage de ne pas obtenir ce qu'il veut et ce qu'il aurait pu avoir, sans cette faiblesse qui l'empêche de tout mettre en œuvre pour réaliser ses ambitions. Et c'est la faute à pas de chance. Il n'a pas fait l'école de commerce qu'il fallait, pas eu les filles qu'il méritait, pas rencontré les occasions qu'il attendait, et ce n'est toujours pas sa faute. Et ce n'est pas vraiment sa faute : il a juste peur, il est terrifié en fait, et ne trouve pas le courage, le ressort en lui pour dominer cette peur. Et cela le rend hargneux. Un vrai moteur à explosion, il suffit de savoir le remonter. Il s'est donc levé la tête un peu lourde, mais d'humeur guillerette, rassuré sur son fameux potentiel. Il a décidé d'aller réveiller Tarik avec qui il a terminé la soirée et qu'il a raccompagné à sa case. Galvanisé par Melody, il se sent plein de bons sentiments. Pris d'un élan de camaraderie, il a donc traversé au petit trot les bourrasques qui le séparent de la chambre de son « pote ». Il l'aide à se relever, lui passe la tête sous l'eau et le fait sortir de la salle de bains. Tarik est vert, maintenant qu'il y pense, verdâtre quoi. Il lui met une petite claque sur l'épaule.

— C'est ta première cuite ou quoi ?

Tarik fait signe que oui sous sa serviette.

— Bon, allez viens on va manger, pour épon…

À cette simple idée, Tarik se relève et fonce de nouveau

au-dessus des toilettes. J.-P. attend que ça se passe et ouvre à l'assistant de production chargé de venir les chercher. Le visage de ce dernier s'éclaire en découvrant Jean-Philippe dans la case de Tarik. Ils ont rendez-vous à neuf heures sous la pagode centrale, et pas autour de la piscine comme d'habitude, et il n'a pas forcément envie de chercher les candidats éparpillés sous cette pluie. Quand il voit Tarik sortir, la tête à l'envers, il empoigne son talkie-walkie et demande qu'on prépare illico doliprane, alqua seltzer, le kit de survie pour qu'il recouvre apparence humaine et puisse assurer la journée. Les maquilleuses parachèveront le travail.

Du côté des filles, elles aussi réveillées aux aurores, elles aussi après une soirée agitée et une nuit écourtée, il y a un peu de flottement. Natasha refuse de se lever, et même d'ouvrir les yeux. La personne chargée de la réveiller et de la piloter, qui n'est tout de même pas sa mère, finit par utiliser les grands moyens alors qu'elle se calfeutre dans ses oreillers. Elle ouvre en grand les fenêtres et la tire par les pieds pour la sortir du lit. Natasha se redresse enfin, furieuse, et légèrement bouffie.

— Oh ! Tu fais quoi là ? Bouge.

Mais l'assistante sort l'arme fatale, le miroir, qu'elle tend à Natasha.

— Tu ferais mieux de te grouiller, parce que franchement y a du boulot. Lève-toi. Merci.

C'est un peu exagéré. Après tout Natasha n'a pas vingt-cinq ans, à cet âge les stigmates des excès disparaissent aussi vite qu'ils sont venus. Mais l'argument frappe la bimbo au plus profond de son être.

Marion, elle aussi, se sent brutalement arrachée à un sommeil réparateur et amputé des quelques heures encore nécessaires à son équilibre. Elle obéit néanmoins, clignant des yeux, un moment étourdie, assise dans son lit, charmante et décoiffée, déjà hâlée, comme un petit pruneau. Elle soupire et file, elle, sans broncher, sous la douche.

Les séducteurs et séductrices, bien que soumis au même régime, ont pris soin la veille de maîtriser leur consommation d'alcool. Ils sont donc quand même un peu plus frais. Les remontants habituels s'échangent de case en case, et leur permettront de tenir le coup et d'entraîner leurs proies dans la débauche, sans perdre eux-mêmes les pédales dans l'exécution de ce qu'il convient d'appeler : leur mission. Ils utilisent les mêmes ficelles que leurs collègues *call-girls* et *escort boys*. Chaque discipline, chaque corps de métier a ses petits secrets, ces astuces qui font les vrais professionnels. En dehors des deux vrais couples, ce casting ne comprend aucun amateur. Hormis Alex d'une certaine façon. Melody était chargée de lui enseigner le reste de ce qu'il devait savoir, de le guider et d'intervenir discrètement si elle le sentait en mauvaise posture. À neuf heures pétantes, tout le monde est en place, les dommages de la nuit colmatés, les garçons en face de leurs séductrices, les filles des séducteurs, sous les bâches dégoulinantes des immenses tentes dressées de part et d'autre de la désormais célèbre piscine qui les sépare et dont la surface de l'eau d'habitude si lisse et translucide se brouille sous la pluie battante.

Bien entendu, les dés sont pipés et les cartes déjà distribuées. Tarik choisit Sandra pour passer la journée en tête à tête. Il veut des éclaircissements sur ce qui s'est passé la veille. Natasha prend Édouard, exaspérée par sa distance et bien décidée à ce qu'il tombe à ses pieds, oubliant que c'est normalement l'inverse qui doit se produire. Marion essaya un autre *play* séducteur. Tout cela commence à l'amuser. Jean-Philippe désigne évidemment Melody pour partager les divertissements prévus au programme. Vanessa fait mine d'hésiter et son choix s'arrête finalement sur Sofiane. Alex se décide en dernier pour une Jade sculpturale et un peu vulgaire. Brice orchestre l'ensemble d'une main de maître. En une heure et demie, tout est dans la boîte. Chacun vaque à ses occupations, toujours sous le déluge, seul imprévu du maelström pour demeurés qui se met en place.

Le feu de camp

La journée passée au spa, au hammam, à se faire masser a remis tout le monde en selle. Et les déjeuners fins, arrosés de champagne millésimé, les tables dressées près de la mer, ont relancé la machine sans assommer personne. La journée, la production calibre les quantités de boissons alcoolisées mises à disposition afin que les candidats ne roulent pas sous la table dès quatorze heures, tout en retrouvant un certain dynamisme. Les images sont déjà parvenues à Paris. Les meilleurs moments alimenteront le soir même ce premier feu de camp chez les filles, et nourriront d'autres images, montées à leur tour, ou précieusement conservées pour susciter le panel de réactions nécessaires à la dramaturgie, et donc au divertissement de millions de téléspectateurs. Ce qui justifie l'organisation de cette cruelle et ingénieuse machine baptisée *l'Archipel de la séduction*.

Natasha, entortillée dans une serviette devant son miroir, se regarde pensivement. Pour la première fois pas seulement à la recherche d'un début de ridule. La conversation avec Édouard, tout l'après-midi, au déjeuner puis dans le jacuzzi lui a ouvert de nouveaux horizons. Il ne lui a pas posé de questions sur elle, ou sur ses relations avec Tarik. Mais, en commentant la météo déchaînée, lui a parlé pour commencer de… géographie. Savait-elle au moins dans quelle partie du monde intéressante ils se trouvaient ? Il a développé ainsi un moment puis tout d'un coup levé un œil bleu, moqueur et dit :

— C'est marrant, cet instant me fait penser à un film avec Nastassja Kinski et Michel Piccoli…

Très flattée par cette référence cinématographique, elle a demandé :

— Ah oui ? Je vois pas.

— Non, mais c'est un vieux truc… C'est l'histoire d'une ingénue et d'un pygmalion. Michel Piccoli. Il a un chien qui s'appelle « Lévi-Strauss ». Elle lui demande « Comme les jeans ? ». Et c'est à ce moment-là qu'il tombe amoureux d'elle. Et qu'il signe sa perte.

Il avait dit ça en baissant les yeux, comme sur un souvenir douloureux. Elle n'avait pas tout compris, mais débarqué brutalement dans un autre monde. Qui était Nasta… machin ? Son prénom ressemblait au sien. Jamais entendu parler non plus de Michel Piccoli, encore moins de Pygmalion, mais elle avait parfaitement saisi le contexte sentimental de l'histoire. Qui semblait avoir marqué Édouard, plongé dans un silence rêveur. Elle ne savait pas comment relancer la conversation, alors elle avait encore demandé :

— Et… C'est quoi déjà le titre ?

Il avait relevé les yeux, lui avait souri.

— *Maladie d'amour* je crois. Un peu mélo, mais bon.

D'un geste de la main, il avait balayé le sujet, et toute explication supplémentaire. Il était passé à d'autres considérations tout aussi originales pour elle, puisque désincarnées. Rien de bien compliqué en fait, en gros ses impressions au soleil levant, un amalgame de petites idées, de remarques plus ou moins spirituelles. Seulement pour étayer son propos, il utilisait toutes sortes de références cinématographiques, littéraires, musicales, et un vocabulaire élaboré, jusque-là inconnus ou ignorés de Natasha. Il parlait comme dans les films. Il lui faisait la conversation en fait, ils « causaient » comme dans un salon. Il lui dévoilait le monde sous un jour qu'elle n'avait jamais entrevu, amusant, cultivé, détaché. Aux antipodes des préoccupations terre à terre de Tarik et de sa bande de copines d'Aubagne, entre l'OM, les séries de *crunch* et les mérites comparés de la « french » ou de l'américaine. Édouard était normalement éduqué et renseigné pour un acteur au chômage de vingt-cinq ans. Mais cela suffisait pour faire une différence énorme. Et pour faire un effet bœuf sur Natasha. Elle n'était pas idiote, seulement inculte. Édouard avait effleuré légèrement les grosses bulles du jacuzzi, en les comparant à des cratères lunaires. Ça lui faisait penser à Tintin dans « On a marché sur la lune ». Elle avait reconnu le petit garçon sérieux et appliqué qu'il avait dû être. Elle l'imaginait très bien. Et elle avait senti son cœur battre plus fort.

Tarik, étendu sur une table de massage, s'endort à moitié près de Sandra dans la même position. Elle l'a complètement rassuré, en riant, et en faisant mine de le regretter : il ne s'est absolument rien passé entre eux la veille. Ils se sont seulement baignés, tout nus, dans la nuit. D'où la présence du haut de maillot dans la chambre de Tarik. Il le lui a volé pour rire. Et J.-P. l'a effectivement raccompagné à sa chambre.

Jean-Philippe mijote au même moment au hammam, en compagnie de Melody. La chaleur humide, la présence calme et rassurante de la jeune femme le détendent. Il s'oublie même un peu pour la première fois de sa vie. Et tombe dans le piège qu'elle lui tend à une vitesse qui inquiète Melody. Il s'essaye à des façons de gentleman, lui tend ses serviettes, lui laisse la banquette, l'écoute sans l'interrompre, la couve du regard. En relevant les yeux après s'être attaché les cheveux, en s'allongeant avec un soupir de bonheur sur un bas flanc de la pièce chaude, en se glissant en frissonnant dans le bassin d'eau glacée, elle surprend ce regard toujours fixé sur elle, il ne la quitte pas. Melody : manières de chat, formes épanouies et fermes, cou souple, cheveux longs, bouclés, yeux verts. Elle dégage une sorte de confiance tranquille, un mélange de présence au monde et de distance amusée extrêmement séduisant pour un homme comme Jean-Philippe. Il n'est pas de taille, elle n'est pas pour lui, il le sent. Mais le jeu fausse tout. N'est-elle pas là pour le séduire, lui ? Il se retrouve pourtant à sa place, et déploie tous ses charmes pour la capturer, elle. Mais Jean-Philippe reste Jean-Philippe. Très vite, Melody le sait, l'inversion des rôles, la frustration, son impuissance vont le déstabiliser et par conséquent le rendre nerveux à nouveau, et beaucoup moins prévenant. Tout en se laissant masser longuement, protégée par la mince barrière de tissu de son maillot, réduit à la portion congrue, elle se dit qu'elle va devoir en parler le soir même à Alex.

Quant à Vanessa, elle joue au sauna avec Sofiane. Il lui renvoie volontiers la balle. Ils offrent aux caméras des poses lascives et néanmoins contenues, des regards perdus dans le vague, des bras réconfortants autour d'épaules frissonnantes, des batailles d'eau avec corps huilés, musclés, minces, grands sourires blancs, etc.

Il a cessé de pleuvoir. La température remonte en flèche.

Sur leur île, les garçons dînent joyeusement en compagnie des séductrices. Les filles, elles, ont droit à un buffet froid dressé dans un coin près de la piscine. Maquillées, coiffées, pas très rassurées, elles se dirigent, chacune leur tour, escortées de caméras et de perches sur un chemin balisé de torches vers le plateau du feu de camp, finalement sous les étoiles comme prévu, au milieu des feuilles encore humides, dans l'odeur puissante de la forêt surchauffée après la pluie. Brice les accueille dans son habituelle tenue de lin immaculée, les invite à s'asseoir. La décision a été prise, quelque part dans des bureaux, de faire monter la pression dès ce soir. De graduer la séquence. Du récit gentillet à quelque chose de plus sulfureux. Les extraits choisis pour être diffusés aux candidates ont donc été montés en ce sens. Brice commence par Vanessa. Il lui pose la question rituelle : accepte-t-elle de regarder les images d'Alex avec les autres candidates ou préfère-t-elle les découvrir seule ? Elle se penche avec Natasha et Marion sur la tablette que le présentateur lui tend. Ils ont choisi deux séquences de la soirée de la veille. L'une montre Alex en train de prendre Brice au collet en réclamant de la voir. Dans la deuxième, plus calme, il est rejoint par Melody. Enfin, un morceau d'interview d'une séductrice dans l'isoloir. Elle confie qu'elle consolerait volontiers Alex. Marion prend la main de Vanessa, et la garde dans la sienne. L'écran redevient noir mat, le silence règne sur le plateau. Brice le rompt.

— Vanessa, qu'avez-vous vu ?

Elle se redresse légèrement, sans lâcher la main de Marion pour rendre sa tablette au présentateur. Puis le regarde, sourit.

— Alex, en train de vous agresser.

Il hausse un sourcil.

— Effectivement. Avez-vous compris pourquoi ?

— Euh… Oui, j'ai compris, oui. Mais il a l'air d'aller mieux dans l'extrait suivant. Donc tout va bien.

Natasha, les jambes croisées, opine du chef.

— Vous avez vu que les séductrices entourent beaucoup Alex. Vous savez qu'elles sont prêtes à tout, profiter d'un moment de désarroi par exemple. Vous ne vous sentez pas en danger ?

— Non. C'est très difficile pour lui et pour moi, cette séparation. Je regrette de l'avoir inquiété, tout ce que je veux, c'est qu'il aille bien.

Natasha balance son pied et lance, très convaincue.

— Ouais ! T'inquiète, ma puce, il va bien, pfffff !

Brice ne relève pas, soucieux de ne pas laisser couler trop longtemps ce filet d'eau tiède.

Il fait un signe de tête dubitatif, plein de sous-entendus, prend le deuxième écran près de lui et se tourne vers Natasha.

— Natasha, justement ! À vous. Voulez-vous…

— Nan, c'est bon je regarde avec Marion et Vanessa.

Il lui tend la tablette, elle appuie sur « play » du bout de l'index. Tarik apparaît, torse nu, en pleine action sur la piste de danse, au milieu de séductrices très dénudées et proches de lui. Les plans plus serrés le montrent en train d'en faire onduler une contre lui, bassin contre bassin. Puis bien sûr, la scène du bain de minuit. Sandra et lui nus, leurs jeux dans les vagues. Cela s'arrête au moment où ils quittent la plage en courant tous les deux pas très droit, hilares. La partie où Jean-Philippe raccompagne Tarik à sa case n'apparaît pas, évidemment. Suit une interview de Sandra sans ambiguïté :

— J'ai trop kiffé avec Tarik. Il a un corps de ouf', c'est a-bu-ser !

Les deux filles et Brice regardent Natasha, qui rejette ses cheveux en arrière.

— Natasha, qu'avez-vous vu ?

Elle ne répond pas.

— Natasha ? Qu'avez-vous vu ?

Toujours pas de réponse. Brice insiste.

— Natasha, je suis navré d'insister, mais c'est le jeu, et vous en avez accepté les règles…

— Non, mais là je suis choquée. J'ai vu la même chose que vous, tiens !

— Bien. Je vais vous aider un peu alors. Tarik semble avoir passé une bonne soirée, hier. Très, très bonne. Qu'en pensez-vous ?

Elle soupire et croise les jambes dans l'autre sens. Dans l'oreillette on la somme de répondre.

— Écoutez, il a tisé, il kiffe la danse, les meufs le kiffent, voilà quoi. Je lui ai pas demandé de rentrer au couvent, non plus.

— Vous êtes très compréhensive, c'est bien. Et le bain de minuit avec Sandra, ça ne déclenche pas plus de réaction chez vous ?

Elle le regarde un instant.

— Vous m'avez vue ? Je vais m'abaisser à ça ? Je lui fais confiance.

Brice lève les deux sourcils. Ils sont décidément particuliers cette année…

— Ça tombe sous le sens… Bien. Marion ? À votre tour…

Les flammes du feu de camp éclairent par intermittence les traits un peu eurasiens, le teint mat, le front bombé, les cheveux très bruns, tirés en queue-de-cheval. Marion pose la tablette sur ses genoux. Vanessa a passé son bras derrière elle, comme un rempart auquel s'appuyer après ce qu'elle va voir. Et surtout entendre.

Les extraits des conversations de Melody et Jean-Philippe isolés par la production sont suffisamment désobligeants à l'égard de Marion pour que Natasha s'exclame :

— Mais quel bouffon, putain…

Vanessa se serre un peu plus contre elle. Marion rend l'appareil à Brice, un étrange sourire aux lèvres.

Il ouvre la bouche pour poser ses petites questions, mais elle pose doucement un doigt sur ses lèvres à elle. Il essaie tout de même. Alors elle le toise, toujours avec son sourire de Joconde énigmatique. « T'en foutrais des Joconde, moi… ». Cela résume à peu près la pensée de l'animateur à cet instant.

Natasha, toujours alerte, soupire, et lâche :

— Ça, moi à sa place aussi j's'rais muette comme une tong…

Vanessa échappe un gémissement et tourne précipitamment la tête vers la forêt derrière elle, Brice regarde la bimbo comme s'il la découvrait seulement.

Marion sourit, serre la main de Natasha pour la remercier de son soutien et finit simplement par dire :

— Brice, ça n'appelle aucun commentaire. D'accord ?

Ce n'est pas une question et il doit le sentir (en fait dans l'oreillette on lui dit de lâcher l'affaire). Alors il s'incline.

Brice clôt le feu de camp, les filles se lèvent, entourent Marion.

La lune énorme et basse menace de s'effondrer sur la forêt. Sous ce spot astral, J.-P. rayonne et titube un peu. Dans l'euphorie de sa rencontre avec Melody – ce que lui a dit cette fille sublime sur lui… — il a déjà forcé sur la bouteille. Son début d'ivresse dégouline de bons sentiments. Heureux enfin, il aime tout le monde, et il ne lâche pas Melody d'un pouce. Il devient très entreprenant, elle a du mal à contenir son empressement, tout en y répondant suffisamment pour affirmer sa prise sur lui. Elle n'en peut déjà plus. Heureusement, les autres séductrices ne les laissent jamais seuls, elles appliquent à la lettre les consignes de la production. Personne ne doit succomber trop vite, on n'en est même pas au troisième jour de tournage ! Il faut entretenir le suspense. Il y a par ailleurs cette histoire de primes, et d'orgueil aussi, bien sûr. Les cibles, J.-P., Alex et Tarik, se retrouvent suivies, entourées, sollicitées en permanence par neuf nymphes bien décidées à faire avancer leur carrière. Le bungalow central luit dans la nuit noire, dans le silence auguste de la jungle anéanti par le boum boum assourdissant des enceintes de boîte de nuit. Avec ce bruit en revanche, il est possible, en se parlant à l'oreille, de contourner l'empire des micros. Et les toilettes offrent, comme d'habitude, une solution de repli, une sorte d'intimité.

C'est donc là que Melody attend Alex. Après avoir vérifié qu'elle ne figure pas parmi les corps ondulant sur la piste de danse, il se détache en souriant de Jade et de deux autres gorgones en hurlant :

— Je reviens ! Pause pipi !

Il laisse son cadreur à la porte des gogues, pousse celle des toilettes des filles, prêt à rebrousser chemin en feignant l'ivresse et en déclarant s'être trompé. Mais l'endroit est désert. Il entend quelqu'un siffler *My funny Valentine*. Il se penche très vite pour regarder sous les portes des cabines et tombe sur la paire de stilettos qu'il cherche. Il pousse prudemment la porte, non verrouillée. Melody lui sourit, lui fait signe de fermer et grimpe sur la cuvette. Ainsi, elle peut vérifier les entrées. Et il est si grand qu'elle n'a pas tellement à se pencher pour lui parler. La musique, à peine assourdie, fait un boucan d'enfer. Elle pose ses mains sur ses épaules pour assurer son équilibre, colle ses lèvres à son oreille et dit très bas :

— Il part au quart de tour, là, ça va trop vite. Je ne suis

pas… Il pose sa main sur sa bouche doucement et lui fait signe d'approcher à son tour.

— Mets ça dans son verre, ça devrait le calmer. Demain on s'arrangera pour qu'il parte avec quelqu'un d'autre.

Il glisse la petite enveloppe pliée dans sa main. Serrés dans l'espace étroit, ils reconnaissent l'odeur de leurs corps dénudés dans celle de la nuit, de la fête, de la danse, et du canard WC. Un drôle de mélange… Ils doivent faire vite. Elle le regarde un instant et en descendant de son piédestal sanitaire, demande :

— C'est quoi ton vrai prénom ?

Elle se rétablit avec un sourire amusé. Il hésite un instant, et prend son visage entre ses mains. Elle entrouvre tout de suite les lèvres, il sent son soupir tiède, ses dents, serre sa nuque entre ses doigts et enfonce sa langue dans sa bouche, sans douceur. Cela ne dure qu'un instant. Elle s'écarte, reprend son souffle. Avant de sortir, calmement, elle s'adosse à la porte et glisse le cachet dans son décolleté, en le regardant. Elle a la peau comme huilée au-dessus des seins, il fait très chaud dans ces toilettes qui ne laissent rien passer, même pas les vents.

Marion, à un moment de la soirée qui bat son plein chez les filles également, entre au même endroit. De l'une des cabines sort Vanessa. Elle sourit, la tête en arrière. À l'intérieur, Sofiane, penché au-dessus des lavabos, trace des lignes droites et blanches. Vanessa la regarde, lui tend la main. Et la paille de son mojito.

3

TROISIÈME JOUR

Faire les courses au supermarché, prendre un espresso au café du coin. Rentrer. Dépanner la voisine de palier, lui donner des conseils en immobilier. Réparer une assiette cassée. Regarder la télé. Rêver d'un chat. Renoncer. J.-P. ne les aime pas.

Marion se tourne vers Vanessa. Elle bouge dans son sommeil. Elle la recouvre du drap, se lève, sans bruit pour ne pas l'éveiller, va à la baie vitrée, écarte les rideaux.

L'aube pointe. Elle n'a pas dormi de la nuit. Elle ne se sent même pas fatiguée. Vide seulement.

Elle regarde la nature, au dehors, respirer avant l'assaut brutal des premiers rayons du soleil. La lueur rose éclaire déjà la nuit si noire ici, qu'elle commence à préférer au jour. Elle contemple pourtant celui-ci commencer, longtemps, en frissonnant sans avoir froid. Elle aimerait presque. Elle pense à sa vie d'avant, avec nostalgie. Mais sans regret. Parce qu'elle sent désormais quelque chose naître en elle. Quelque chose d'avide, de sombre et puissant. Et elle n'a aucune envie de résister. Elle a découvert, comment appeler cela ? « Le côté obscur de la force ». C'est la seule expression qui lui vient, elle rit doucement. Et sent une main se poser sur son épaule. Elle la prend. Elles regardent ensemble la nuit capituler, nues, sans autre contact. Vanessa soupire :

— Ouh… Tout ce bleu, moi, à force ça me donne envie de vomir.

Marion rit à nouveau et se tourne vers elle.

— Tu dis toujours des choses comme ça…

Vanessa l'attire contre elle, lisse ses cheveux, les glisse derrière ses oreilles ourlées, se penche pour mordiller le cou tendre.

— C'est qu'il n'y a rien d'autre à dire.

Marion sourit, éprouve la morsure lente, et la sensation qu'elle lui procure. Elle l'évalue comme la douleur à l'hôpital, sur une échelle de 1 à 10. Elle revoit la tête de l'infirmière qui l'avait prise en charge quand elle s'était cassé la clavicule, en voulant changer sa roue de voiture. Elle avait appelé J.-P. au secours évidemment, il lui avait quasiment raccroché au nez. Il ne POUVAIT PAS interrompre une « négo » ca-pi-tale pour la secourir.

Elle soupire :

— 7…

Et Vanessa descend, sans poser de question, murmure au fur et à mesure :

— 8, 9… 10, lorsqu'elle arrive au sexe ébouriffé.

Marion pose ses mains sur la tête de cette fille qui la pénètre doucement avec sa langue. Elle ne la connaissait pas trois jours avant. Cette fille pour qui rien ne semble important, ni sérieux, ni interdit. Elle crie, pas trop fort, en s'accrochant à Vanessa. Elle ne jouit pas vraiment, c'est plus une sensation de soulagement intense, un cri de joie, de revanche, victorieux, vite réprimé, comme échappé par mégarde, ou trop longtemps contenu.

Vanessa regagne discrètement son bungalow, à deux pas de celui de Marion. Elle s'allonge dans les draps frais avec bonheur, décidée à profiter des quelques minutes avant le réveil de la production. Sous ses paupières fermées passent par flashs les images de la nuit. Marion manque encore de sauvagerie, ou de raffinement pour combler ses sens exigeants. Ses tétons durcis, son sexe lui font presque mal. Mais elle apprend vite, cette petite, se dit-elle en laissant glisser sa main pour se satisfaire. Pour les autres participants du jeu, la frustration commence à remplir son office, à des degrés différents.

Jean-Philippe se réveille d'un coup, les bras en croix, tout habillé sur son lit, sans savoir comment il y est arrivé. Mais avec une gueule de bois colossale et le sentiment de s'être fait berner. La rage, la vieille rage, si mauvaise conseillère, le reprend. Il veut Melody. Et il va falloir que quelqu'un paye. Alors il pense à Marion, tout naturellement.

Tarik dort encore, comme un petit garçon qu'il est au fond, un coussin entre les bras. Ce gros bêta bodybuildé bave un peu sur l'oreiller, en rêvant de sa blonde peroxydée.

Natasha est déjà en train de se préparer pour la journée qui s'annonce. Elle a passé la soirée à jouer au chat et à la souris avec Édouard. Il fait mine de se rapprocher, puis se retire, joue les saintes nitouches en disant des horreurs, danse avec Marion toute la nuit et lui jette des regards torrides ou glaciaux par-dessus son épaule. Bref : un marivaudage assez primaire, une adaptation médiocre des *Liaisons dangereuses*. Mais elle n'a lu ni Marivaux, ni Laclos. Alors évidemment, ça lui plaît. Il lui plaît, plus que n'importe qui avant. Il la blesse, l'agace, la réveille. Il prétend ne pas être spécialement attiré par sa plastique notamment, ce qu'elle a de plus cher. « Tu n'es pas trop mon style », a-t-il dit en soupirant, et en lui caressant… le menton ! « Mais bon… » Piquée, elle a répondu en rigolant un peu fort :

— Ah ouais ? Bah c'est pas comme si c'était toi qui doive me séduire !

Il l'a regardée, consterné. Elle s'est énervée.

— Attends, sérieux tu te prends pour qui ?

Édouard a soupiré et expliqué, comme à une demeurée :

— S'il se passait quoi que ce soit entre nous dès maintenant, ce ne serait pas te « séduire » comme tu dis. Ça ne m'intéresse pas de coucher avec toi comme ça, c'est ce que veut tout le monde. Tu vaux mieux que ça, tu ne crois pas ?

Elle ne comprend pas où il veut en venir. Mais tout ça devient délicieusement frustrant. Elle est prise dans les filets d'Édouard, elle frétille de peur, elle manque d'air déjà, petite sirène amoureuse de son pêcheur.

Alex s'étire en pensant à la journée qui l'attend. Avec Melody. Aujourd'hui c'est « quart d'heure américain ». Trois séducteurs et séductrices sélectionnés en fonction de leurs affinités avec les candidats vont choisir celui ou celle qui va partager leur programme. Cette idée a été très opportunément suggérée par leurs complices au sein de la production. Cette redistribution des cartes a bien des avantages. « Vanessa » connaît bien son métier. À se demander ce qu'attendent les producteurs de *l'Archipel de la séduction* pour l'embaucher. Il sourit. Qu'est-ce qui a bien pu se passer pour qu'elle ne soit pas à la tête de l'équipe qui gagne ? Ou pour ne plus en faire partie ?

Tout le monde se retrouve de part et d'autre des deux îles pour le petit-déjeuner. Ce matin n'est pas comme les autres puisque sur un écran dressé dans la grande pagode, on leur passe un message enregistré de Brice. Il marche sur la plage, les pieds nus, suivi par les caméras. Et il leur annonce la surprise du chef. Mais tous sont tellement dans leurs pensées, encore à moitié endormis ou luttant contre leur mal de crâne que la nouvelle ne suscite pas les réactions espérées. Seul Tarik maugrée : « Bah c'est simple, encore, ce plan… » Ils suivent néanmoins docilement les consignes et se présentent à la piscine en temps et en heure, maquillés. Et un peu requinqués. J.-P. est dans un tel état qu'il a accepté le petit remontant proposé par un membre de l'équipe.

Du côté des garçons, Sandra a gagné au tirage au sort. Elle se prononce donc en premier. Et elle choisit Jean-Philippe. Conformément à l'accord passé avec Melody.

Furieux, il cache mal son mécontentement. Melody choisit Alex. Tarik, toujours beau joueur, fait le tour de la piscine et tend les bras à une certaine Kindra, avec qui il a semble-t-il aussi « discuté », et dansé lors de la soirée du bain de minuit. C'est en tout cas ce qu'elle explique, face caméra au « confessionnal » avant de partir, bien décidée à profiter de l'occasion. Du côté des filles, c'est Édouard qui commence. Et il choisit… Marion. Natasha détourne le visage les larmes aux yeux, les caméras la filment sous tous les angles. Marion lui attrape la main, elle se dégage. Puis Sofiane choisit Vanessa. Un certain Anthony s'arrête devant Natasha. Elle se reprend et lui adresse un sourire aguicheur, un peu mécanique, sans pouvoir se retenir de regarder Édouard qui s'éloigne, Marion à ses côtés. Il a passé son bras autour de sa taille.

Le feu de camp

Brice a un peu de mal à enregistrer son plateau. Il s'agit d'annoncer le deuxième feu de camp, chez les garçons. Mais il n'a pas grand-chose à se mettre sous la dent. Le quart d'heure américain a fait un bide. Les couples formés l'espace d'une journée véhiculent au mieux une vague hostilité — J.-P. a quand même réussi à faire pleurer sa partenaire – au pire un ennui palpable. Seuls Alex et Melody se sont bien amusés à semer leurs équipes de tournage. Ils galèrent au montage pour sortir dix minutes exploitables. Ça ne va pas être une partie de plaisir ce soir et pour tout dire, Brice commence à s'inquiéter. Depuis le début de cette saison, il sent que quelque chose leur échappe, les participants sortent des stéréotypes selon lesquels ils ont été choisis. Jean-Philippe ne se comporte pas comme prévu. Il ne se précipite pas sur tout ce qui bouge, joue les amoureux transis… Marion ne pleure pas dans les coins, et semble plutôt se faire une bande de copains. Natasha a à peine esquissé une moitié d'effeuillage, elle a perdu de son ressort, plongée dans une sorte d'introspection… Tarik est aux abonnés absents, en tout cas il n'a pas l'air très concerné. Vanessa et Alex, passés les premiers émois de la séparation, se détendent à présent et profitent, sagement, du cadre idyllique. Personne ne se vautre dans la luxure pour le moment, on n'enregistre pas vraiment de débordements. Brice envoie un message en interne pour convoquer une réunion avec les séducteurs. Ils ne font pas leur boulot ceux-là, ça va chauffer. On les dirait tous sous bromure cette année. Il note mentalement de faire doubler les doses de ce qu'on leur met dans la bouffe. Il respire un grand coup pour se remotiver. Et on lui passe un appel. La production à Paris. Ils ne sont pas contents… Les dernières vingt-quatre heures tournent en rond, franchement insipides. Alors après un intense brainstorming, ils ont décidé de rendre ce feu de camp un tout petit peu sexy, si possible. Les garçons vont visionner les extraits prévus comme d'habitude, mais chacun d'entre eux sera mis en relation avec sa dulcinée respective, sur l'autre île. Pas question d'une discussion, ils n'auront droit qu'à une question. Brice, au téléphone, hoche la tête. Ils sont vraiment à la rue. Ce programme normalement roule tout seul. Il abonde dans leur sens. Au moins leur trouvaille lui ôte une sérieuse épine du pied. Parce qu'il ne sait vraiment pas comment relever la sauce ce soir. En raccrochant il souffle un bon coup. Il faut refaire les plateaux, mais c'est vraiment un moindre mal…

La séquence du feu de camp… Les garçons arrivent à la queue leu leu et prennent place sur les rondins de bois, de part et d'autre du brasero, accueillis par un Brice tout sourire.

— Messieurs, bienvenue pour votre deuxième feu de camp. Le temps file, et chaque jour passé dans le cadre somptueux de *l'Archipel de la séduction* entourés de ces séductrices et séducteurs uniquement préoccupés de vous faire découvrir, et à vos moitiés sur l'île des filles, la vérité sur votre amour, messieurs, chaque jour accroît la tension, le désir, déchaîne les passions. C'est ce que nous allons voir lors de ce feu de camp plein de révélations et de surprises.

Brice marque la pause « générique » et avale une gorgée d'eau minérale après sa tirade. On entend le décompte, et il reprend.

— Bien messieurs, je vous propose ce soir, de commencer par Alex.

Nouvelle pause. À ce moment-là, à la diffusion : portrait du candidat.

Brice enchaîne.

— Alex, vous désirez découvrir les images de Vanessa seul, ou en compagnie de vos camarades ?

Alex, en bras de chemise, bronzé à présent, regarde Jean-Philippe et Tarik en souriant.

— Avec eux, pas de soucis.

Brice lui tend l'écran.

Vanessa en compagnie de Sofiane. Ils déjeunent. Il lui demande si elle se sent mieux, si Alex lui manque toujours autant. Elle lève les yeux de son assiette, les lèvres brillantes de gloss, l'air candide.

— En fait je m'aperçois que j'arrive à respirer toute seule, quand il n'est pas là, à profiter de la vie, même sans lui. On est venus ici surtout pour voir comment on supportait la séparation. Et la réponse est : mieux que prévu. Ce n'est pas si mal et c'est un peu grâce à toi. Alors à nous !

Et de lui tendre son verre pour trinquer, avec un grand sourire. L'extrait s'arrête là.

Brice récupère sa tablette des mains d'Alex et le regarde dans les yeux.

— Alex, qu'est-ce que vous avez vu ?

— Vanessa. À table avec un séducteur.

— Sofiane, encore, oui. Et ?

— Elle dit qu'elle va mieux.

— Elle a l'air, oui. Elle semble se rapprocher de Sofiane, elle l'a choisi à plusieurs reprises et lui-même pour ce quart d'heure américain… Est-ce que leur relation représente un danger pour votre couple selon vous ? Comment le ressentez-vous ?

Alex croise et décroise les jambes.

— Je ne sais pas. Non, je ne crois pas. Je vais vous dire, je suis plutôt content qu'elle s'amuse. De son côté.

Sa voix flanche sur la fin. Il lève la tête vers le faîte des arbres en soufflant.

Brice laisse un silence.

— Bien. Alex, je vais vous demander de regarder le moniteur qui est installé à côté de la caméra en face de vous. Voilà.

Les techniciens s'affairent autour de l'unité quatre. Puis l'assistant plateau, équipé d'un casque donne le « go ». Et Vanessa apparaît sur l'écran de contrôle. Elle a l'air un peu surpris, et se débat avec l'oreillette que l'on vient de lui installer.

— Bonsoir Vanessa.

Elle écoute et hoche la tête.

— Bonsoir Brice.

— Je suis en direct du feu de camp des garçons. Ils

peuvent vous voir. Alex vous regarde en ce moment même. Désirez-vous lui parler ?

Son visage s'éclaire.

— Oui ! Oui, bien sûr.

Alex, équipé lui aussi, regarde l'écran, Vanessa les cheveux lâchés, bouclés, l'œil pétillant. Elle attend, elle ne peut pas, elle, le voir. Il soupire.

— Vaness'... Ça va ?

Elle rit de plaisir.

— Oui ! Ça fait drôle de t'entendre... Oui, ça va. Et toi mon amour ?

— Tu me manques.

— À moi aussi. Tellement.

Brice reprend la main.

— Alex, Vanessa, vous avez droit à une seule question et la liaison sera interrompue. Je vous laisse décider de qui la posera.

Vanessa écoute et secoue la tête en riant.

— Je ne me pose aucune question et n'en ai aucune à poser. Je t'aime, Alex, tout va bien.

Brice se tourne vers Alex.

— Alex ?

Il se penche vers le moniteur.

— Vanessa ?

— Oui ?

— Comment tu l'appelais le petit chien en bois à roulettes que tu avais quand tu étais petite, tu sais sur la photo chez tes parents ?

Son regard se voile. Elle sourit, les larmes aux yeux et murmure.

— Alexandre. Il s'appelait Alexandre.

Alex se passe la main dans les cheveux, en proie à une certaine émotion, maintes fois travaillée. Ils ont mis au point cette histoire de jouet à roulettes à Paris, des semaines auparavant.

Brice se tourne vers Jean-Philippe, qui regarde Alex se remettre.

— Émouvant, n'est-ce pas ? Ces deux-là ont l'air insubmersibles. Voyons ce qu'il en est de Marion et de vous, cher Jean-Philippe. Je vais à votre tour vous confier cet écran et vous allez y découvrir des images de Marion. Êtes-vous prêt ? Voulez-vous les regarder seul ou avec Tarik et Alex ?

— Avec eux, allez !

Il tend la main vers l'écran. Apparaissent Marion et Édouard, lors de la soirée, seuls au bar, en aparté, et en grande conversation. Puis des images de la journée. Ils rient et parlent beaucoup tous les deux. Où l'on découvre une autre Marion, sûre d'elle, drôle, épanouie, plus du tout silencieuse, ni craintive. On la voit aussi avec Vanessa, le soir où elles sont rentrées ensemble, et de manière générale avec un peu tout le monde. Et tout le monde semble sous le charme. Elle danse avec un certain Angel en hurlant en chœur le refrain des titres qui s'enchaînent. Le séducteur est obligé de crier pour couvrir la musique :

— Déjà, je sais pas ce que tu lui trouves à ton J.-P., mais bon, si t'as envie, je suis là, hein…

— Ben maintenant que tu m'y fais penser…

Elle éclate de rire et dépose un léger baiser sur ses lèvres avant de se remettre à danser comme une folle.

— Jean-Philippe, qu'avez-vous vu ?

Il rend l'écran à Brice, se racle la gorge et lâche, sans desserrer les dents :

— Elle profite de ses vacances. Et pour une fois, c'est pas moi qui raque, donc…

— Marion a l'air de vraiment s'épanouir. Les avances

que lui fait Angel ne semblent pas la laisser indifférente. Édouard aussi l'apprécie… Beaucoup. Regardez.

Il lui redonne la tablette. Édouard, les cheveux en l'air, très sexy avec ses lunettes d'écaille (aux verres neutres, mais ça, personne n'est censé le savoir) est interrogé dans le confessionnal.

— Cette fille est trop dangereuse. Elle est canon, et en plus elle a quelque chose dans la tête. On est tous comme des fous. On veut tous qu'une chose, c'est s'occuper d'elle comme il faut, ça la changera. Et quelque chose me dit qu'elle en a bien envie aussi.

J.-P. pense à Melody. Lui, c'est elle qu'il veut. Enfin plus exactement il veut qu'elle le rende heureux. Il ne pense plus qu'à elle, Marion appartient à une sorte de brouillard. Bien sûr il note quand même de lui faire payer ça, le moment venu. Mais il ne voit plus que la séductrice, ne désire plus qu'elle. Cela ne lui est jamais arrivé. Il ne répond pas à Brice qui l'interpelle.

L'animateur doit répéter la question :

— Jean-Philippe ? Un commentaire sur ce que vous venez de voir, et d'entendre ?

— Oui, euh non, pas de commentaire. Qu'est-ce que vous voulez que je dise, elle sait très bien les limites qu'on s'est fixées, donc elle sait aussi qu'est-ce qui va lui arriver si elle les dépasse.

Brice sourit.

— Eh bien justement, elle est en direct avec nous, vous allez pouvoir lui poser la question si vous le souhaitez.

Marion apparaît à l'écran, mais elle n'est pas seule, Vanessa est avec elle, elles n'ont pas remarqué qu'elles sont à l'antenne, elles tressautent toutes les deux, têtes baissées, visiblement secouées d'un affreux fou rire. Personne n'a semble-t-il jugé utile de les prévenir. Marion relève la tête en entendant Brice dans l'oreillette, et fait signe à Vanessa de s'éclipser, les yeux pleins de larmes. Vanessa sort du champ en gémissant tandis que Marion, rose, tente de reprendre son sérieux. Brice enchaîne.

— Bonsoir Marion, vous êtes superbe ce soir. Jean-Philippe est à mes côtés, vous pouvez vous parler si vous le désirez.

Cela la fait tout de suite moins rire. Elle rectifie son eye-liner du bout des doigts et toussote :

— Oui, bonsoir Brice. Bonsoir J.-P..

— 'Soir.

Brice se tourne vers lui.

— Jean-Philippe, vous connaissez la règle, vous disposez tous les deux d'une seule question. Est-ce que vous, vous voulez lui poser cette question ?

Il croise les bras et fixe le ciel, une ligne bleue des Vosges bornée, sans horizon sur laquelle on aurait fait tomber un couperet.

— Non. Moi j'ai rien à lui dire.

Marion fronce les sourcils.

Brice soupire.

— Bien, Marion Jean-Philippe est gentleman ce soir, il vous laisse la parole.

Elle sourit, réfléchit un instant.

— OK. J.-P. est-ce que tu as de ton côté dépassé les limites, ou est-ce que tu comptes le faire ?

— Attends, mais occupe-toi de ton cul, t'as du pain sur la planche, là non ? T'as l'air de bien t'amuser de ton côté. Alors, viens pas me faire chier. J'ai pas envie de répondre, fais ce que tu veux, j'en ai rien à foutre.

Il hurle carrément sur le moniteur et l'image de Marion, statufiée. Tarik l'agrippe par le bras.

— Hey, calme-toi là ! Comment tu lui parles ? ! T'es misogyne avec les femmes, ma parole !

Jean-Philippe se dégage sèchement et le regarde, soudain calmé.

— C'est ça, t'as tout compris. Vas-y, moi j'lâche l'affaire. Et j'me casse.

Il se lève, arrache son oreillette, qui grésille d'admonestations vaines, la balance à un technicien et attend que ce dernier l'en débarrasse complètement. Il sort du plateau.

Marion regarde la caméra fixement. Elle ne peut pas savoir que Jean-Philippe obéit au souhait de Melody de le voir « clarifier les choses » à son endroit. Comment pourrait-elle l'imaginer, trois jours à peine après leur arrivée ? Elle se doute néanmoins que s'il se conduit de la sorte, c'est que quelque chose, ou quelqu'un l'y pousse, quelque chose d'extérieur, dont elle n'est pas responsable. Il faut toujours que quelqu'un paye pour lui, que quelqu'un prenne pour ses propres échecs, encaisse ses propres erreurs, assume les conséquences de ses décisions. Elle a mis du temps à comprendre qu'elle n'y était pour rien, elle ne s'aimait pas assez jusqu'ici.

Elle sourit lentement, un peu navrée, ôte à son tour son oreillette, empêche ainsi Brice de rebondir sur la sortie de son compagnon malgré les gestes désespérés de la scripte et attend sagement qu'on la laisse quitter la position de duplex.

Brice Toulemonde transpire sous son maquillage.

Ils ne suivent pas le script… Cet épisode, certes vitaminé, ne fait pas avancer les choses. Rien n'a été vraiment dit, ni avoué. Ils n'auront encore rien à montrer, à part les coups de sang, qui perdent de leur charme à force, de l'autre imbécile.

Il s'est directement dirigé vers le bar, lui a-t-on appris. Sa petite amie va se consoler dans les bras, amicaux hélas, de l'autre séducteur à lunettes. Ils vont encore philosopher au clair de lune, et elle rejoindra Vanessa, sa grande copine, aussi fun qu'elle, pour une dernière camomille au bar… L'horreur. Ils ne réagissent pas comme prévu, ne suivent pas les consignes. Les manœuvres des séducteurs, ces nullités, échouent les unes après les autres contre la surprenante force morale des candidats. Il lui reste Tarik et Natasha. Il faut qu'il mette le paquet sur eux, sinon Paris va vraiment exploser. Et Brice sait comme ils sont injustes dans ces cas-là. Ils le tiendront pour seul responsable, y compris de leurs propres erreurs de casting. Il s'en prendra lui-même aux équipes sur place, et tout cela va mettre une ambiance épouvantable, et ils n'ont vraiment pas besoin de cela.

Il se tourne vers le dernier candidat.

— Tarik, il ne reste plus que vous. Voulez-vous voir des extraits des dernières vingt-quatre heures de la vie de Natasha sur l'autre île au milieu de ses neuf séducteurs, seul ou avec Alex, puisque Jean-Philippe a quitté le plateau ?

— Seul, je préfère. Tu m'en veux pas, gros ?

Alex sourit, se lève, se penche très vite à l'oreille de Tarik, et Brice ni personne n'entend ce qu'il lui dit. Ils se tapent dans la main.

Tarik reste seul. Seul dans la lumière rousse des flammes du feu de bois. Seul sous la lune, seul dans la nuit d'encre, seul face aux coups qu'on va lui porter. Il n'a jamais été aussi seul. Il se regroupe physiquement et moralement et prend l'écran des mains de Brice.

Il ne voit que les larmes de Natasha, au départ d'Édouard au bras de Marion. Après – ils ont monté l'affaire à l'envers, en commençant par le plus récent et le plus flagrant – il ferme les yeux. Il ne la voit pas en tête à tête avec Édouard, boire ses paroles, et se faire une ride au front dans son effort visible pour le suivre. Il ne l'entend pas demander un petit haut moins décolleté à une habilleuse, parce qu'Édouard a éclaté de rire en s'arrêtant un instant sur sa poitrine comprimée dans l'un de ses bikinis habituels, en tricot, tout à fait son style. Il a sifflé :

— Hou là, c'est la Toussaint, ou quoi ? C'est la fête des nénés !

Tarik remue les lèvres en silence, les yeux clos.

Brice attend une réaction, à la fin de l'extrait, on intime l'ordre au candidat de réagir dans son oreillette, mais il ne bouge toujours pas, comme en prière.

Le présentateur reprend la main.

— Tarik ?

Une grande panique s'empare de lui. Sorti de son univers, sans ses copains, sans sa famille, sans ses frères et sœurs, sans le bar, sans la salle d'Aubagne, sans Natasha, il se retrouve pour la première fois face à lui-même. Au début, il a fait des pompes, des tractions, des séries d'abdominaux, comme toujours et puis il s'est occupé d'Alex aussi, qui n'allait pas très bien. Ils ont beaucoup parlé tous les deux. Il ne comprend pas vraiment ce que fait Natasha. Il pense simplement qu'elle s'est laissée prendre au jeu. Mais Alex lui a fait entrevoir un autre aspect des choses : tout ça n'est pas vraiment un jeu, ni la réalité non plus. Cette réalité est orchestrée. Il commence à sortir de l'innocence et à haïr tout ce cirque, cette manipulation abjecte. Il s'en veut d'avoir été si naïf, si confiant. Il ne peut malheureusement rien y faire à présent : ils sont prisonniers. Mais il compte bien l'expliquer à Natasha.

Il entend Brice, loin, lui demander à plusieurs reprises ce qu'il a vu. Il ne répond pas. Le présentateur, conscient qu'il ne pourra rien en tirer, et pressé par le temps, finit par passer à l'étape suivante.

— Tarik… Peut-être que ce que je vais vous proposer à présent va plus vous parler… Regardez le moniteur en face de vous, Natasha est en direct avec nous, vous allez pouvoir la voir, et lui poser la question de votre choix, j'ai l'impression que vous en avez besoin.

Toujours regroupé, Tarik fait enfin ce qu'on lui demande. Mais dans l'écran, il n'y a qu'un siège vide. Brice manque de fracasser le moniteur sur son rondin de bois. Cette bourrique qui refuse de se soumettre au duplex maintenant ! Ils ne peuvent tout de même pas enchaîner les candidats pour les faire obéir et suivre le conducteur. Mais c'est une idée à creuser… Il parvient à se contrôler. Tarik regarde l'écran noir, légèrement hébété.

— Tarik, Natasha n'a pas voulu vous parler. Elle sait que vous avez vu les images de ses dernières heures. Que pensez-vous de son attitude ?

Tarik se tourne vers lui, assommé, plus docile.

— J'y crois pas. Qu'est-ce qui me dit que vous avez pas trafiqué tout ça pour que ça soit buzzé le plus ?

Brice s'approche de lui, la main sur le cœur. Il la refait en la déplaçant, parce que son geste fait grésiller son micro.

— Tarik, je vous assure que nous ne vous montrons que la vérité. Vous êtes ici pour la voir en face, cette vérité, ou la trouver. Vous avez souhaité participer à *l'Archipel de la séduction*, personne ne vous y a forcé. Vous connaissiez les règles du jeu. Il n'y a aucune manipulation. Personne n'a poussé non plus Natasha à refuser l'opportunité que nous lui offrons, pour la première fois dans l'histoire de l'émission, de vous parler en face durant le jeu. C'est son choix.

Tarik se dégroupe et regarde l'animateur droit dans les yeux.

— Je sais pas qu'est-ce qui se passe dans sa tête. Mais y a un truc que je sais, c'est que vous êtes pas clairs. Et j'espère que Natasha va s'en apercevoir. Que Dieu lui vienne en aide.

Brice ricane.

— Dieu s'appelle Édouard, maintenant ?

Tarik reste silencieux un instant. Ce qui permet à la production de couper la suite au montage. Car il crache brusquement à terre en se levant, aussitôt retenu par des membres de l'équipe. Il hurle quelque chose en arabe, impassable à l'antenne et ils doivent le maintenir un moment avant qu'il ne se calme.

Brice l'a échappé belle. Il conclut le feu de camp seul, debout en expliquant que Tarik a brusquement quitté le plateau à son tour.

Tarik a émis le souhait de rester seul. Il a dû montrer patte blanche pour qu'ils finissent par le lâcher et le laisser rentrer à la pagode, sur le chemin éclairé de flambeaux. Ils le suivent de près néanmoins, et filment bien sûr. Il voudrait pouvoir pleurer, et comme un petit garçon se réfugier dans le giron de sa mère. Elle n'y comprendrait rien, Latifa, elle ne poserait pas de question, elle lui chanterait ses mélopées berbères en lui caressant les cheveux, assise pour une fois dans la petite cuisine aux murs nus du trois pièces d'Aubagne. Où il n'a jamais été plus heureux, il s'en aperçoit à présent.

Latifa doucement l'avait serré dans ses bras quand il lui avait ramené Natasha. Elle avait simplement dit, en arabe :

— Je te bénis, mon fils.

À son regard, il avait su que la tenue de la jeune femme, les cheveux teints, les ongles peints, les chaussures plateforme, tout ça, elle ne pouvait pas le comprendre. Mais elle ne jugeait pas. Quant à son père, il était resté très accueillant et aimable. En fumant la chicha pendant que Natasha tâchait d'aider sa mère et sa sœur, morte de rire au passage, en cuisine, il avait juste murmuré en lui tapotant la main :

— Que Dieu te garde.

Il ne pouvait malheureusement se réfugier nulle part, dans aucune cuisine chaude et odorante. Sans s'en rendre compte, sa mémoire immédiate le guidait, et l'immémoriale aussi, le *dar al-Islam, dar al-Harb*. Il n'était pas chez lui, il était en milieu hostile. Il était musulman. Le secours lui viendrait de Dieu, comme il l'avait toujours entendu dire dans la petite cuisine, et comme il l'avait oublié. Mais cela lui revenait très bien à présent. Obscurément, il sentait que la foi constituait le seul refuge. Il n'avait jamais été suffisamment en danger, toujours tellement aimé, avec tant de bienveillance, pour le réaliser.

Tarik, démuni, isolé, marche en tentant de se rappeler une vague prière à l'effet apaisant, cela aussi lui revient, comme le goût, la douceur d'un bonbon oublié. Il arrive à la pagode centrale. Jean-Philippe, au bar, est en grande conversation avec Melody. Penchée sur lui, visiblement en colère, elle semble lui expliquer, plutôt lui marteler quelque chose. Il se tient la tête entre les mains.

Alex vient immédiatement à Tarik, suivi par le nuage de séductrices.

— Ça va ?

— Elle a pas voulu me parler.

Alex baisse la tête et lui étreint les épaules un instant.

— La télé change les gens. C'est une épreuve que Dieu t'envoie. Il faut que tu sois fort pour deux, Tarik. Et elle retrouvera le chemin vers toi.

En rentrant du feu de camp, il a discrètement glissé un petit cadeau sous l'oreiller de Tarik. Un cadeau bien dans le sens de leurs discussions qui ennuient tant la production.

Jean-Philippe ne sait plus quoi répondre, pour une fois. Melody, furieuse, à sa manière, sans éclat, le morigène depuis un moment. Il finit par gémir :

— Mais qu'est-ce que tu voulais que je fasse ?

Elle le regarde froidement :

— Je ne sais pas. Mais certainement pas la traiter comme ça !

Il se rebiffe, quand même.

— Mais tu m'as demandé de régler les choses avec elle ! Putain, mais c'est qu'est-ce que j'ai f...

Elle appuie ses paumes sur le bois du comptoir, assez fort pour que ses jointures en blanchissent.

— En insultant Marion, oui, on m'a raconté. Bon sang J.-P. ça va passer à la télé ! Tu l'as humiliée, déjà, bon... Mais en plus devant des millions de gens. Réveille-toi !

— Mais, elle aussi, elle m'a humilié !

Il tend la main vers elle. Elle le fusille du regard et descend de son tabouret.

— Ça n'a rien à voir. Ne me touche pas. J'ai honte, c'est de ma faute si tu lui as fait ça.

Elle s'esquive dignement. Et se dirige tout droit évidemment vers Tarik et Alex, les preux chevaliers qui discutent à une table, entourés de séductrices. Personne ne danse.

Jean-Philippe pose sa tête sur le bar, comme sur un billot. Sandra vient s'installer près de lui. Elle allume une cigarette, sans rien dire. Il finit par relever la tête.

— Toi aussi tu vas m'expliquer que je suis un gros con. Vas-y gêne toi pas, c'est ma fête !

Il soupire et fait signe au barman.

Elle attrape sa main au vol.

— C'est le moment de te faire pardonner.

Sur l'île des filles, ni la musique, entraînante, ni les cocktails détonants, ni même le clair de lune tellement flagrant qu'on le dirait lui aussi issu de l'esprit dérangé d'un décorateur de plateau cocaïnomane ne parviennent à lutter contre l'ambiance compassée. Ils se sont tous regroupés autour de Marion, après son retour du feu de camp. Le seul éclat qui pourrait électriser un peu la soirée, Édouard, piloté par Vanessa, le désamorce. Il a rejoint Natasha sur le chemin éclairé aux flambeaux, et l'a prise dans ses bras, sans un mot.

À vingt-trois heures, en dépit de toutes les consignes et des directives, ignorées, de la production, les cinquante-sept caméras n'ont plus rien à filmer. Une première dans cette émission, et peut-être dans l'histoire entière de la télé-réalité. Les candidates sont toutes parties se coucher, seules, en tout cas officiellement, les séducteurs sans emploi ont fini par abandonner le terrain, à leur tour. Rien à filmer que les pistes de danse désertes, étrangement poétiques avec les taches de toutes les couleurs des boules à facettes comme animées d'une vie propre, les ronds des stroboscopes qui jouent sur les parquets, les banquettes, les alcôves, vides. Tout le monde dort, le silence retombe enfin sur les feuilles de bananiers indolentes, les cocotiers hirsutes au bout de leur long cou, la piscine dont rien ne vient troubler la surface calme, plate comme une limande, longue visiteuse qu'elle n'accueillera jamais dans ses eaux chlorées. Les équipes de tournage tournent, en rond. Filmer la nuit paisible, l'obscurité et le silence troublés par les seuls rayons de lune et les cris de quelques oiseaux ou de macaques dérangés par la quiétude inhabituelle présente peu d'intérêt. Paris fulmine. Des conversations téléphoniques et hystériques sont échangées, des menaces proférées au milieu de la nuit. Il ne se passe rien, et le vide s'accommode mal du rien.

Ils dorment. Jean-Philippe après avoir quasiment vomi sur les genoux de Sandra, sonné en un temps record par un tir groupé de caïpirinhas et de mojitos. Il ronfle, les bras en croix, tout habillé, sur son lit.

Natasha repose, un peu apaisée, mais troublée.

Vanessa l'a rejointe dans la loge, juste avant le feu de camp. En entrant elle s'est assise près d'elle, la maquilleuse finissait de la préparer. Elles ont gardé le silence un petit moment. Vanessa a feuilleté un « Voici » vieux d'un mois. Elle attendait. Natasha a tourné la tête vers elle, ouvert la bouche, et s'est remise à pleurer. La maquilleuse a levé les yeux au ciel, Vanessa a reposé le magazine, lui a fait signe de les laisser et pris sa place derrière Natasha. Elle lui arrangeait doucement les cheveux. Et elle a dit, en souriant :

— Tu devrais les laisser dans leur couleur naturelle, ma belle…

La bimbo a reniflé.

— Tu crois ?

Vanessa s'est penchée, a porté son visage à la hauteur du sien, dans le miroir.

— Natasha… Tu serais encore plus jolie comme ça… Et bien plus la cam d'Édouard, tu sais.

À ce moment, elle a allumé le séchoir à main pour couvrir leur conversation.

Natasha a claqué sa main sur la tablette devant elle, au risque de flinguer sa manucure.

— Celle qu'il kiffe, c'est Marion, je suis pas conne quand même.

Vanessa a souri et soufflé.

— Il s'entend bien avec Marion, parce qu'ils parlent tous les deux. Mais c'est juste de l'amitié. Tu vois bien comment il est, il a besoin de tchatcher, c'est comme ça c'est son kiffe. Il veut juste jouer et toi tu y vas comme un bourrin.

— Mais quoi « jouer », quoi ? Qu'est-ce que je fais, tu crois !

Vanessa l'a attrapée par le cou, tout en continuant à envoyer de l'air dans tous les sens sous l'œil catastrophé de la coiffeuse qui passait la tête de temps en temps. Elle allait tout devoir recommencer… Et elle s'est mise à expliquer à cette écervelée, les cheveux à présent en mode folle de Chaillot, la signification du « jeu » telle que l'entendait Édouard. Et quelles en étaient les joies… cérébrales. Marion est entrée. Après un bref instant de gêne, un regard de Vanessa a suffi et elles s'y sont mises à deux. Natasha leur a prêté une oreille attentive, parce qu'elle retrouvait dans leur discours les traces de celui de ce séducteur à lunettes auquel elle ne comprenait rien et qui, à force de douches écossaises et de gentilles, mais incisives moqueries, l'avait démantibulée. En trois jours à peine. Mais, faut-il le préciser, Édouard est aussi, surtout, beau, dans son genre, racé, délié. Vraiment très beau.

Elle fait des rêves compliqués, inédits, vaguement érotiques, un scénario décousu à base d'*Histoire d'O*, édulcoré à la sauce *Cinquante nuances de Grey*. Les conseils, les suggestions des filles, les histoires de domination/soumission, d'esclavage amoureux, tout cela ne lui est pas étranger. Madonna dans ses grandes heures a labouré le terrain et mis en scène ce qu'en ce siècle éclairé les publicitaires ont désigné du doux nom de « porno soft ». Elle a vu, a été baignée d'images de ce genre dès le biberon, dans la rue sur les affiches Decaux des abribus, dans la presse magazine dont elle se gave. Et bien sûr à la télévision. Elle ne s'est simplement jamais posé la question du message, du sens profond que ces images véhiculent.

Ils dorment un peu moins…

Tarik, en se couchant, a trouvé un livre vert glissé sous son oreiller. Il l'a ouvert. Depuis il lit. Au début avec quelques difficultés dans la langue oubliée. Mais il s'agit d'un Coran augmenté d'une traduction en français, en page de gauche. Une version simplifiée, utilisée par les Talibans pour l'instruction des Occidentaux tentés par la guerre sainte. Tarik ne dort pas, il tourne les pages, et oublie un peu ce qui le torture. Et retrouve ce qu'il a oublié.

Vanessa est venue voir comment va Marion, malmenée par Jean-Philippe, devant les caméras bien entendu. Elles ont refermé la porte sur elles, éteint leurs micros. Elles savent qu'une équipe attend postée devant la case. Assise sur le lit, Marion regarde Vanessa se débarrasser de sa robe à paillettes, le souffle un peu court. Elle se penche en se tenant au chambranle de la porte de la salle de bains pour se défaire de ses talons. Marion descend la fermeture éclair, sur le côté de sa robe à elle. Vanessa ne porte plus qu'une petite culotte. Marion sourit et demande, tout bas :

— Combien de temps tu restes ?

Vanessa s'approche, l'aide à passer sa robe au-dessus de ses bras levés, lui laisse le large bracelet d'esclave qu'elle porte au-dessus du poignet. Marion pose son visage contre son ventre, le nez dans l'odeur désormais familière.

— Suffisamment.

Vanessa toussote. Sa voix s'est enrouée sur la fin. Marion relève la tête. Vanessa glisse ses cheveux derrière ses oreilles, ouvre la bouche pour parler, se ravise. Elle se penche, l'embrasse. Marion demande dans leur baiser :

— Oui ?

Elle l'allonge sur son lit, se couche sur elle, glisse la main vers les fesses rondes, avant de la retourner. Marion l'interrompt.

— Attends. Pas encore.

Alex est ostensiblement ressorti de sa chambre pour descendre à la plage. Le cadreur qui le suit s'endort à moitié, réveillé toutes les dix minutes par la voix dans son casque qui lui demande ce que fait Alex.

— Rien, il fume, assis sur un rocher. Il regarde la lune. On fait quoi ?

— On reste. On attend qu'il aille se coucher, et tu le suis jusqu'à sa porte.

Il soupire. Et attend.

Melody a fait semblant de se coucher en même temps que les autres séductrices. Seule dans le noir, allongée sur son lit, elle a écouté les allées et venues, puis un certain silence. Elle s'est glissée dehors par la petite fenêtre de sa salle de bains. Elle sait qu'Alex occupe son équipe sur la plage pour qu'elle puisse entrer dans sa case sans se faire repérer. Elle avance à couvert, sans bruit, dans une relative tranquillité. Aux yeux de la production, les séducteurs et séductrices n'ont aucun intérêt à la doubler, à agir en dehors des objectifs. Au contraire même. On ne les surveille donc pas. Les productions vivent en général dans la paranoïa. Parce qu'elles savent que leurs concurrents donneraient comme elles n'importe quoi pour éventer leurs projets, les copier. En revanche, elles ne s'imaginent pas trahies en leur sein. Naïves pour une fois, elles sont sûres de leur pouvoir. Melody progresse lentement vers la chambre d'Alex. Elle a eu tout le temps ce soir de réfléchir, de mettre de l'ordre dans ses idées, luxe inouï dans ce genre de programmes. Melody sait bien d'ailleurs qu'elle ne devrait pas penser, c'est sans doute parce qu'elle réfléchit trop que sa carrière n'avance pas. Et qu'elle se retrouve dans ce genre de plans… Mais cette fois, le double jeu, le jeu dans le jeu, son rôle de transfuge change un peu la donne. Elle sait que le moment est venu pour elle, qu'elle ne doit pas le rater, et saisir sa chance. Comme Édouard, Justine l'a choisie et approchée pour ses talents d'actrice, donc de simulatrice, de faussaire et pour sa jugeote. Toutes qualités nécessaires pour se mouvoir dans leur plan à tiroirs sans tout foutre par terre. Évidemment personne ne pouvait prévoir le petit feu entre ses jambes, pense-t-elle. Au moment où Melody entre chez Alex par la fenêtre de sa salle de bains, qu'il a pris soin de ne fermer qu'à l'espagnolette, Vanessa se cambre et ferme les yeux jusque-là grands ouverts, alors que les doigts de Marion entrent en elle. Elle regarde son plaisir monter, sous ses paupières fermées. Elle sent son cœur faire une embardée, se mord les lèvres pour ne pas crier.

L'Archipel de la séduction n'a aucun sens cette saison parce qu'ils y ont mis du cœur justement. Même elle. Elle garde certes la tête froide, mais elle attire bien le visage de Marion vers le sien, elle embrasse les lèvres devenues habiles à la contenter, elle goûte la salive salée avec une ferveur qu'elle ne contrôle pas, un léger étourdissement même. Elle aime la présence de cette fille, elle sait qu'elle lui manquera. Mais même ces ardeurs-là, elle les a intégrées dans son plan.

Melody évolue dans la chambre d'Alex, qui ne s'appelle pas Alex. Elle ne s'appelle pas Melody non plus. Elle sourit. Dans l'obscurité, elle effleure la moustiquaire qui protège son lit. Comme tout le monde dans la chambre de quelqu'un qui lui plaît, en son absence, elle ouvre quelques tiroirs, la penderie, à la recherche de petites traces de lui. Mais tout ce qu'Alex a laissé est impersonnel. Melody s'assied dans l'un des fauteuils près de la baie vitrée dont les rideaux sont tirés. Elle attend. Elle l'attend, ce complice dont elle ne connaîtra jamais que le double. Elle soupire en rejetant la tête en arrière.

Alex fixe les flots depuis près d'une heure. Pour une fois seul, pour une fois tranquille, il soupire lui aussi. Il laisse ses pensées vagabonder sur son rocher au clair de lune. Au début heureux, il doit maintenant chasser l'image de deux petites filles barbouillées, aux doux cheveux bouclés, en couche-culotte, le visage de Diane qui se détourne de lui en souriant, les quatre petits bras agrippés à ses épaules. Il se lève et décide de rentrer, de rentrer vers Melody.

Elle entend des bruits à l'extérieur, les lumières des unités de tournage éclairent d'un coup la case plongée dans l'ombre. Elle se lève et se précipite dans la salle de bains avant qu'ils n'ouvrent la porte. Alex entre. De dos, il souhaite une bonne nuit à son cameraman. Qui lui demande en bâillant :

— Tu comptes ressortir là, ou tu te couches, sans déconner ?

Alex rit.

— Non, c'est fini. Dodo ! Allez, salut !

Ils se tapent dans les mains, il referme la porte. Il lui faut quelques secondes pour s'accoutumer à la pénombre après l'aveuglement des projecteurs. Il sait que Melody l'attend. Il est triste. En montant à sa case, il s'est senti soulagé à la perspective de la retrouver. Son parfum flotte dans la pièce, elle est là, quelque part dans le noir, cachée, mais il ne perçoit aucun mouvement, aucun bruit. Il avance avec précaution. Il suit les effluves, l'odeur ambrée, son odeur qui le conduit, le rassure et l'excite tout d'un coup, violemment. À l'aveugle, uniquement guidé par ses sens, il entre dans la salle de bains. Elle est là, adossée au lavabo. Ils se devinent. Il sent son sexe se dresser. Elle le laisse s'avancer, sans bouger. Ils s'entendent respirer, haleter un peu. Elle se hisse sur le plan de travail, en silence, écarte lentement les jambes. Il perçoit ses mouvements, il s'avance. Ils ne se sont pas encore touchés. Elle soupire, lève la tête en clignant des yeux. Elle pose ses mains sur ses hanches, le guide plus près. Ils commencent alors à s'effleurer. Ils ne s'embrassent pas, ils l'ont déjà fait. Ils abattent les barrières de leurs vêtements pour atteindre la peau et pour que leurs sexes puissent se joindre. Il sent des mains nerveuses dégrafer sa ceinture, le déboutonner, presque durement se poser sur lui, flatter sa raideur, l'encourager. Il l'attrape par les cuisses, sa robe ouverte – elle porte un modèle qui se boutonne par l'avant – sur elle, sur sa gorge qui palpite, sur ses seins tendus. Il la débarrasse très vite de sa culotte. Enfin, il la pénètre, il fait entrer seulement son gland, en elle. Il a juste le temps de sentir la vague de chaleur folle l'entourer. Melody a seulement le temps de sentir son cœur sauter un battement sous la violence de la sensation, d'échapper un gémissement. Et ils entendent tous les deux un léger, mais distinct coup à la fenêtre. Ils s'arrachent l'un à l'autre et doivent attendre un instant, la tête vide, tout leur sang dirigé et battant en leur centre. Ils l'ont un peu perdu de vue, leur rendez-vous n'est pas censé être amoureux. Une conférence téléphonique a été calée plus tôt dans la journée. Du bout des doigts, il touche ses lèvres, avant d'enfiler son pantalon et d'entrer dans la chambre. Il écarte le voilage, fait glisser la baie vitrée qui donne à l'arrière sur la terrasse. Les mains encore tremblantes, il peine à allumer une cigarette. La flamme de son briquet est le signal. L'assistant de production qui organise ses contacts avec Vanessa sort de l'ombre. Melody pénètre à son tour sur la terrasse. Il leur tend à chacun un écouteur. Et la voix chuchotée, mais claire, achève de dissiper leur trouble.

4

Le quatrième jour

Brice sursaute, réveillé par le téléphone posé sur la table de nuit près de lui. Il éprouve un léger vertige en se redressant dans le lit. Il ne dort que depuis une heure et il est quatre heures du matin. Il se lève à six, il a déjà passé une partie de la nuit en ligne avec Paris. À ramer, à essayer de trouver des solutions pour sauver cette saison catastrophique. Ils avaient reçu les dernières images, ça allait de Charybde en Scylla. Il avait donc fallu élaborer sur-le-champ une solution de sauvetage et la journée qui l'attend nécessiterait qu'on le laisse se reposer. Il soupire en se massant la nuque et décroche.

— Ouais, c'est Guillaume à Paris. Faut me retourner ton dernier plateau là, avec le nouveau scénar', on n'arrivera pas à le raccorder.

— Bien sûr. Mais il fait nuit pour le moment.

— Ouais. Et alors ?

— Et alors on ne voit rien, c'est un peu le concept. On ne peut pas retourner maintenant cette séquence qui est en plein jour et dehors.

— Mais quelle heure il est chez vous ?

Brice se penche pour récupérer sa montre sur la table de nuit.

— Quatre heures… six, du matin.

— Putain ! J'y comprends rien !

Et il raccroche.

Brice hésite à jeter son téléphone contre le mur. Finalement il rappelle.

— Ouais ?

— Guillaume ? Brice. Crois bien que je suis de tout cœur avec vous, hein, c'est vrai quoi quel est le con qui éteint la lumière sans vous en parler ?

— Quoi ?

— Rien. Mais un conseil, apprends à calculer les fuseaux horaires vite fait. Et tu ne nous appelles plus en pleine nuit, pour une fois qu'on dort, pour refaire des trucs que vous nous avez vous-mêmes pondus. Ton plateau tu peux te le foutre au cul, ça attendra qu'il fasse jour, ici, c'est-à-dire nuit chez toi, abruti !

Il raccroche et se renverse dans les oreillers, en gémissant.

À Aubagne, à Berck-sur-Mer, des équipes de tournage s'installent dans les salons, les cuisines des proches de Tarik, Natasha, Marion et Jean-Philippe. En région parisienne, la production s'aperçoit tardivement qu'Alex et Vanessa sont un peu dépourvus de famille. Et pour cause. Des acteurs ont été engagés par Justine pour jouer la meilleure amie de Vanessa et un cousin d'Alex mentionnés dans leurs dossiers de candidature comme leurs personnes de confiance. Ils ne cherchent pas plus loin.

Sur l'île des filles, Vanessa, réveillée et mise au courant de l'évolution des opérations, se recouche à son tour, les yeux ouverts dans le noir. Leur programme phare prend l'eau, ils commencent à paniquer, ils sortent l'artillerie lourde. Les « capsules », les interviews des proches font partie d'un dispositif plus vaste, une journée entière a été repensée et scénarisée dans la nuit. On peut s'attendre à du lourd, on peut leur faire confiance.

Une armée de techniciens, éclairés comme en plein jour, s'affaire autour de la piscine. La montée du soleil dans un ciel vaste comme le monde trouve un écho bien différent chez ceux qui contemplent ce spectacle immuable, sans cesse renouvelé. Éblouis, ou effondrés, tout dépend de leur appétit, ou de leur anxiété face à un jour neuf, et tous les défis à relever, les délices à savourer que représentent vingt-quatre heures d'une vie d'homme. Vingt-quatre pages à remplir, comme un formulaire de la Sécurité sociale, ou comme un questionnaire des douanes d'un pays que l'on s'apprête à découvrir. Évidemment, l'excitation n'est pas la même. Et l'Astre en plus s'en fiche, il continue de briller, de régner jusqu'à la nuit puis va se coucher, réglé comme une horloge. Il en a vu tant de ces jours, il lui en reste tant… Si vraiment vous ne parvenez pas à vous réchauffer à ses rayons, à vous accorder au rythme millénaire, à vous réjouir d'être encore vivant, tirez les volets, fermez les rideaux et attendez un jour meilleur.

C'est à peu près l'état d'esprit de Jean-Philippe, à son réveil, difficile. Ses réveils sont souvent problématiques, à un degré plus ou moins fort, en fonction de son stade d'insatisfaction. Il s'est encore couché tout habillé, en laissant tout ouvert. Il est donc dérangé par le rai de lumière chaude qui frappe son visage. Il se réfugie en grognant de l'autre côté du lit, mais le rayon gagne du terrain. À moitié conscient, il sent un éclair lui traverser les tripes. Il se précipite en gémissant sur les toilettes.

Tarik, lui, regarde le jour se lever, une boule au ventre. À cause de Natasha. Il sort sur la terrasse pour faire quelque chose, échapper à ses idées noires, uniquement vêtu de son caleçon. Le soleil le réchauffe, après tout il en est un peu le fils. Et puis la tristesse, l'introspection, les problèmes existentiels ne sont pas dans sa nature. Ça tangue un peu quand même, les yeux lui piquent. Que faire, mon Dieu, que faire, tout seul en plus, quasi prisonnier… Il ne sait plus à quel saint se vouer, vers qui se tourner. Mais l'inclinaison millénaire est inscrite en lui. Dieu justement lui souffle une réponse, la seule qui reste et qui rassure pour ceux que la joie et l'espoir ont abandonnés. Tarik ne sait pas quoi faire, abandonné à lui-même, alors il se rappelle, et il lui faut trouver quelque chose pour arrêter cette sarabande infernale de doutes dans sa tête. Il a mal, son cerveau va exploser, il s'agenouille dans le mauvais sens, mais bon, il débute, et trouver la direction de La Mecque à six heures du matin sans boussole… La paix vient pour le récitant, ou en tout cas, la prière atténue sa douleur. Très vite il respire mieux et peut fermer les yeux sans crainte d'éclater en sanglots. Il est beau, ainsi incliné, front contre terre, glabre encore, absorbé tout entier. C'est un beau musulman, à défaut, pour le moment, d'en être un bon. Son faux diamant à l'oreille et ses tatouages détonent un peu. Mais avec de la pratique…

Marion s'étire, nue dans son lit, tirée d'un sommeil heureux par des coups de marteau. Elle ouvre les yeux, se rappelle, sourit, le ventre traversé comme par une petite décharge électrique, mais en bien plus agréable. Le soleil joue sur son bras, elle observe les petits poils mignons flirter entre eux, dressés sous la caresse. Même les coups de marteau lui sont sympathiques ce matin. Vanessa sourit elle aussi, allongée, le même pincement au ventre. En plus affamée.

Les manifestations abdominales des candidats de *l'Archipel de la séduction*, à la fois chez les filles et chez les garçons, s'aggravent quand ils découvrent ce qui les attend, réunis pour le petit-déjeuner et le briefing matinal habituel. Sur chacune des deux îles, les équipes travaillent depuis le milieu de la nuit pour transformer de bêtes pataugeoires pour adultes en bassins quasi olympiques. Un, enfin des plongeoirs s'élèvent à présent à la place des palmiers en pot côté mer, juste en face de leurs tables. Et chez certains, le jus d'orange a du mal à passer. Trois, six et neuf mètres, quand on n'est pas habitué… Les rapports avec l'eau de la plupart d'entre eux s'étaient toujours cantonnés à une cohabitation de plage, et plus à l'horizontale qu'à la verticale. Chez les filles, Natasha ouvre la bouche et oublie de la refermer en regardant les plongeoirs, la main en visière, Vanessa éclate de rire en secouant la tête et en serrant les montants de sa chaise de jardin, Marion prend une grande inspiration, expiration. Une consternation incrédule se lit sur leurs jolis minois. Et Natasha déclare en riant, jaune :

— Non, mais sérieux, moi je monte pas sur ça, hein !

Un concours de plongeons. Voilà ce qu'ils leur ont concocté, en guise de programme pour la journée. Et bien sûr chaque saut est noté par les séductrices et séducteurs. Les gagnants remportent une nuit avec le ou la juge de leur choix, à l'abri des caméras, carte blanche pour les activités, dispense de feu de camp etc. La grande récré… La bimbo d'Aubagne se mord joliment les lèvres, mais c'est vraiment parce qu'il y a toutes ces caméras braquées sur elle, parce que sa première impulsion consiste à prendre ses jambes à son cou et filer s'enfermer dans sa chambre en attendant que ça se passe. Elle amorce d'ailleurs un mouvement en ce sens. Mais Édouard l'attrape par le bras, serre un peu fort son poignet et articule entre ses dents, en la fixant :

— Fais-le. Pour moi.

Elle essaye de se libérer, prise de panique et s'écrie :

— Mais j'ai le vertige ! Édouard, je peux pas, j'ai le vertige.

Il l'attire brusquement à lui, plus près que jamais.

— Justement.

Et il la lâche d'un coup en souriant. Ce sourire, impérieux, contient une promesse. Elle se sent se liquéfier, de peur, mais aussi du bonheur d'obéir à un ordre de lui. C'est beaucoup trop haut, elle n'y arrivera jamais, déjà un saut, alors trois… Il l'englobe tout entière dans son regard dur, exigeant. Il n'y a pas à discuter, il perçoit sa frayeur intense, et elle devine que cela l'excite. Parce qu'elle éprouve elle-même un grand trouble de ce qu'il lui demande de faire, un trouble d'obéissance, de sacrifice. Elle a trouvé son âme damnée, le Seigneur aux pieds duquel s'agenouiller, elle goûte aux délices de l'abandon, du dépassement de soi, à la grandeur en somme de sentiments qu'elle éprouve pour la première fois. Elle les confond avec ses sensations, nouvelles elles aussi dans leur intensité. Elle va au supplice, la fleur au fusil, les genoux tremblants pour les beaux yeux de cet éphèbe dont elle aime la cruauté, forcément, après la gentillesse tiède, tellement moins intéressante de tous les Tarik de sa vie.

De l'autre côté du bras de mer, Jean-Philippe verdit un peu plus, Alex fronce les sourcils. Seul l'œil de Tarik s'allume. Un assistant se campe devant eux, un grand sourire aux lèvres, pour leur annoncer le programme des réjouissances. Jean-Philippe grommelle :

— Peuvent pas nous foutre la paix cinq minutes, putain…

Alex et Tarik discutent de la hauteur approximative du dernier plongeoir. Et se demandent ce qu'il leur prend, à la production.

Le recours à ce genre d'épreuves, tout à fait inédit dans cette émission, les laisse interdits. On n'est pas dans « Koh Lanta » tout de même ! Tarik s'approche de l'assistant.

— C'est quoi ce délire ? C'est pas prévu au programme ça, normalement.

Il ne pense pas à lui, au contraire. Tarik, depuis qu'il sait nager, a dû sauter du haut d'à peu près toutes les calanques de Marseille et de Cassis, en compagnie de ses frères et sœur et de la bande de gamins de la cité. De plus haut que de ce plongeoir d'opérette. De plus la perspective de cette compétition le tire de sa léthargie, lui change les idées. Il pense en fait à Natasha, sujette au vertige et à la peur panique du vide, il le sait. Et bien entendu ils vont imposer aux filles la même compétition qu'aux garçons. Et il se demande comment elle va se tirer de cette histoire. L'assistant le toise :

— Ben alors ? Ça te tente pas *Alerte à Malibu* ? Tu veux faire quoi, la grève ?

À ce moment-là, Tarik manque vraiment de le frapper, fatigué de tous ces blancs-becs hautains à oreillettes. Et à lunettes. Les séductrices se sont agglutinées autour des candidats. Malika, l'une d'entre elles, sent la situation prête à dégénérer et elle pose une main apaisante sur le torse du jeune homme, ainsi que les premiers jalons de son offensive sur lui, donc au centre de toutes les attentions, et des objectifs des caméras. Il la regarde, elle lui sourit. Il se détend d'un coup. Il a reconnu le grand sourire blanc, les yeux veloutés, la douceur vanillée de sa sœur ou de celles de ses copains d'Aubagne. L'une de ces filles qu'il a toujours connues, sur lesquelles il veillait et qui l'ont toujours en retour et à leur tour soigné, admiré, protégé aussi. Il lui rend son sourire et ils retournent avec les autres.

Melody, sur un hochement de tête d'Alex, se rapproche de Jean-Philippe, assis à l'écart, la tête entre les jambes. Elle pose sa main sur sa nuque, il relève les yeux et les plisse. Elle se détache au-dessus de lui, rayonnante dans le soleil, souriante. Elle murmure en caressant son cou du bout des doigts :

— Gagne ! Et ce soir, je suis à toi.

Il hoche la tête, à moitié aveuglé, parcouru de frissons, et ragaillardi. Ils expédient le petit-déjeuner et se mettent tous à faire la queue pour les étapes maquillage, coiffage, habillage pendant que les techniciens terminent la fixation d'une barre de travelling au-dessus des deux piscines.

Alex choisit son maillot de bain avec l'une des costumières. L'assistant de production familier surgit. Il tape dans les mains des techniciens et des séductrices présentes sous la tente des costumes.

— Salut Alex. Fais voir… C'est ce que tu vas mettre tout à l'heure ? Trop stylé !

Il prend le maillot des mains de la costumière pour l'inspecter de plus près. En riant, il le remet au candidat.

— Va le passer, voir ce que ça donne ?

Alex entre dans la cabine, se déshabille. Il inspecte le maillot sous toutes les coutures et finit par découvrir une fermeture à glissière juste sous la ceinture, et une minuscule poche aménagée dans la doublure. Il l'ouvre, y glisse un doigt, en ressort un morceau de paquet de cigarettes plié en deux. « Arrange-toi pour qu'il y ait un accident. » Il replie le message, le replace dans sa cachette et passe le maillot. Il sort de la cabine, sourit à son reflet dans la glace. L'assistant de production lui lance un clin d'œil, se tourne vers la costumière et siffle entre ses dents :

— Eh ben… Belle bête, hein ? Mais pas touche, c'est pas pour toi, ma belle !

Tout est fin prêt à présent sur les deux îles pour une séance de grand n'importe quoi. Et donc, tout le monde l'espère, un grand moment de télévision. En face des plongeoirs, ils ont installé une grande table pour le jury. Alignés en rang d'oignon, les séductrices et séducteurs ne retiennent pas leur fou rire — les caméras ne tournent pas encore — tant les candidates et les candidats, assis dans des chaises de réalisateurs à leurs noms, ultra maquillés en mode waterproof, le corps huilé, parés de maillots de couleurs vives, semblent peu rassurés sous leur hâle orange renforcé. L'air est saturé d'effluves de produits de maquillage.

— Ah ben là, on fait moins le malin… lâche Sandra en considérant Jean-Philippe, moins en forme que Tarik et Alex. Il fume cigarette sur cigarette. Ses compères plaisantent vaguement, mais ils sont tous les deux visiblement tendus, pour des raisons différentes.

Chez les insulaires femelles, Natasha, de plus en plus blême, ne cesse de trembler. Vanessa et Marion essayent de la rassurer, tout en tâchant de maîtriser leur propre appréhension.

Brice, allongé sur une chaise longue près de la piscine de son hôtel, peaufine son hâle et son conducteur, tenu au fait des moindres faits et gestes des candidats et en lien avec Paris. La tension monte, aiguillonnée par la peur, la sainte trouille des levers de rideau, des sauts en parachute, des veilles d'examens, de tous ces mauvais quarts d'heure que nous nous obligeons à passer, pour des raisons parfois obscures, au lieu de rester tranquilles, au chaud et en sécurité dans un canapé…

Natasha tremble, tremble. Tressaute même. Tellement que Vanessa se rapproche du médecin de l'île, présent près du bassin. Lui aussi, du reste, se demande s'il est bien raisonnable, compte tenu de son état, de faire grimper cette pauvre fille sur des planches tendues au-dessus d'une eau idéalement bleue il est vrai, et sous un soleil de plomb. D'ici à ce qu'elle fasse un malaise et se pète la gueule… Il alerte la chefferie par talkie-walkie. La réponse fuse :

— On s'en fout qu'elle soit au bord de la crise de nerfs. Au contraire !

— Oui, enfin si elle nous claque entre les doigts en plein tournage, vous vous en foutrez moins.

— Le risque, en pourcentage ?

— Soixante, je dirais.

Silence.

— Bon, calme-là un peu, mais sans l'assommer. OK ?

Le médecin accompagne Vanessa près de Natasha. Marion l'a entourée de ses bras et lui parle.

— Écoute, tu n'es pas obligée de le faire, Nat', franchement.

Elle se dégage nerveusement.

– Laisse-moi, tu peux pas comprendre.

Vanessa jette un regard à Marion. Elles laissent la place au médecin. Il s'agenouille près de Natasha, accrochée aux accoudoirs de son siège, à deux doigts de la crise de tétanie.

— Natasha, prenez ça, ça va vous détendre, OK ?

Elle hésite, regarde le comprimé de Xanax dans sa paume. Elle ferme les yeux et le gobe, comme de la potion magique.

Le tournage de la séquence va commencer. Compte tenu de la nervosité de Natasha, après concertation, il est convenu de la faire passer entre Vanessa et Marion pour le premier plongeon.

Elles s'avancent toutes les trois, Natasha jette un regard éperdu à Édouard. Il articule en silence un « Allez ! » impérieux, et lève les yeux au ciel en souriant.

Elle se redresse en tremblant, dans un superbe maillot rouge une pièce, très Pamela Anderson, qu'elle ne se sent moralement pas le droit de déshonorer, et marche vers les escaliers des plongeoirs, comme un échafaud moderne.

Vanessa se retourne vers elle avant de grimper.

— C'est rien, Nat', regarde c'est rien. Tu peux le faire.

Une fois parvenue au premier niveau, on lui demande de redescendre. Il faut la refaire, plus lentement. Elle recommence donc, en soupirant. Quelqu'un crie :

— Ça tourne ! Vaness', ma chérie, tu y vas quand tu veux.

Elle s'élance, sans feindre d'hésitation, dans le genre plus vite j'irai, plus vite ce sera terminé, en courant sur la planche tendue dans le vide et exécute un plongeon impeccable, la tête la première. Même le bruit de sa pénétration dans l'eau est net. Les séducteurs, emmenés par Sofiane, saluent bruyamment la performance. Le réalisateur, en soupirant se retourne vers la script.

— Manquait plus que ça, elle se la joue Muriel Hermine maintenant ! On la garde.

L'anxiolytique agit sur Natasha. Elle ne prend jamais rien qui puisse altérer son teint, sa santé, sa précieuse personnalité, et surtout pas quoi que ce soit de chimique, quelle horreur ! Elle a à peine touché, une fois, à un joint d'herbe, de l'afghane, excellente, avec Tarik, pour lui faire plaisir. Alors évidemment l'effet est plutôt intense, elle se sent presque bien. Mais au moment d'enlever ses mules pour monter l'escalier fatidique, elle vacille, porte une main à son front. Édouard se lève de la table du jury, faisant fi des règles les plus élémentaires des concours sportifs, et devant vingt caméras, fond sur elle. Il lui entoure les épaules, elle baisse la tête, il lui prend le menton.

— Regarde-moi. Nat'… Regarde-moi.

Elle lève enfin des yeux pleins de larmes et tombe dans ceux d'Édouard, posés sur elle, ses yeux bleus chlorés, plus doux, bien plus doux que d'ordinaire. Elle laisse échapper un genre de gémissement, les caméras tournent autour d'eux, debout. Le réalisateur lâche tout bas un « Yes ! » et fait signe de laisser tourner.

Édouard se penche sur le visage de la poupée blonde, qu'il tient dans sa main, elle pose les siennes sur sa taille. Il lui sourit et dit :

— Tu peux y arriver, Nat', d'accord ? Va !

Et il dépose un premier baiser amusé sur son nez, puis sur ses lèvres. Ils se séparent. Édouard reprend sa place de juré, et cette imbécile, morte de peur au lieu de honte, s'exécute.

Les garçons en sont déjà à leur deuxième saut. Tous les candidats se sont tirés du premier avec les honneurs. Mais c'est Jean-Philippe qui remporte pour le moment tous les suffrages. À la surprise générale, il fait des étincelles dans le bassin. Soutenu avec élégance par Melody, plus bruyamment par Sandra, qui en fait des tonnes, il a exécuté un plongeon plus que correct, un saut de l'ange même des trois mètres. Tarik et Alex l'ont chaudement félicité, admiratifs. Il s'est même mis à sourire. Des gouttes d'eau glissent sur leurs corps, tapotés mais pas trop à la serviette éponge par les maquilleuses. C'est là aussi du plus bel effet.

Jean-Philippe s'avance sur le deuxième plongeoir, à six mètres. Sans doute pris de l'ivresse des hauteurs, galvanisé par les hurlements des séductrices, debout, qui l'encouragent et scandent des « J.-P., J.-P.. » convaincus, il n'attend même pas le top départ et s'élance. Il s'élève dans les airs, fend l'espace, tendu, droit, évident, et disparaît dans le bassin. C'est du délire sur le plateau, y compris parmi les équipes de tournage. C'est inattendu, c'est beau, c'est fort. Gros plan sur le visage crispé, puis la bouche ouverte et enfin le « oui ! » lâché par Melody en se levant de sa chaise. C'est, enfin, de la bonne télévision. Quand il réapparaît à la surface de l'eau, il sourit largement pour une fois, et lève un poing victorieux vers Melody qui l'applaudit. Pendant que Sandra trépigne sur sa chaise. Alors Alex se décide pendant que Tarik monte les degrés du plongeoir. Il passe en dernier. La perspective de voir ce clown grotesque, hargneux en plus, s'éloigner au bras de Melody, toute à lui pour une nuit entière, en tête à tête, n'est pas étrangère à sa décision.

Il y avait du sang partout. « La tête, ça saigne toujours beaucoup » dixit l'une des séductrices dont le diagnostic a l'autorité d'une professionnelle : elle a fait deux ou trois apparitions dans un remake d'*Urgences* à la française. De plus, il a fallu refaire l'arrivée du médecin au chevet de Jean-Philippe à cause d'un problème de son. L'hémoglobine a donc eu le temps de s'épancher entre les deux prises sur les dalles de la piscine. La chute a été spectaculaire, il a tout de même dégringolé de l'escalier des neuf mètres. En dehors de probables lésions internes, il s'est ouvert l'arcade sourcilière. Melody s'est précipitée quand elle l'a vu tomber. Elle lui tient à présent une main, Sandra l'autre, de l'autre côté de la civière sur laquelle il est allongé, sur la plage, en attendant l'hélicoptère dépêché par la production pour le conduire sur le continent. Il brame, tel un cerf blessé, ou en rut, on ne sait trop. Tous les participants du jeu et le staff sont descendus. Comme les enfants dans la cour de l'école lors d'un exercice incendie, heureux de cette diversion, ils discutent le bout de gras, refont la scène à l'envi, tout excités.

Après le deuxième saut, et pendant que les équipes se préparaient pour le tournage du dernier, Alex avait proposé une tournée de mojitos pour célébrer les exploits de Jean-Philippe. Tarik avait commencé par décliner. Mais Alex l'avait boxé gentiment, une série de petits uppercuts très télégéniques :

— Allez, Tarik, détends-toi…

Du coup, ils avaient tous les trois siroté leur cocktail en rigolant, en maillot sur leurs chaises. Puis Tarik était monté en premier, avait sauté à pieds joints en hurlant et en faisant le clown. Alex avait exécuté un magnifique saut carpé, applaudi par les séductrices. Jean-Philippe lui avait donné une bourrade amicale, alors qu'il revenait, trempé, et il s'était donc présenté en dernier, sur un petit nuage, en route vers la victoire et une nuit avec Melody. Et là, le drame… Que s'était-il passé ? La tendance générale mettait sa perte d'équilibre et sa chute sur le compte des cocktails avalés, sans doute trop vite. Les mojitos d'Alex qui, rongé de remords, attendait près de la civière, les sourcils froncés, le visage grave, penché sur J.-P..

À Paris, ils allaient sabrer le champagne. Les équipes tournaient dans tous les sens, l'hélicoptère arrivait, Sandra pleurait. Elle pleurait même très bien. Le scénario devenait enfin intéressant, et il n'était même pas écrit, tout le monde improvisait, avec, il fallait bien le dire, un certain sens de la comédie. Et c'était bien ce qui inquiétait Alex, et donnait à son personnage cette mine contrariée : il obtenait l'effet contraire de celui escompté en provoquant cet accident. En décidant de causer la gamelle du siècle – ces petites pilules qu'on lui avait confiées à Paris et qu'il avait toujours sur lui étaient difficiles à doser – il avait fait de ce concours de plongeon un élément phare du programme au lieu de le ruiner. Pour un stratège, il n'y avait quand même pas grand-chose de pire, en termes de résultats… Il rageait intérieurement. Melody accompagnait le héros blessé à l'hélicoptère, courbée sous les palmes, en courant près de la civière. Elle avait ôté ses talons, et pris de l'avance sur Sandra qui n'avait pas eu cette présence d'esprit. Elle serait sur tous les plans. De toute façon J.-P. ne regardait qu'elle, en grimaçant, mais éperdument. Il avait cessé de faire du bruit grâce au masque à oxygène, ce qui tout de même reposait les nerfs de Melody, forcément tendus dans l'interprétation de cette scène. Les pâles de l'hélicoptère se mirent enfin à tourner. Melody descendit de la carlingue, suivie d'un cameraman. Elle avait embrassé J.-P. à la racine des cheveux, de l'autre côté de sa blessure, puis très vite sur la bouche, il lui broyait la main. Elle rejoignit les autres sur la plage. L'appareil s'éleva, emportant le blessé. Ils le saluèrent tous. Très vite, la production siffla la fin de la récré. Ils remontèrent au camp de base pour terminer le tournage de la séquence. Sans surprise, les séductrices déclarèrent Alex vainqueur. Il choisit Melody pour passer la nuit avec lui.

Du côté des filles, qui ignorent tout de ce qui se passe chez les garçons, le jeu gagne aussi en intensité dramatique. Les candidates connaissent des difficultés croissantes à sauter. Les trois mètres ont été compliqués déjà, surtout pour Natasha, et plus elles montent, plus cela devient une torture. Pour tout le monde, hormis le réalisateur, hystérique. Car cela dure des heures. Les cadreurs peinent. Natasha s'est lancée dans une valse-hésitation intéressante visuellement et d'un point de vue scénaristique, mais épuisante. Prise de vertige, transie, tenue par son engagement envers un Édouard aux mâchoires serrées et dont la volonté, si elle ne se communique pas à la jeune femme, ne lui laisse pas d'autre alternative que de sauter, elle tremble comme une feuille, six mètres au-dessus de l'eau. Elle recule devant l'obstacle, depuis vingt minutes avance, recule, regarde en bas, ne regarde pas, fait demi-tour, revient, en poussant de petits cris. Les séducteurs l'encouragent à grands cris. Sauf Édouard, qui la fixe en silence. Vanessa a sauté la première, à pieds joints, les yeux fermés en se bouchant le nez. Marion a, elle, déclaré forfait, après le premier saut, incapable, et de toute façon pas vraiment tentée de relever le défi, de se « dépasser » — au nom de quoi ? — de gagner ce concours idiot. Elle a sainement refusé de faire quelque chose qu'elle ne voulait pas faire, pour la première fois de sa vie. En sécurité et au sec, elle regarde en l'air le calvaire de Natasha, libérée, et un peu étonnée. Elle tourne la tête vers Vanessa, assise à ses côtés, le visage levé et encore humide, la main en visière. Elle respire avec délice l'odeur de chlore et de son corps humide, tout près. Elle a envie de mordre la peau tendue sur la mâchoire nette, de tirer doucement sur les cheveux lissés par l'eau et les coiffeurs du plateau, et ferme les yeux sur un souvenir très précis.

Natasha a fini par sauter des six mètres, dans un grand cri, en se jetant vraiment comme on se noie. D'ailleurs elle a mis un moment à ressortir de l'eau. Elle a coulé comme un plomb, toute droite, tellement tendue… Depuis, elle frissonne sur sa chaise, enveloppée dans un peignoir malgré la chaleur, pâle, éperdue, belle comme une biche aux abois. Reste un plongeon, elle le sait. Elle sait aussi qu'elle a déjà outrepassé ses forces. La production est, elle, prête à la traîner sur le plongeoir en fauteuil roulant s'il le faut. Ils ont enfin des images, enfin de quoi faire, ils en ont été frustrés trop longtemps. Il est pourtant évident qu'elle n'est pas en état de poursuivre, que c'est même dangereux. Mais elle ne veut pas déclarer forfait à cause d'Édouard qui ne bouge pas et l'observe en silence. Marion s'agenouille devant elle et la conjure de renoncer. Le régisseur réclame le silence sur le plateau, et annonce le troisième et dernier saut. Natasha tressaille si violemment que Marion doit retenir son siège pour l'empêcher de tomber. Vanessa doit y passer en premier. Elle s'engage dans l'escalier et l'on voit ses jambes disparaître. Et puis elle réapparaît, dans le sens de la descente. Elle est très belle, élancée et digne dans son maillot une pièce. Elle s'avance vers le jury des séducteurs, avec un grand sourire.

— Je déclare forfait.

Natasha a gagné. Et Vanessa vient de commettre à son tour une grosse erreur de jugement. L'acte de pure « bonté » qu'elle vient d'effectuer pour épargner la bimbo met certes fin à cette compétition cruelle, désamorce le cours dramatique des événements. Et prive la production d'un grand moment de télévision. Mais elle n'a pas correctement évalué les suites possibles. Pour commencer Natasha s'évanouit et glisse doucement de son siège, retenue par la fidèle Marion dans un mouvement très télégénique.

Le feu de camp

Le rituel se tient ce soir sur l'île des filles. Sans Natasha. Remise de ses émotions, elle est partie avec Édouard. Elle s'est réveillée de ses vapeurs dans ses bras, alors qu'il la portait lui-même à l'infirmerie. Il lui a souri. Elle s'est sentie complètement portée, enveloppée, sauvée des eaux, vestale, esclave. Tout cela à la fois, ce qui faisait beaucoup pour elle. Il a murmuré :

— Tu vois…

Elle a soupiré et fermé les yeux.

Marion et Vanessa s'avancent donc ensemble vers Brice qui les accueille. Il commence par Marion. Elle ignore tout du sort de Jean-Philippe. Elle porte donc les mains à son visage et échappe un « Mon Dieu… » épouvanté en visionnant les images de sa dégringolade. Sur les plans suivants, elle reste dans la même position près de Vanessa sur le banc de bois en face de Brice, le visage éclairé par intermittence par les flammes du feu de camp. Il s'agit d'un retour sur les rebondissements de la relation entre J.-P. et Melody. L'extrait se termine par les plans de la jeune femme penchée sur Jean-Philippe dans la carlingue de l'hélicoptère.

Brice reprend la parole.

— Avant tout, Marion, je tiens à vous rassurer : Jean-Philippe va bien, il n'a rien de grave. Nous avons préféré le laisser en observation cette nuit sur le continent, mais il devrait normalement revenir dès demain dans *l'Archipel de la séduction*. C'est son souhait en tout cas.

Marion rit.

— Ça, je veux bien le croire. J'imagine qu'il ne désire qu'une seule chose : rentrer. Pour retrouver – elle fait un geste de la main – tout ça !

— Et… Que pensez-vous de ce qui l'attend sur l'île des garçons, justement ?

Elle regarde le feu, pensive.

— Je crois qu'il risque de se brûler les ailes. Et que cela peut s'avérer compliqué à gérer pour lui.

— Vous pensez à… Melody en disant cela ?

— Entre autres… J'ai l'impression qu'il court après un mirage en fait. Je pense qu'il joue un jeu dangereux.

— Pour lui ou pour vous ?

Marion lui lance un sourire doux, sans réponse. Brice commence à avoir l'habitude. Il relance.

— Vous pensez qu'il a moins de chance de trouver son bonheur avec elle qu'auprès de vous ?

Elle lève un sourcil.

— Je ne pense pas que ce soit son but premier d'être heureux…

— Mais vous, Marion, ce qui se passe sur l'autre île entre Melody et lui, cela vous rend malheureuse ?

— Ça me fait de la peine, oui. Ce jeu m'apprend beaucoup de choses…

Elle serre la main de Vanessa et se tait. Brice trouve la chute convenable, il n'insiste pas.

Vanessa se soumet à son tour à la séance de visionnage. Elle s'attendrit, les yeux convenablement humides, sur Alex, gagnant désintéressé du concours, ami sincère et amant fidèle puisqu'il choisit Melody, la séductrice qui présente le moins de danger.

Elle s'amuse comme une folle. À la fin elle y croit presque. Elle n'a pas à se forcer pour pleurer sur son preux chevalier. Le feu de camp se termine dans un filet d'émotion tiède.

Melody et Alex prennent un verre au bar de la piscine avec Tarik et les séductrices avant de partir ensemble pour la nuit. La production suit mollement : le choix de Melody, qui a admirablement joué les infirmières et Alex les bons copains auprès de J.-P., manque totalement de piment à leurs yeux. On vient leur annoncer que le grand blessé ne souffre que de quelques contusions et sera de retour dans le jeu dès le lendemain. À cette nouvelle, Melody se jette amicalement dans les bras d'Alex et de Tarik : son bel amour est hors de danger. Tarik va donc rester seul sur l'île au milieu de huit séductrices. On leur a suggéré de lui réserver une surprise : on peut s'attendre au pire.

Ils ont un peu de mal à jouer leur partition sous les objectifs des caméras au moment de leur départ en pirogue. Ils sont censés être les meilleurs amis du monde, et ils ont du mal à se toucher sans faire un pas de côté. Une fois sur l'embarcation, enfin débarrassés de leurs micros, de l'armada télévisuelle, assis sur le banc, ils profitent du bruit du moteur pour reprendre souffle, silencieux derrière le piroguier à lunettes noires qui les conduit, frémissants, tendus à l'approche du plaisir. Ils tremblent, comme deux chevaux nerveux. Ils arrivent enfin. Ils débarquent dans l'eau tiède qui vire à l'anthracite à cette heure, sur le rivage d'un îlot inconnu. Ils n'ont qu'à suivre les torches qui les conduisent depuis la plage vers leur destination finale dans le bruit assourdi du moteur qui s'éloigne. Ils avancent en se tenant par la main. Ils sont enfin libres, et bientôt seuls à l'abri des regards. Ils débouchent sur un ravissant petit palais niché dans la végétation et tout éclairé. Le personnel de l'endroit, privatisé pour l'occasion, les accueille et les guide. Melody rend ses sourires au Balinais muet qui les conduit jusqu'à leurs quartiers. Le petit palais silencieux, même les fontaines murmurent au centre du patio central, se referme sur eux.

Leur chambre, préservée de la chaleur, presque fraîche, immense, sent le bois de santal. Melody, sous le charme, soulève les couvercles de boîtes dispersées un peu partout, caresse les meubles anciens. Il demande :

— Tu veux… te baigner, avant de dîner ? Ou tu as faim maintenant ?

Elle se retourne. Elle fait non de la tête et elle se défait, lentement, de sa tunique en le fixant. Elle se débarrasse de sa petite culotte, enjambe la tache blanche sur le parquet brun, et s'avance vers lui, droite, fière, les yeux plantés dans les siens. Elle ne cille qu'une fois tout près, à le toucher. Il appuie son pouce à la base de son cou. Ils se regardent un instant, en silence. Il penche la tête et dit ce qui lui est interdit.

— Je m'appelle Timothy.

Elle tend les mains vers son visage, l'attire vers le sien, et murmure :

— Enchantée. Moi, c'est Marie-Claude !

Il rit doucement. Elle se hisse sur la pointe des pieds, il embrasse ses yeux, ses pommettes, son cou. Elle se recule en soupirant, le dégrafe.

Ils se flairent, s'explorent de la langue. Elle gémit quand il effleure ses seins dressés, durs, délire un peu déjà, avide. Ils glissent sur le sol tiède. Melody, appuyée sur les coudes, se recule, écarte les jambes, le souffle court. Il s'étend sur elle, baisse son pantalon de sa main libre et la pénètre sans attendre. Il entre lentement son sexe dans la moiteur humide qui l'englobe tout entier. Elle ouvre la bouche sans qu'un son n'en sorte, les yeux écarquillés, la respiration coupée. Elle se renverse sous lui, et enfin émet une plainte rauque en reprenant son souffle. Il lui répond. Ils sont réunis dans l'éblouissement. Des couleurs fauves et bleues éclatent sous leurs paupières, il parvient à se retenir de s'enfoncer définitivement et à son rythme, lent, ample il ouvre son ventre, la creuse. Ils se regardent envahis par le plaisir fou. Elle manque défaillir à chaque coup porté, elle clôt à demi les yeux, gémit, veut dire l'indicible, n'y parvient pas. Il la scrute, sourit intérieurement de la mettre dans cet état, de la rendre folle, la cloue un peu plus, ému et fier.

Ils se regardent baiser, tout entiers concentrés, blottis dans la sensation presque insoutenable. Il note à toute vitesse les détails pour plus tard : l'éclat blanc de ses dents quand elle crie, la ligne de son cou, la veine qui y bat, son visage renversé, ses yeux qu'elle a du mal à tenir ouverts tellement c'est bon, pour le regarder la prendre, au-dessus d'elle, le pantalon sur les chevilles, pousser son avantage plus loin, toujours plus loin. Elle a pris ses fesses dans ses mains pour l'aider. À la transpercer.

« Il s'appelle Timothy… », pense Melody tandis qu'il s'arc-boute au-dessus d'elle. « Il me plaît, mon Dieu », se dit-elle pendant que de petites bulles pétillantes grimpent dans sa tête. Elle a peur de perdre les pédales, alors elle s'agrippe à lui en gémissant. Elle a à la fois envie qu'il la délivre et qu'il continue longtemps, longtemps. Elle a l'impression qu'ils sont cloués à terre, l'un dans l'autre, depuis des heures, et que cela ne peut, ne doit pas prendre fin. Ils n'ont même pas pu changer de position tellement c'est fort. Trop fort, il lui plaît trop, il lui fait trop d'effet, elle ne va jamais pouvoir s'en sortir. Elle serre son sexe sur sa queue, il lâche enfin, ferme les yeux, se répand en elle. Et avec lui, même ça elle aime, même ce moment-là qui signe la fin des réjouissances et présente en soi moins d'intérêt. Elle sent ses pulsations, et cela déclenche un nouveau séisme. Il s'allonge de tout son long, elle le tient dans ses bras.

Ils recommencent. Il n'est même pas sorti d'elle.

Natasha et Édouard dînent en tête à tête, au-dessus de la mer. Elle a choisi un vrai décor de carte postale. Des bungalows sur pilotis, équipés d'un jacuzzi à l'air libre. On y accède comme en marchant sur l'eau par les inévitables pontons en teck. Le lit semble flotter sur la lagune. Un endroit un peu bling-bling, la terre promise des bimbos d'Aubagne ou d'ailleurs. Édouard a levé un sourcil et émis un sifflement ironique en découvrant l'endroit, un peu exigu pour deux, « intime », en somme. Un souper aux chandelles les attend sur la terrasse. La nappe blanche comme le lit sont couverts, noyés plutôt, sous les pétales de rose…

Elle s'est tournée vers lui, émerveillée.

— Tu aimes ?

Il a fait une moue irrésistible.

— Ne dis pas de bêtises ! Tu viens ? Je meurs de faim.

Depuis il mange du homard, ou des langoustes, un truc dans le genre, qu'il décortique avec art. Et sans rien dire. Natasha, décontenancée, au bord des larmes, chipote dans son assiette.

Il s'essuie posément les lèvres.

— Tu ne manges pas… Il faut reprendre des forces après tous tes exploits, Natash… Non, je vais t'appeler Laïka !

— Hein ? Pourquoi ?

— Parce que tu n'es pas très catholique comme fille. Non, je plaisante. Julia. C'est bien Julia, qu'en penses-tu ?

— J'ai déjà un prénom, ça suffit.

— Mais moi, je veux t'en donner un qui me convienne.

Elle fond en larmes. Il lui tend son verre, auquel elle n'a pas touché, avec un sourire démoniaque, derrière les bougies.

— Allons. Bois et mange.

Elle a un mouvement de révolte, tente de repousser tout cela, la table pour commencer. Mais il la saisit par le bras, et bondit près d'elle avant qu'elle ne renverse leur dîner.

Il lui fait mal, se penche à son oreille.

— Mange et bois. Fais ce que je te dis.

Il prend une pince de crustacé dans son assiette.

— Suce. Tu vas voir, c'est bon.

Elle s'exécute à contrecœur, mais il la regarde enfin attentif.

Alors elle déchire la chair fine, y enroule sa langue, en le regardant aussi. Et il lui sourit. Elle se rappelle les conseils de Vanessa, et une vague série américaine. Elle ajuste ses lèvres autour de la pince, et aspire doucement.

— C'est bon, tu vois…

Toujours debout à ses côtés, il la regarde manger, aussi langoureusement qu'elle le peut. Même si elle ne connaît pas le mot elle s'applique. Il plaque brusquement sa main sur son sexe en pleine érection sous son bermuda.

Elle le regarde, remarque l'éclat de ses yeux dans la lumière mouvante.

— Je me conduis comme une pute, et c'est ça qui te fait bander… Vachement original comme fantasme…

Il se rassoit en souriant.

— Ne sois pas vulgaire, tu n'y connais rien. Je préfère garce. J'aime bien les petites garces obéissantes. Pas toi ?

Encore boudeuse, elle saisit une autre pince.

— Non…

Dans la nuit elle apprend les délices de la soumission. Elle finit par s'assoupir épuisée, transpirante, écartelée.

Comblée. Juste assez frustrée. Il ne s'est même pas déshabillé. Ils dorment. Il a posé sa main sur sa tête, comme sur celle d'une petite chienne fidèle. Dans son sommeil, elle soupire comme telle.

Melody et Alex ne dorment toujours pas.

À un moment de pause, alors qu'ils reprennent leur respiration, allongés l'un près de l'autre, elle se tourne vers lui en riant.

— On essaie de manger, comme des gens civilisés ?

Il ne rit pas.

— Je n'ai plus rien de civilisé, et c'est très bien comme ça.

Il se redresse, nu, en soupirant. Et appelle le room service. Au coup léger frappé à leur porte, il s'enveloppe dans un drap et revient en poussant un chariot rempli de plats sous cloche.

Il lui sert tout de suite un verre du vin qu'il a choisi. Elle se redresse dans le lit et se cale dans les oreillers. Elle ferme les yeux de bonheur en avalant la première gorgée. Il la regarde en souriant, en examinant les reflets dans son propre verre.

— Tu aimes ça ? Il est bon, hein…

Ils dînent dans leur lit, profitent de leur solitude, d'avoir un peu de temps devant eux. Ils parlent de tout et de rien, de rien surtout, en riant, allongés, accoudés aux coussins. Le temps coule lentement et à toute vitesse. Ils se renseignent sur leurs goûts respectifs, ils ne peuvent pas se raconter leurs vies comme le font souvent les nouveaux amants, les nouveaux menteurs. Ils n'ont pas besoin de se mentir, justement, leurs rapports s'en trouvent singulièrement simplifiés.

Ils continuent à boire du vin, apaisés, pour un moment sans désir, bien ensemble. Melody met de la musique. Plus tard, elle se tait. Il touche sa joue.

— Tu es triste ?

Elle lui sourit, et baisse les yeux.

— Ils ne risquent pas de me couper au montage sur ce coup-là… Je serai sur tous les plans...

Elle relève la tête. Ils se jaugent. Elle se jette sur lui, le blesse en le mordant à la lèvre. Il l'attrape par les cheveux pour l'arrêter. Il s'essuie, lui fait goûter le sang sur ses doigts. Elle les nettoie et les glisse jusqu'à son sexe. Trempé.

— Baise-moi.

Il obéit. Mais de leur quête, plus âpre, la douceur s'est enfuie.

5

Le cinquième jour

Vanessa ouvre un œil, pour une fois à peu près reposée. Elle s'étire avec bonheur, et consulte la pendule vert pomme posée sur sa table de nuit. Onze heures… Pas de réveil aux aurores, ce matin. Elle se lève et avise un papier plié en quatre, glissé sous sa porte. Le programme de la journée. Ils ont quartier libre jusqu'à nouvel ordre, donc piscine, plage, buffet à volonté. Elle sourit. On attend que tout le monde soit de retour, J.-P. de l'hôpital, les deux couples vainqueurs de leur nuit « off », pour tourner l'arrivée du héros blessé et le feu de camp, bien sûr. Pas besoin d'inventer des activités. D'autant que la nuit passée, en tout cas sur l'île des filles, doit nécessiter un peu de montage. Elle se recouche dans le lit tiède, sur le dos, bien calée dans les oreillers, encore engourdie, et tourne la tête vers la fenêtre, les rideaux tirés sur le jour violent.

Elle a tout suite perçu que les choses prenaient une tournure favorable pour la production. Au tennis, quand une tactique échoue au premier set, il ne faut pas hésiter à changer radicalement de stratégie. C'est ce qu'elle a fait avec une rapidité et une conscience aiguë des ressorts de l'âme humaine qui devraient lui assurer un bel avenir au sein de la *Peplum World Wide*, si elle réussit sa mission. Elle pourrait ainsi devenir l'un des maîtres du divertissement, donc du monde. Le pouvoir… Elle sourit, pensive, enroule le bout de ses doigts dans les poils follets de son bas-ventre. Son plan premier qui consiste à étouffer l'émission dans l'ennui et les bons sentiments en tirant les candidats vers le haut s'est retourné. Dans ce genre de configuration, le facteur émotionnel reste la grande inconnue, l'impondérable majeur. Les passions ont fini par l'emporter et lui faire perdre le contrôle de la situation. Mais les scénaristes de télé-réalité sont rompus à la réécriture en urgence de leurs histoires. Elle a donc décidé de virer complètement de bord, et exécuté la manœuvre avec une agilité qui n'appartient qu'à elle. On était finalement retombé en plein vaudeville ? Cela allait tourner au drame. Le pire est toujours la valeur sûre. Dorénavant, ils vont encourager les pires débordements, les dérapages, les éclats, les dépendances des uns et des autres. Les pousser dans la mauvaise pente, si tentante, tellement plus facile à suivre que celle de la vertu. Et tellement raide. Elle a commencé tout de suite, et lâché les chevaux jusque-là domestiqués avec art par ses soins et ceux de son Alex de complice. Ils doivent exulter à Paris en découvrant les images de leurs exploits nocturnes. Elle a posé les premières bases pour que tout le truc s'emballe. Et devienne pour le coup… indiffusable. Le CSA, après tout, n'est pas fait pour les chiens.

Elle s'appuie sur les balles de l'adversaire en somme. En pariant qu'elles vont repartir de sa raquette avec une force dévastatrice. Quelle est la seule chose qui peut entraîner l'interdiction d'un programme aussi populaire que celui-là ou la décision de ne pas le diffuser ? Un mort, ou assimilé. Une tentative de meurtre, un suicide, peu importe. Un bon petit mort, comme une bonne petite guerre. On n'est pas obligé non plus que ce soit Hiroshima, mais un truc un peu fort quand même. Le pouvoir rend fou, le pouvoir absolu rend absolument fou. Pour l'emporter, elle est prête à tout.

Avec Alex, juste avant son départ avec Melody, ils ont choisi leur victime. Melody sera leur bras armé. Les mots définitifs n'ont pas été prononcés, seulement suggérés. Bien sûr, elle n'a pas mis Marion au courant.

Marion… Elle se retourne sur le ventre. Elle n'a pas eu besoin de tellement la pousser pour qu'elle s'adonne avec elle à certaines activités. Elle commence à appréhender, à apprécier certains jeux, des sensations plus fortes, rien de bien violent pour le moment. Oui, elle a aimé prendre les rênes qu'elle lui a tendues cette nuit, imposer sa volonté, dominer. Il suffit de diriger sa main avec souplesse et fermeté, et ensuite… c'est une bonne élève. Elle sent son sexe s'ouvrir. Et soupire. Celui-là ne lui laisse guère de repos.

Melody et Alex déjeunent en silence. L'heure de reprendre leurs rôles, et le jeu a sonné. Bientôt cette nuit si chaude ne sera plus qu'un souvenir, pour eux précieux, mais dilué dans le bain saumâtre dans lequel ils vont devoir se replonger. Lors de sa conversation de la veille avec Vanessa, pressé par le temps et le désir de se retrouver seul avec Melody, il a approuvé un peu vite le nouveau plan. Le stratagème en question implique que sa dulcinée, en ce moment même en face de lui et occupée, les sourcils froncés, à découper son pomelo, aille au charbon. C'est-à-dire se laisse toucher, embrasser et peut-être plus encore par Jean-Philippe, ce sombre imbécile dont il regrette à présent de ne pas s'être arrangé pour qu'il se fracasse vraiment le crâne. Devant une image trop précise, il s'étrangle et repose avec bruit sa tasse de café de travers sur sa soucoupe. Melody lève le nez de ses découpages culinaires, croise son regard. Ils détournent tous les deux les yeux.

Vanessa débarque une cafetière à la main sur la plage en contrebas de la piscine et y retrouve Marion, allongée sur un transat au soleil. Il fait chaud déjà, on dirait vraiment les vacances avec l'odeur d'huile bronzante, de café, la mer, le sable, les parasols en paille, dans l'éblouissement d'un matin balnéaire. Elle pose sa cafetière et s'installe à son tour en soupirant sur la chaise longue près de Marion, qui tourne la tête vers elle et lui sourit, derrière ses lunettes noires avant d'exposer à nouveau son visage aux rayons. Les caméras ronronnent, dans une sorte d'assoupissement général et heureux. Surgit à son tour Natasha, spectaculaire, les reins ceints d'un paréo, un chapeau de paille sur la tête et armée de tout un barda dans un sac coordonné. Les deux autres relèvent la tête à son arrivée. La bimbo rougit comme une jeune fille sous leur regard inquisiteur. Puis elle leur lance un grand sourire comblé. Les deux autres gloussent et ces trois jolies sardines se laissent aller à ce moment béni, dans un silence reposant, repliées sur leurs pensées, leurs rêves et leurs souvenirs comme la caresse du soleil sur leur peau. Les séducteurs les rejoignent, bientôt les habituelles blagues un peu osées, les batailles d'eau, et autres jeux de plages entre adolescents attardés reprennent devant les objectifs, avec une intensité nouvelle. L'atmosphère a changé, s'est épicée, Les trois nymphettes participent plus volontiers à l'ambiance potache, il circule comme une promesse différente, comme si le plaisir, l'inconséquence avaient pris le pas sur les bonnes résolutions, les atermoiements romantico-existentiels. Comme si l'effet *l'Archipel de la séduction* opérait enfin.

Du côté des garçons, l'ambiance s'annonce un peu plus tendue. Pour commencer Melody et Alex sont rappelés à la réalité de façon assez brutale. Sur la plage, Jean-Philippe attend Melody au milieu des autres séductrices. Un Jean-Philippe au crâne bandé, appuyé sur des béquilles, mais sain et sauf, et impatient, terriblement impatient. Melody, perdue dans ses pensées, le ventre encore parcouru de spasmes, alors que sa cuisse touche celle de son compagnon assis sur le banc à ses côtés dans le Zodiac, met un moment à réaliser. Il serre les dents en apercevant la silhouette qui sautille sur la grève. Il se tourne enfin vers elle, elle a compris. Ils sont encore pour quelques instants hors-champ, hors de portée des micros. Elle murmure, paniquée :

— Mais comment je vais faire ?

Il pose sa main sur la sienne et grince :

— Fais-moi confiance. Il n'est pas question que je te laisse entre ses mains.

Ils accostent. Alex, un grand sourire plaqué sur le visage, répond aux signes de bienvenue de Jean-Philippe et des séductrices, tend galamment les bras à Melody pour l'aider à descendre du bateau. Elle a à peine le temps de poser le pied à terre, à nouveau entourée d'un essaim de caméras, que Jean-Philippe se précipite sur elle, en claudiquant, la prend dans ses bras et entreprend de la faire tourner comme dans les films malgré ses béquilles, donc assez maladroitement, d'autant qu'elle se raidit. Il manque les flanquer par terre, mais elle parvient à rétablir l'équilibre, et se pend à son cou, hilare, en évitant ainsi les baisers qu'il essaye de lui donner. Il la serre comme un forcené, le nez dans son cou, les yeux fermés, il est en plein rêve, il a eu peur, il a eu mal, il veut encore ses mains douces sur sa nuque comme la veille dans l'hélicoptère, son visage penché sur lui avec ce petit sourire qu'elle a quand elle le regarde et qui le rend fou. Il veut beaucoup de choses d'elle, elle a du mal à contenir son mouvement de recul en constatant la manifestation concrète de ses désirs. De recul et de colère. Quel concours de circonstances délirant, ou quel scénariste fou à lier l'a conduite à se laisser ainsi tripoter par cet énergumène, à deux pas en plus de l'homme avec qui elle vient de passer ces moments bouleversants ? Alex s'est raidi également au milieu des séductrices, il souffre en silence et en souriant. Il met fin à leur supplice, pose sa grande main sur l'épaule de J.-P. pour qu'il la lâche enfin et qu'ils puissent respirer.

— Hey ! Ça va ce matin ?

Le grand blessé lève enfin la tête, relâche son étreinte, bouleversé d'avoir senti le cœur de Melody s'emballer contre le sien, pour la première fois conscient de ce genre de détails et ravi de l'être. Dans l'élan et la joie, il se lance dans de grandes embrassades avec Alex, ce type extra qui a veillé sur sa précieuse et l'a consolée pendant son absence. Il s'est fait tout un cinéma et passé en boucle de très belles images de Melody et d'Alex évoquant son souvenir, s'inquiétant pour lui dans l'endroit idyllique où il aurait dû emmener la jeune femme, en larmes donc, la tête sur l'épaule réconfortante, etc. etc. Ces effusions terminées, Jean-Philippe remonte au camp en pérorant, appuyé sur Alex et Melody de chaque côté de lui, comme deux chenets pétrifiés par le ridicule de la situation. Melody parvient à s'éclipser très vite sous prétexte de passage impératif au maquillage. Elle lui glisse entre les doigts en déposant, mutine, un baiser sur sa joue puis sur celle d'Alex. Ce dernier en revanche doit s'appuyer les « Ah ! Les gonzesses, j'te jure » et autres commentaires éblouis de Jean-Philippe, plus le récit détaillé de ses misères. Il parvient à l'allonger sur un transat et à s'étendre lui-même, secondé dans cette manœuvre par les séductrices, dérangé par le babillage incessant de l'homme heureux à ses côtés, furieux, et même malheureux pour la première fois depuis longtemps. Tout d'un coup, il coupe J.-P. :

— Où est Tarik, au fait ? Tu l'as vu ?

Jean-Philippe reste bouche bée. Non, c'est vrai, il n'y a pas pensé, tout à son attente, il n'a pas vu Tarik depuis son retour. Alex se tourne vers les séductrices qui s'ennuient autour d'eux, et prennent le soleil, faute de mieux.

— Les filles ? Vous avez vu Tarik ou pas ?

Sandra lève la tête vers lui, ses lunettes de soleil sur le nez.

— Ouais, ben il est relou votre copain. Il a pété les plombs grave hier, et maintenant il veut plus sortir de sa chambre.

— Quoi ? Mais qu'est-ce qui s'est passé ?

Les filles se réveillent, et tout excitées, racontent aux deux garçons les événements de la soirée.

À Paris, les cadres de la production et de la chaîne ont été réveillés en pleine nuit. Et réunis en urgence. On leur passe un « ours » des dernières images reçues. Brice participe en conférence téléphonique depuis son hôtel. Tout cela est un peu inhabituel. Normalement l'émission tourne toute seule. Mais pas cette année. Et voilà qu'après un départ catastrophique, cette saison devient exceptionnelle. C'est en tout cas l'argument de son producteur. Il pousse à la roue. Il est persuadé de tenir quelque chose d'unique, du jamais vu, et refuse de passer à côté. Et surtout il veut réaffirmer ses positions, un instant ébranlées par ce huitième opus si mal engagé. En tapant vraiment fort. Alors ces dix personnes mal réveillées, assises dans une salle de réunion en haut d'un immeuble, à Neuilly, plus une enfermée dans une chambre d'hôtel à l'autre bout du monde, prennent assez rapidement une décision audacieuse. Ils vont casser la grille. Le feu de camp, avancé pour l'occasion, servira de base à une quotidienne, tournée en direct et diffusée en deuxième partie de soirée, juste avant le journal de la nuit. Brice présentera le programme, en présence des participants du jeu, et livrera aux téléspectateurs des images exclusives des dernières heures sur les îles. Des images de leurs conjoints que les candidats et candidates découvriront eux aussi en direct. De la bombe. Et ça commencera le soir même. Des écrans de promotion vont être immédiatement fabriqués et balancés à l'antenne, et sur celle des autres chaînes du groupe.

Ces dix personnes fatiguées se séparent, convaincues d'avoir pris la bonne décision. La machine de guerre en marche, ils retournent avec soulagement à leurs préoccupations, loin, très loin de celles de ces gens dont ils viennent de sceller le sort, sans s'en apercevoir. Parce que personne n'envisage jamais la question des dommages collatéraux avant de décider. Parce que personne n'a vraiment le temps de penser aux conséquences des choix stratégiques, ou ne veut le prendre, tendu vers un but, noyé dans la nécessité d'agir, obsédé par le gain, vaincu pourtant avant même d'avoir commencé, par des forces bien plus grandes que soi, mais persuadé d'en avoir le contrôle.

Les victimes, comme toujours, ne saisissent pas la portée de ce que l'on vient de décider à leur place. On vient annoncer aux garçons l'incroyable et grande nouvelle : ils seront en direct le soir même du feu de camp, qui aura lieu en fin d'après-midi. Les marionnettes de chair en train de rôtir au soleil, hormis Tarik bien sûr, se retiennent d'applaudir. Ce coup de projecteur franchement inespéré laisse les séductrices stupéfaites, Alex sourit dans le vague, Jean-Philippe, tout à son émoi, s'en fout.

Melody a un peu de mal à contenir ses ardeurs dans les limites de la décence, déjà très reculées dans *l'Archipel de la séduction.* Pour Alex, cela s'avère vite compliqué de vivre toute la sainte journée avec son corps sous le nez, celui qu'elle lui a offert, et de façon si éblouissante à la merci d'un autre. Il a déjà failli se lever de sa chaise longue pour écarter la main de J.-P., qu'il essaye de glisser sous l'élastique du maillot de bain de la jeune femme. Elle a interrompu ses investigations à temps, mais l'autre est en rut, et bientôt incontrôlable. Alex parvient à rester le débonnaire et souriant garçon qu'il est censé être devant les caméras, non sans mal. Il rumine un moyen de faire cesser ce cirque. Il se rend compte, lui, qu'il doit garder la tête froide. Il est bien le seul, avec Vanessa et Melody évidemment. Les autres ont perdu tout contrôle et toute notion de réalité.

Cette programmation nouvelle oblige la production à bouleverser les emplois du temps et l'organisation indonésiens. Vers quinze heures, tandis que la journée commence à Paris, les décisions prises dans la nuit prennent effet : les équipes installent le plateau pour le direct. Brice travaille son conducteur, les participants masculins du jeu profitent d'une dernière baignade avant de se mettre en place pour le feu de camp nouvelle version. Tarik ne fait toujours pas mine de se montrer. L'assistant transpirant chargé de faire le pied de grue devant sa case et qui le supplie de sortir de son antre n'en peut plus. Il a usé de menaces : Tarik a décoché un coup qui a ébranlé les murs. Il lui a proposé un bon repas, en prenant lui-même une collation odorante devant sa porte, sans plus de résultat. Tarik jeûne. Et lit son Coran. Sans vraiment comprendre le sens profond de ce qu'il ânonne, mais avec ferveur. Et il prie. Et médite. Il s'est aperçu que cela lui faisait du bien, l'empêchait de penser. Brice, tenu au courant de la situation minute par minute monte l'affaire en épingle. Les images de la porte close et de l'assistant devant vont venir appuyer l'histoire, le désespoir de Tarik enfermé, replié sur son amour perdu. Et là, hop : les prises de vues de Natasha et d'Édouard enlacés au concours de plongeon, leur départ pour la nuit en solitaire, etc. Le feu de camp ce soir a lieu chez les garçons, le hasard faisait bien les choses.

Personne n'a jugé utile de prévenir les filles des

nouveaux arrangements. On les avertira en temps voulu, le lendemain donc. Prévient-on en avance les bêtes que l'on mène à l'abattoir ? Les cocktails coulent donc à flots, la production a ouvert les vannes. Allongés sur leurs transats, Marion, Sofiane et Vanessa ont commencé d'échanger des gestes plus audacieux, le glacial Édouard, en grande conversation avec Natasha, joue à faire glisser des glaçons sur son ventre. Elle se laisse faire, immobile, frémissante, se mord les lèvres pour ne pas crier. Il effleure son sexe gonflé sous son maillot comme par mégarde, en passant, elle attrape les montants de la chaise longue, c'est torride, c'est filmé. Vanessa participe aux bacchanales, se laisse nourrir de fruits gorgés par un séducteur, en laisse le jus couler sur son menton, ses seins, son ventre, renverse la tête en riant. Mais elle attend la tombée de la nuit pour passer vraiment à l'action. Elle sourit à Marion, à deux pas. Un verre à la main, cette dernière danse, en sandwich entre deux séducteurs. Elle les effleure, les excite sciemment sans avoir l'air d'y toucher, maîtresse du jeu. Elle surveille son effet sur Sofiane, qui la regarde opérer, et le provoquer. Elle jette aussi des œillades amusées et fières à Vanessa, du genre « Tu as vu, j'apprends vite ! » Des regards enfiévrés aussi. Car ce que veut Marion, et Vanessa le sait, c'est susciter son désir comme elle le lui a appris et déchaîner la fureur de ses étreintes à elle seule. Elle ne veut plus se passer du plaisir, en général, et particulièrement du plaisir qu'elle lui donne. Vanessa lui a fait découvrir les délices du pouvoir et du sexe, pour elle intimement liés, comme Édouard ceux de l'érotisme cérébral à Natasha. Il a deviné, mais il ne fallait pas être grand clerc pour cela, que la bimbo à demi frigide avait besoin d'être matée, dominée, asservie pour s'épanouir dans sa sexualité. Il a parfaitement réussi son coup. Et Marion réagit très bien aussi. Les pièces du jeu malsain se mettent en place. Alex, de son côté, avance ses propres pions. Elle ne sait pas à quel point...

Ils restent sur la plage jusqu'à la tombée de la nuit, heureux et surexcités. Ils sentent tous confusément que les barrières sont en train de sauter et que la nuit à venir sera plus déchaînée que jamais.

Vanessa, en sortant de la douche, déplie la serviette posée près de la vasque, comme chaque jour, pour qu'elle puisse s'en envelopper après ses ablutions. Un papier plié en quatre tombe à terre. Elle l'ouvre, le lit. Le relit. Communication téléphonique annulée, l'émission, normalement prévue à la diffusion pour l'été, devient une quotidienne, en direct ! Dès ce soir, depuis le feu de camp des garçons. Sans Tarik, qui refuse de sortir de sa chambre. On s'achemine vers une grève de la faim. Rien que ça... Elle murmure : « La vache ! », le papier dans les mains. Puis elle se reprend. Elle déchire soigneusement la missive, en jette les morceaux dans les toilettes, et regarde pensivement les bouts de papiers danser la ronde dans la cuvette avant de disparaître. Elle passe dans sa chambre, choisit sa robe avec soin. Elle ne tient qu'à un fil. La production a programmé une soirée « Jeux de société », une société dépravée, cela va sans dire. Les séducteurs choisissent et organisent le jeu, on ne s'oriente pas vers « Des chiffres et des lettres »... Elle hésite un instant, se regarde dans le miroir. Elle repasse dans la salle de bains, tire d'une poche secrète de son nécessaire de toilette des compléments alimentaires hyperprotéinés. Elle déchire les sachets, vide la poudre dans son verre à dents, verse l'eau, remue et regarde la chose rose tournoyer mollement en soupirant. Depuis le début de son séjour sur l'île, elle se force à avaler cette mixture. Alex fait de même pour contourner les effets des repas trafiqués qu'on leur sert. C'est le seul moyen de conserver un minimum de clairvoyance. Et de ne pas mourir de faim. Elle s'est personnellement assurée de faire doubler les doses ce soir. Elle termine sa potion en grimaçant, lave soigneusement le verre et le lavabo, jette les emballages vides dans les toilettes, s'y assoit pour faire pipi, tire à nouveau la chasse. Elle vérifie une dernière fois l'état des troupes dans la glace avant de sortir. Et sent une pointe aiguë la traverser. Compte tenu de son état, elle n'a pas vraiment besoin de stimulants…

Le feu de camp

Il règne sur le plateau une tension singulière, à quinze minutes de la prise d'antenne en direct. Brice, Alex et Jean-Philippe répètent. On procède aux essais son, lumières, bref : on entre dans une nouvelle dimension, sans filet, donc pas question de se planter, parce qu'on ne peut pas recommencer ni couper au montage. Brice détend l'atmosphère et papote avec les deux garçons dans sa tenue habituelle. Il est orange. Ils ont dû forcer sur le maquillage pour dissimuler les conséquences de ses nuits écourtées. Il a néanmoins l'air en forme. Il se prépare chaque année comme un athlète pour ces quinze jours de tournage, il a de la réserve. Et puis il est galvanisé par la tournure des événements, totalement improvisée. Une quotidienne, en direct, vient de lui tomber du ciel. L'enjeu ne le paralyse pas, au contraire. Il plaisante avec Alex et Jean-Philippe, sur leurs trente-et-un et déjà installés sur leurs rondins attitrés. La place de Tarik reste ostensiblement vide. Eux n'ont pas besoin de raccord maquillage. Jean-Philippe a perdu son teint grisâtre. Il s'est reposé à l'hôpital, et cet après-midi balnéaire l'a requinqué. Il porte toujours un pansement sur l'arcade sourcilière, mais s'est débarrassé

de son turban de gaze. Alex, bronzé, semble détendu. Ils attendent, stoïques, au milieu du ballet des équipes qui s'agitent autour d'eux, hurlent des consignes, placent et déplacent des éclairages, des caméras, vérifient une énième fois le retour dans l'oreillette de Brice, repoudrent un front qui brille. L'idée : faire entrer tout de suite et de plain-pied le téléspectateur dans l'histoire, juste avant le feu de camp. Brice, debout, va donc ouvrir l'émission en retraçant les principaux événements des derniers jours, événements qui justifient cette exposition inhabituelle et soudaine.
Dans le style « on ne peut pas vous laisser ignorer plus longtemps ce qui se passe ici, vous, fans de *l'Archipel de la séduction*, ou qui allez le devenir ». Et comme à la base, l'émission réunit en moyenne deux millions de téléspectateurs à chaque épisode, ça fait beaucoup de personnes potentielles à tenir au courant. Et à retenir, en deuxième partie de soirée. L'émission se termine d'ailleurs avec une désannonce en plateau par le présentateur du journal de la nuit. C'est quasi de l'info. Derniers essais de voix. Décompte. Générique. Brice se lance, grave et concentré.

— Bonsoir et bienvenue à vous qui nous rejoignez dans une émission très spéciale de *l'Archipel de la séduction*. Nous avons décidé de vous donner rendez-vous ce soir, et désormais chaque soir jusqu'à la fin du tournage de cette huitième édition, en direct du feu de camp que vous connaissez bien. En effet nous avons pensé que vous deviez être informés en temps réel de ce qui se passe cette année sur ces deux îles perdues au large de l'Indonésie. Cette saison, que nous avons commencé à tourner il y a cinq jours, est à bien des égards… exceptionnelle. En effet des événements inhabituels ont déjà eu lieu, un drame a été évité de justesse, un autre est peut-être en train de se nouer en ce moment même, vous allez le découvrir. Car nous avons choisi de vous faire vivre sans attendre les tourments, les errances, les bonheurs, exacerbés cette année, dignes des grandes tragédies antiques, de nos trois couples, de nos amants terribles, de ces Roméo et Juliette des temps modernes et de leurs séducteurs et séductrices. Mesdames et messieurs, bienvenue dans *l'Archipel de la séduction*, la quotidienne ! Le feu de camp se tient ce soir sur l'île des garçons. Vous découvrez en avant-première leurs visages. Voici Alex et Jean-Philippe.

Gros plan sur les deux benêts, éclairés à la lumière des flammes.

— Un siège est vide. Tarik, le troisième participant, s'est en effet enfermé dans sa chambre. Et refuse depuis de s'alimenter. Pourquoi cette grève de la faim ? Que s'est-il vraiment passé sur les deux îles ces derniers jours, ces dernières nuits ? Les candidats n'ont pas encore visionné les images que vous allez découvrir en même temps qu'eux, les images de Natasha, la fiancée de Tarik, de Marion et de Vanessa, celles d'Alex et de Jean-Philippe. Les images de leur vie, de leur amour, en danger, trahi peut-être, transfiguré… On se retrouve dans un instant, en direct du tournage de *l'Archipel de la séduction.*

Brice reprend son souffle et se relâche. Une maquilleuse se précipite sur lui. Il interroge le réalisateur du regard en se laissant repoudrer. Tout va bien. Ils ont quatre minutes d'écran pub, c'est beaucoup, c'est bon signe.

Pour illustrer son propos, ils ont diffusé des extraits des portraits, de l'arrivée des trois couples sur les îles, du temps des jours heureux. Puis, très *cut*, dans un effet stroboscope, des images des différents pétages de plombs, et particulièrement celles de Tarik, la veille, en train de casser des éléments de décor après avoir bousculé une séductrice trop entreprenante, celles de la chute de Jean-Philippe, des jeux d'eau avec les séducteurs et séductrices. Les mêmes images qui ont été matraquées toute la journée sur toutes les chaînes du groupe. Au moment où Brice a évoqué la nuit dernière, ils ont lâché la première amorce des plans volés, sombres mais explicites. Juste avant la coupure publicitaire. Le tout en moins d'une minute trente. Du travail d'orfèvre.

Il fait presque nuit sur l'île, le ciel a pris cette teinte bleu marine, et va basculer dans le noir d'encre dans quelques instants. Sur le plateau, c'est l'étuve, à cause du feu de bois et des éclairages. Les singes hurleurs assistent à la scène de leurs cachettes dans les arbres. L'interruption a suffi à la chaîne pour percevoir le frémissement de la toile. Sur Twitter, les commentaires fusent, avec la rapidité et le manque de recul caractéristiques de ce mode d'expression. Il a suffi de trois minutes d'émission, générique compris, précédées d'une promotion express fort bien montée, il fallait l'admettre, pour faire le « buzz ». Dans l'oreillette, à trente secondes de l'antenne, Brice est prié d'insister sur la participation des spectateurs à l'émission via les réseaux sociaux. Il se tourne vers Alex et Jean-Philippe, aux mains des maquilleuses.

— On y va, les gars. On commence par toi J.-P. comme prévu, ok ?

Il lui reste un peu plus d'un quart d'heure pour ferrer définitivement les poissons devant leurs écrans.

À nouveau le décompte et Brice, debout, reprend l'antenne, dans l'éclairage mordoré, intime, œuvre du chef opérateur.

— Mesdames et messieurs, nous sommes en direct, pour la première fois de l'histoire de *l'Archipel de la séduction* depuis le tournage de l'émission. En direct du feu de camp quotidien. Ce soir il a lieu sur l'île des garçons. Ce soir, ils ne sont que deux, vous allez comprendre pourquoi, car à la fin de ce premier direct, vous saurez. Vous allez découvrir en quelque sorte à la place de Tarik, qui je vous le rappelle a entamé une grève de la faim et s'est enfermé dans sa case, les images de Natasha que nous devions lui dévoiler ce soir. Mais tout d'abord, nous allons commencer ce feu de camp avec Jean-Philippe et Marion, et d'un certain côté avec vous Alex, car les images que nous allons voir ensemble, si vous le souhaitez, vous concernent aussi.

Brice s'est assis en face des deux candidats. Il s'empare de la tablette placée près de lui.

— Jean-Philippe, les téléspectateurs ne vous connaissent pas bien encore, mais vous êtes une sorte de cascadeur de l'amour ! Vous en portez d'ailleurs les stigmates. Pour remporter un concours de plongeon et épater les séductrices, ou une séductrice en particulier, vous avez failli vous rompre les os, et le moins que l'on puisse dire c'est que vous avez le sang chaud. Les téléspectateurs voient des images de quelques-uns de vos exploits en ce moment. Vous avez le sang chaud, Jean-Philippe, et vivez auprès de la douce Marion. Et j'ai ici des images d'elle justement, des images inédites à vous montrer, voulez-vous les voir avec Alex, ici à vos côtés ?

Jean-Philippe, avec ses points de suture et sa patte folle, se tient droit et tâche de faire bonne figure. Il regarde Brice, sérieux comme un pape, conscient que la caméra le filme en gros plan, puis Alex qui lui fait un petit signe d'encouragement. Il tend la main.

— Ok, on va regarder tous les deux.

Un premier extrait montre la réaction de Marion face aux images de sa chute, lors du précédent feu de camp chez les filles. J.-P. sourit. Ils l'ont filmée sous tous les angles, en clair-obscur, et en gros plan. Elle est… à couper le souffle. Elle se recule, digne, sur les plans où Melody accompagne Jean-Philippe à l'hélicoptère, et au moment de leur baiser tourne la tête. Ensuite, face caméra, toujours merveilleusement éclairée, sublime, fragile :

— J'ai l'impression qu'il n'est pas très heureux depuis qu'ils se sont rapprochés avec Melody. Je pense qu'il joue un jeu dangereux.

Puis sa réponse muette à la relance de Brice :

— Pour lui ou pour vous ?

Jean-Philippe se tortille, un peu gêné, et agacé forcément. Mais la surprise remplace bientôt l'irritation sur son visage. Sur l'écran qu'il tient entre ses mains, et sur l'écran des téléspectateurs en même temps, Marion danse, dans une robe époustouflante. Vanessa, armée d'un magnum, lui verse du champagne sur le torse, et Sofiane à leurs pieds lèche sur ses jambes le liquide qui coule. Elle, les mains en coupe, frémissante, renversée sous cette douche pétillante rit, rit, le tout dans un vacarme assourdissant de musique de boîte de nuit et de hurlements des séducteurs autour d'eux. On voit Natasha également, très élégante dans une tenue plus épurée qu'à l'accoutumée, qui la met vraiment en valeur, regarder la scène les yeux brillants, une coupe à la main tandis qu'Édouard, derrière elle, lui parle à l'oreille et doucement relève sa robe sur ses cuisses. Puis Marion se tourne vers Vanessa, et… lui roule la pelle du siècle, sous les applaudissements de l'aimable assistance. Et pour faire bonne mesure, relève Sofiane et lui administre le même traitement.

Les yeux de J.-P. vont semble-t-il sortir de leurs orbites, quant à Alex, la bouche ouverte, il se tient la tête entre les mains. Il leur reste trois minutes d'antenne. La dernière séquence vaut-elle vraiment la peine ? Le cadreur, sans lumière, a shooté au travers des persiennes. On distingue, à peine, des taches de peau plus claires dans l'obscurité d'une case, des bruits de tissus froissés, des rires étouffés, l'éclat d'un vêtement qui scintille dans le noir, puis et pour terminer, on entend assez distinctement, dans un silence habité, des soupirs. Et la neige envahit les écrans.

Brice fixe les deux garçons transformés en statue de sel, pour le moment sans réaction, puis il se relève et s'avance vers la bonne caméra.

— Le feu de camp va se poursuivre sur l'île. Alex va découvrir d'autres images de Vanessa. Demain vous découvrirez les réactions de Jean-Philippe et d'Alex, des extraits de la soirée et de la journée qui vont suivre ce feu de camp… dévastateur. Parviendront-ils à supporter l'insoutenable doute, à conserver leur confiance en leur compagne, à résister au désir de vengeance ? Que va-t-il se passer sur ces îles brûlantes, entre les séducteurs, les séductrices et Marion, Jean-Philippe, Alex, Vanessa, Natasha et Tarik ? Je vous donne rendez-vous demain soir, en direct du feu de camp des filles cette fois. Et nous nous quittons sur les dernières images de Natasha. Natasha, qui en arrivant ici, assurait Tarik de son amour. À demain, même heure, même endroit. D'ici là, dormez bien ! Bonsoir. »

Des plans larges du feu de camp passent dans une vignette sur le générique de fin. Enfin, ils rendent l'antenne. Brice se rassied, et ils continuent dans leur foulée. Ils n'arrêtent pas de tourner.

Les garçons restent muets, sonnés, le présentateur attend. Alex ôte la tablette des mains de Jean-Philippe et la pose. Celui-ci, abasourdi, ne semble pas devoir sortir de sa paralysie. Alors Brice entame le processus habituel, à voix basse comme pour ne pas brusquer le candidat, dans un état de sidération presque comique.

— Jean-Philippe… Qu'avez-vous vu ?

Il tourne vers Brice un regard absent. Et il parvient, houspillé dans l'oreillette par la production, à sortir une réplique d'anthologie, d'une voix plaintive, plus aiguë.

— Putain… Marion ? !

Cela résume assez bien la situation. Il est à proprement parler « sur le cul ». Brice ne le lâche pas du regard, fasciné comme à chaque fois à ce moment de l'émission par l'insondable banalité des situations, leur côté mécanique, couru d'avance, qui semble pourtant toujours bouleverser les acteurs principaux.

— Oui, Jean-Philippe, c'est bien Marion. Mais une Marion un peu différente de celle que vous connaissez, n'est-ce pas ?

Il le regarde. Il ne comprend pas la question. Il comprend seulement que sa « marionnette », comme il l'appelle parfois, vient de le ridiculiser devant deux ou trois millions de personnes – enfin ça, il n'en a pas encore vraiment conscience – en tout cas en public. Il n'en revient pas. Et il décide de ne pas y croire. Il ne peut, ne veut pas croire qu'il est le dindon indispensable à toute farce, surtout aussi grosse. Mais il ne peut pas non plus échapper à ce jeu, à Brice, au plan ourdi par son bon copain Alex en face de lui. Ce dernier comprend immédiatement ce qui se passe dans sa tête. Alors il lui jette un coup d'œil compatissant, les pires, et lance la grande scène du deux. La tête entre les mains, il échappe comme un sanglot. Brice saute évidemment sur l'occasion.

— Alex ! Alex… Que se passe-t-il ? Dites-nous ce que vous ressentez ? Qu'avez-vous vu ?

Et bien sûr il relève un visage ravagé. Au bord des larmes, la voix nouée, il décrit par le menu ce que Jean-Philippe ne veut surtout pas admettre. Brice les observe, écrasés, trahis, atterrés, avec une commisération attentive.

— Bon. Je ne crois pas qu'il soit vraiment nécessaire

de vous passer d'autres images de Vanessa et Marion. Qu'allez-vous faire maintenant ? Comment voyez-vous la suite des événements ? Alex ?

Il évite délibérément de s'adresser à Jean-Philippe, comme si celui-ci n'était déjà plus qu'un spectateur impuissant, une entité négligeable, un cocu en somme. Il reste d'ailleurs comme anesthésié, sans réaction. Il ne parvient ni à se mettre en colère, ni à quitter ce feu de camp infernal.

Alex, quant à lui, beaucoup plus émouvant, semble au bord du suicide.

— Alex, avez-vous quelque chose à dire, un message à faire passer à Vanessa ?

Au cher nom prononcé, il se secoue un peu et dit doucement.

— Je voudrais juste… Je peux… comprendre. Elle a dû être entraînée, les séducteurs, la fête, Marion et Natasha… Je ne sais pas…

Brice soupire.

— Bien. Vanessa aura sans doute une explication, Alex. À présent j'ai une dernière question à vous poser. À tous les deux. Voulez-vous voir les images de Natasha à la place de Tarik ? Vous savez que les téléspectateurs les ont déjà découvertes. Tarik est votre ami, votre compagnon dans cette aventure. Pensez-vous qu'il doive rester le seul à ne pas savoir ? Voulez-vous être ses yeux et ses oreilles, apprendre la vérité et faire en sorte peut-être qu'il redevienne maître de son destin ?

Là, on touche au sublime. Dans son abrutissement, l'œil de Jean-Philippe se rallume. Le petit voyeur se réveille en lui, et l'excitation morbide de mater les écarts sans doute croustillants de celle qu'intérieurement, il n'appelle que « cette salope ». Dans son monde, il y a les femmes

« bien », comme Marion, enfin la Marion d'avant, les discrètes, celles qui portent vos enfants, qu'on traite mal, et les bombes atomiques qu'on rêve bien sûr de basculer et de traiter aussi mal, mais moins longtemps. À cette idée, il a ce rictus si caractéristique des hommes dans son genre. Ces hommes pour qui la « virilité » est une affaire de couilles et de coups tirés, et pour qui bien entendu « pédé » est l'injure suprême, les homosexuels des sous hommes etc. Bien trop faibles pour ne pas avoir besoin de ranger les gens dans des cases, bien trop médiocres pour ne pas juger, cataloguer, mépriser systématiquement ceux qui n'entrent pas dans les tiroirs de leur taxinomie bornée. C'est son anxiolytique à lui, et à pas mal d'autres malheureux sous le nez de qui l'on met des Ferrari et des bombasses à longueur de journée, en leur faisant croire qu'elles sont à leur portée. Toutes carrosseries sur lesquelles ils ne mettent évidemment jamais la main. Hormis quelques footballeurs décérébrés et surpayés. Et quelques héros de télé-réalité qu'on extrait du tas tout de même de temps à autre. On leur permet de toucher le jackpot, du bout du doigt, pour mieux entretenir le rêve et pour que les autres cessent de brûler des voitures au jour de l'an. En échange d'un tour en voilier, de trois dîners aux langoustes arrosés de champagne, même pas rosé, et de la compagnie intéressée d'acteurs de troisième zone bodybuildés, liposucés, dans les critères de beauté qu'on leur impose. Eux aussi contraints de se prostituer pour passer à la télé, ils acceptent de s'exhiber dans l'espoir d'accéder à la notoriété, d'exister et d'être remarqués. Enfin. Par ceux mêmes qui financent ce cirque épouvantable. Et regardent avec la même lippe méprisante le pauvre monde qu'ils ont fabriqué, le leur puisqu'ils l'entretiennent, tirer la langue derrière les grosses carottes qu'ils leur tendent. En se faisant éventuellement ligoter et fouetter par des putes, voire trucider un beau soir dans leurs combinaisons de latex, comme des enfants capricieux, lassés de tous leurs jouets. Au final ils rejoignent, en Aston Martin, mais ils rejoignent les foules tristes et frustrées qu'ils instrumentalisent. Tout le monde veut tirer la couverture à soi. Et tout le monde a froid.

Jean-Philippe ne refuse donc pas de regarder Natasha, qui n'est rien pour lui mais tout pour Tarik, tromper, bafouer, fouler aux pieds les sentiments de ce brave garçon. Ainsi, il ne sera plus le seul. Alex ne répond même pas, toujours plongé dans son drame intime. Brice, avec un sourire, tend l'écran à Jean-Philippe.

Sur l'île des filles, le jeu piloté par les séducteurs doit servir d'amuse-gueule. Avant la traditionnelle soirée. Marion, Vanessa et Natasha en ont choisi le thème : années 20 sous les tropiques. Elles se retrouvent au bar à l'heure dite. Une *playlist* jazzy a été concoctée pour l'occasion, des éclairages particuliers imaginés. La production a fait un effort sur le décor, des peaux de bêtes, des chèvres sans doute, ont été disposées sur les fauteuils club. Un peu maquillées, ça passe pour du léopard sans problème. Vanessa, la première arrivée dans une tenue raccord, discute avec le barman, gominé, années 20 lui aussi. Marion fait son apparition suivie par Natasha. Chacune d'entre elles, chacune dans son genre, semble tout droit sortie d'un roman de Fitzgerald. Leurs robes vertigineuses les découvrent savamment, les fentes, profondes, dévoilent leur peau. Elles portent bandeaux, aigrettes et fume-cigarette. Même Natasha a l'air d'une Bostonienne bon teint un peu décadente, vêtue d'une robe longue fluide, chaussée d'escarpins bicolores, les cheveux retenus sous une perruque brune, au carré. Les deux autres en restent sans voix. Elle rosit de plaisir. Elles trinquent. Le barman confectionne des Cosmopolitans à la chaîne.

De leur côté les garçons, feu de camp oblige, retrouvent les séductrices sur la plage pour un barbecue détendu. Jean-Philippe, douché, dans tous les sens du terme, cocotte l'eau de toilette à vingt mètres. Il essaye de se réveiller, il se sent tout cotonneux, un peu mou pour tout dire. Mais cet état, chez un homme aussi nerveux, et aussi éprouvé, lui convient plutôt bien. Il essaye pourtant de nourrir sa colère contre Marion, inexplicablement devenue cette traînée obscène sur les vidéos. Mais rien à faire : il ne parvient ni à s'énerver, ni à vitupérer, rien. Il met cela sur le compte des anti-douleurs. Et puis il s'est accoutumé aux divers remontants et cocktails du soir censés le ranimer. Ce qui ne risque pas d'arriver compte tenu de ce qu'Alex lui a discrètement fait avaler. Les effets contraires de toutes ces drogues achèvent de le détraquer. Il retrouve Melody, qui l'attend visiblement, un peu à l'écart des autres séductrices, près du feu. Alex n'est pas là. Il a foncé, suivi par une équipe, à la case de Tarik, pour essayer de l'en faire sortir. Il lui a tout de suite annoncé la couleur, à travers la porte : il a vu Natasha. Il faut qu'ils parlent d'urgence. Tarik entrouvre la porte et le fait entrer sans se montrer et en laissant les caméras dehors. À l'intérieur il s'empare de son micro, l'éteint et le balance sur une table. Une fois seuls, Tarik donne une accolade fraternelle à Alex, qui l'a toujours soutenu, a toujours été loyal, et avec qui il a eu ces conversations profondes sur la plage. La chambre seulement éclairée à la bougie est tirée au cordeau, genre cellule de moine. Dans la semi obscurité, par-dessus l'épaule de Tarik, Alex avise la serviette de bain qui lui sert de tapis de prière. Puis quand il le lâche, il remarque les changements opérés chez son ami. Il s'est rasé le crâne, laissé pousser la barbe, ses traits se sont émaciés. Il ne s'attendait tout de même pas à une mue aussi rapide ni aussi radicale. Mais Tarik est quelqu'un d'entier et de vrai dans sa simplicité, sans doute la personne la plus vraie qu'il ait jamais rencontré. En tout cas peut-être la seule de cette mascarade. Alors évidemment il ne fait pas les choses à moitié… Alex sort immédiatement de ses poches des barres chocolatées sous vide du petit-déjeuner qu'il garde toujours sur lui. Tarik le remercie, en dévore trois à la suite. Alex s'assied sur le lit, et se relève immédiatement. Il s'est assis sur un Coran, ouvert, qui traîne par là. Quand même… Tarik termine ses barres en soupirant.

— Ça va gros ?

Alex hausse les épaules.

— Un peu…

— Vas-y, aboule le truc…

Il lui raconte, des trémolos dans la voix, ce qu'il a vu. Il lui rapporte la transformation de Natasha, sa proximité avec Édouard, et notamment une scène où, aux pieds du garçon, elle regarde, fascinée, Marion, Vanessa, Sofiane et d'autres séducteurs s'asperger de champagne, cette scène où les deux filles s'embrassent… Cette scène où Édouard lui ordonne de les rejoindre, et où elle lui obéit.

Tarik a un haut-le-cœur.

— Les filles… Les filles se roulaient des pelles et elle a fait pareil ? Vas-y, y a quelque chose qu'est pas normal. Ils mettent des trucs dans la bouffe déjà, ces bâtards, tu y crois ? Depuis que je touche plus à leurs buffets, y'a pas photo…

Il a les idées claires, mais pas la moindre de ce qu'il doit faire. Alors Alex fait une énorme bêtise, avec un pincement au cœur, parce qu'il aime bien Tarik, mais il décide de suivre le plan, au lieu de suivre son cœur. Il commence à l'orienter doucement. Il est bien de son avis. Le Grand Satan, la production, les manipule, les drogue, effectivement. Il a pour sa part le plus grand mal à contenir des pulsions devenues incontrôlables. Ils se font leurs confidences, se montent la tête mutuellement. L'équipe dehors tape à la porte depuis un moment, Alex se résigne à sortir et laisse son ami à ses réflexions. Quasi chevaleresque, il veut sauver Natasha, Vanessa et Marion tant qu'on y est de ce qu'on est en train de faire d'elles. Il se lance dans une série de tractions pour faire le point.

Alex lui a fait une peinture larmoyante de Vanessa en oie blanche venue dans cette émission pour démontrer au monde la force de leur amour, et parce qu'ils étaient sûrs de résister à tout, même à la tentation. Il était dégoûté ce pauvre Alex, il voulait quitter cet enfer, mais pas sans Vanessa. Il voulait l'arracher à ce cloaque dans lequel elle pataugeait malgré elle, etc. etc. Et d'ailleurs Natasha aussi… Alex l'avait trouvé changée sur les vidéos, éteinte en fait. Elles étaient sans doute contraintes d'agir ainsi par la production. Il s'était bien rendu compte que tout était écrit à l'avance, et parfois réécrit ? On leur faisait rejouer des scènes… Alex avait évoqué des notions de résistance, de pureté, d'idéal. Le mot « djihad » flottait, et se rapprochait dangereusement. Tarik pensait à un piège. Et la foi, l'ascèse, l'amour se mélangeaient et balayaient des vents du courage et de la folie les graines semées par son « ami ».

Alex descend à la plage, seul sous la lune, pensif. Il y retrouve Jean-Philippe, Melody et les séductrices en train de danser autour d'un feu de bois. J.-P. semble avoir oublié l'humiliation du feu de camp, auprès de Melody qui rit, pieds nus, en t-shirt et corsaire. À son arrivée, ils l'entourent fraternellement. Il fait chaud, le sable est doux sous les pieds. Alex regarde Melody danser devant l'autre gros balourd qui cherche à l'attraper dans tous les sens du terme. Elle se dérobe, mais ne va pas pouvoir l'esquiver très longtemps. Il se rapproche de Jean-Philippe, lui fait le coup de la conversation entre hommes, sous prétexte d'aller chercher de nouveaux cocktails. Sur certains sujets, l'alcool, même et surtout à haute dose a un effet excitant qui les conduit souvent à taper sur tout ce qui bouge, de préférence leur femme, ou à vitupérer en fatiguant tout le monde. Au lieu de s'endormir tranquillement, comme c'est le cas d'autres sujets quand ils ont dépassé la limite. Jean-Philippe est à présent surexcité, et conscient. Il refuse la tequila qu'Alex lui propose et demande une boisson énergisante, en clignant de l'œil.

— Faut qu'j'assure ce soir, mon pote !

Alex blêmit intérieurement, mais réussit à sourire en trinquant.

Il lui donne en plus de grandes claques dans le dos, lui souffle son haleine avinée sous le nez en postillonnant. Il se retient difficilement de ne pas le mettre tout de suite, au moins pour ce soir, hors d'état de nuire.

— Et toi ? Qu'est-ce que t'attends ? Vas-y, choisis-en une, elles attendent que ça ! Prends ton pied, quoi. Après tout, Vanessa, elle se gêne pas de son côté, hein. Elle pleure plus trop en regardant les vagues, hein ! Plutôt la lune, qu'elle regarde !

Il pouffe. Alex sent monter une envie de meurtre.

— Mais qu'est-ce qui te dit que ce n'est pas ce que j'ai l'intention de faire ? Suis-moi.

Les yeux de Jean-Philippe s'allument. Ils foncent dans la nuit, Alex attrape Melody au passage. Ils s'enferment dans le local à bateaux en rigolant et en prenant de vitesse les cadreurs et les preneurs de son, encombrés par leur matériel. Alex leur fait signe de se taire et sort deux doses de cocaïne de sa poche. Il prépare les rails comme il peut sur une dérive, à la lumière d'un briquet. Il tend à Melody une paille de cocktails.

— Honneur aux dames…

Elle sourit et s'agenouille, en glissant ses cheveux derrière ses oreilles pour éviter qu'ils ne la gênent. Alex regarde la ligne de son cou. Pendant qu'elle aspire une ligne, il cligne de l'œil et tend un comprimé à J.-P. en lui glissant à l'oreille :

— Avec ça, tu tiens toute la nuit. Prends le juste avant.

J.-P. lui tape dans la main en silence. Il frétille d'excitation. C'est la grande vie. Les fêtes sur la plage, les nanas carrossées comme des avions de chasse, la drogue, les tours en bateau, et ce soir, tout à l'heure, la baise de folie dans les draps blancs, avec cette fille à lui, cette fille qu'il voit déjà agenouillée devant lui. Il a presque la sensation de sa bouche serrée sur son sexe. Un frisson lui parcourt le bas-ventre quand elle se redresse avec son sourire tranquille, gourmand, tellement sexy. Elle l'excite comme jamais aucune femme avant elle. Jean-Philippe n'a jamais été vraiment attiré par le sexe en tant que tel. Il ne fait rien gratuitement. Quand il « saute une cliente », c'est les dents serrées, pour se prouver son pouvoir, pour se venger, par intérêt, sans appétit réel pour le côté sensuel de l'affaire. Melody n'a rien de ces petites-bourgeoises égarées à Berck-sur-Mer qu'il bascule hâtivement contre un mur des maisons vides qu'il leur fait visiter, trop heureuses de se dévergonder avec ce jeune agent immobilier au sourire carnassier, et souvent assez déçues sans se l'avouer du résultat des courses. Mais bon : cela avait au moins le charme de l'aventure, le goût de l'interdit. Melody ressemble à l'une de ces filles d'Europe de l'Est qui inondent le marché depuis quelques années, superbes, incandescentes et blondes. Ces filles un peu sauvages que l'on devine capables de tout. Elle allie une vraie douceur à une sensualité déterminée, assumée, qu'il devine débridée et une sorte d'innocence. Sur ce dernier point seulement, il se trompe complètement. Il glisse la pilule dans sa poche pour plus tard, prend la paille qu'elle lui tend. Il se penche. Melody et Alex se regardent pendant qu'il aspire la drogue. Il tend la main très vite et glisse son pouce entre ses lèvres. J.-P. se relève. Ils ont repris contenance. Le produit, très pur, monte directement au cerveau.

— Ah, la vache ! Comment t'as eu ça ?

Sans aucune difficulté auprès des membres de la production qui en usent pour tenir le rythme et arrosent les candidats à la demande pour achever de les désinhiber. Dans la vraie vie, et dans leur milieu professionnel respectifs, Alex et Melody avaient tous les deux accès à la cocaïne, en connaissaient les effets et s'en méfiaient. Le vingt et unième siècle avait adapté le *sex, drug and rock'n'roll* à sa sauce, avec des conséquences beaucoup moins sympathiques en termes de créativité. Le génie dopé aux psychotropes s'exprimait à présent plutôt au travers de montages financiers. Il n'en restait pas moins que ce genre de stimulation, quoi qu'on en dise, et quel qu'en soit le résultat, était encore réservé à une certaine élite, non plus armée de stylos, de pinceaux ou de guitares électriques, mais de smartphones et de tablettes, les yeux fixés sur les cours de Bourse plutôt que sur la courbe d'un sein. Pour Jean-Philippe, tout cela est assez nouveau. Il est tout de suite emporté, et conquis. En sortant, dans l'éclairage violent des lumières braquées sur la porte, il se retourne vers Alex et demande s'il y en aura d'autres, des hangars à bateaux. Et il prend Melody par la taille, avec une autorité nouvelle à laquelle elle obéit. Ils rejoignent les autres. Avant d'arriver au feu de bois, il la retient, l'attire contre lui, glisse directement et sa jambe et sa langue entre ses cuisses et dans sa bouche. Elle le laisse l'embrasser, mal, et la… pétrir, puis s'écarte en riant.

— Doucement…

Mais il ne la lâche pas, il insiste. Alors elle le toise.

— At-tends ! Je t'ai dit d'attendre.

Et pour mieux le ferrer et qu'il ne se rebiffe pas, elle glisse sa main sur son sexe, qui ne lui rend pas forcément les hommages qui lui sont dus. Elle sourit dans le noir.

— Attends un peu. C'est bon d'attendre, tu verras.

Elle se détourne, lui prend la main, et l'entraîne.

Il se laisse guider, pour une fois sans regimber. Il plonge dans l'inconnu avec elle, et il lui fait confiance, sans trop savoir pourquoi. Il sait aussi qu'il peut compter sur la pilule dans sa poche, le moment venu. Il se sent bien, puissant, assuré, et elle a raison : il pense à ce qu'ils vont faire tout à l'heure, et c'est presque aussi bon que de le faire. Il découvre des tas de choses intéressantes sur cette île décidément. La pensée de Marion, son image en train de danser, enfin si on peut appeler cela danser, l'effleure bien de temps à autre, mais il a déjà trouvé un moyen de faire taire la petite voix grinçante. Dans son esprit, elle se jette ainsi dans le stupre et la luxure par dépit amoureux, quasiment par désespoir. Jean-Philippe arrange toujours la réalité à sa sauce, en fonction de ses besoins, aveugle et sourd, inattaquable, blindé, fermé. Il a pu rendre ainsi très malheureuses quelques personnes qui ont cru bon de s'intéresser à lui, et essuyer un certain nombre de revers et de vexations graves sans broncher. Il ne peut donc supposer, ni même imaginer, que Melody, Alex, quelques séductrices et des membres de la production en sont arrivés à ce point d'irritation à son égard. Un script justement déboule et les rappelle à leurs devoirs. Il est temps de remonter pour le jeu de la soirée, une action vérité. Jean-Philippe éclate de rire.

— Bah pour l'action, ça, y a pas d'lézard, hein, ma poule ?

Melody, à qui il a décoché une claque sur les fesses, grince des dents au sens propre et se tourne vers les autres de peur de ne pouvoir se contrôler. L'une des séductrices pouffe et marmonne en secouant la tête :

— Quel relou, putain…

Pendant ce temps, chez les filles, les séducteurs rejoignent les candidates au bar. Gominés, leurs muscles un peu trop saillants escamotés dans des costumes de lin, jolis comme des sous neufs, moins voyants que d'habitude, plus raffinés. Les yeux d'Édouard brillent en découvrant Natasha, Sofiane esquisse un baise-main, un autre séducteur tout aussi smart se lance dans une imitation assez réussie de Léonardo di Caprio dans *Gatsby*. Et puis on vient également les chercher pour l'action vérité. L'idée du jeu, censée être celle des séducteurs, soulève un certain enthousiasme chez les candidates. Ils s'installent dans un coin calme, dans des sofas profonds, des seaux à champagne à portée de main. Quelqu'un demande le silence puis crie « ça tourne », à peu près au même moment sur les deux îles. Des questions et des défis préparés à l'avance ont été communiqués aux séductrices et séducteurs.

Les garçons et leur suite ont eux aussi rejoint un coin tranquille aménagé près de la piscine. J.-P. et Alex ont droit à des chaises longues tandis que des lits « de plage » sont réservés aux neuf séductrices. Elles s'y vautrent. Sauf Melody, assise au bord de la piscine. Elle effleure de temps en temps la surface fluorescente de l'eau, éclairée de spots, rectangle bleu dans la nuit noire.

Naïma, jusque-là plutôt discrète, tente sa chance et ouvre le bal. Elle choisit de s'adresser à Alex.

— Alex… Action ou vérité ?

Il soupire.

— Allez : vérité.

Elle se passe la langue sur les lèvres, l'un des cadreurs serre sur son visage. Elle fait une pause pour lui laisser le temps d'assurer son plan.

— Est-ce que tu comptes attendre sagement ici pendant que Vanessa kiffe de son côté ?

Un silence. Alex s'étire.

— Viens par là.

Elle se lève et s'approche. Debout près de lui, elle attend. Il se redresse, lui prend la main, l'attire à lui. Et il l'embrasse de façon à ce que sa réponse soit claire pour tout le monde.

En détachant ses lèvres de sa bouche, il se rallonge, avec un rictus un peu cruel, inhabituel, pendant que les séductrices et Jean-Philippe applaudissent, et sifflent.

— Ça va ? J'ai répondu à ta question ?

Elle fait signe que oui, rejoint les autres en ondulant. Le ton est donné.

Chez les filles, Sofiane choisit Natasha.

— Natasha, action ou vérité ?

Elle regarde Édouard, il articule en silence : ACTION. Elle se tourne vers Sofiane, pleine de défi.

— Vérité.

Édouard sourit. Elle désobéit…

— Est-ce que tu es prête à tout par amour ?

Elle baisse les yeux en rougissant.

— Oui.

Sofiane insiste.

— Vraiment tout ? Fais gaffe, parce qu'il y a une règle que tu connais pas : t'as pas droit à plus de deux vérités d'affilée. Donc on va voir de quoi tu es capable…

— Vraiment tout, oui.

Les séducteurs et séductrices passent chacun leur tour les candidats à la moulinette. Le but consiste évidemment à les pousser dans leurs retranchements. La seule part de hasard, ou de naturel réside dans la réaction des cobayes, sachant que tout refus de répondre à une question ou de relever un défi entraîne un gage. En revanche s'ils se prêtent au jeu, ils obtiennent à leur tour le droit de poser des questions aux séductrices et séducteurs.

Melody lève le doigt pour intervenir. Elle sait pertinemment que Jean-Philippe choisira l'action.

— J.-P., action ou vérité ?

— Action !

— Bien. Tu vas faire un massage sensuel, vraiment sensuel, hein, je regarde, à Jennifer.

Il se lève.

— Pas de problème !

Les machinistes apportent une table de massage.

Cyril choisit Vanessa. Elle aussi opte pour l'action.

— Exécute une danse hot sur la personne de ton choix.

Elle baisse la tête en souriant, relève un œil vert amusé.

— Garçon ou fille ?

Sa question provoque une certaine excitation chez les séducteurs. Natasha éclate de rire.

Vanessa regarde Marion et se lève.

— Bon, on va y aller doucement, on a à peine commencé le jeu.

Et elle se dirige vers Édouard. Les garçons sifflent.

— Ed', si tu touches t'as un gage !

Comme par magie, les premières mesures de *Toxic* de Britney Spears sortent des enceintes.

Jean-Philippe s'attaque au côté pile de Jennifer, après lui avoir dégrafé le haut de son maillot de bain. Il effleure la peau entre les seins, elle laisse échapper des soupirs. Elle a la chair de poule, il s'applique. Il est heureux, vraiment, pour une fois au centre des attentions. Melody tourne les yeux vers la piscine quand il descend le long du ventre frémissant. Il la regarde évidemment en officiant, et il prend cela pour ce qu'elle veut qu'il croie.

De son côté, Natasha tente d'échapper à la vision de Vanessa en train de se frotter voluptueusement contre Édouard, avec un savoir-faire digne d'une gogo danseuse. Mais il la regarde, et son regard exige qu'elle ne détourne pas les yeux. Elle souffre, il veut qu'elle souffre, elle l'accepte, elle est en son pouvoir et elle aime cela. Marion observe Vanessa, et laisse un séducteur, un beau noir, assis à ses pieds, entre ses jambes lui ôter ses escarpins, embrasser ses chevilles.

Jean-Philippe salue en terminant son massage. Les séductrices applaudissent à tout rompre. Alex demande le silence pendant que J.-P. aide galamment Jennifer, qui n'a pas jugé urgent de remettre son haut, à descendre de la table.

— À moi !

— Ok, vas-y.

— Super. Melody, action ou vérité ?

Elle hausse les épaules.

— Euh… Vérité. Je me méfie un peu de l'action là !

Elle rit.

— Quel est ton fantasme le plus inavouable ?

Elle réfléchit, toujours au bord de l'eau, les cadreurs s'en donnent à cœur joie sur les visages captivés, excités, en attente.

Et ce qu'elle dit fait un peu l'effet d'une bombe, surtout sur Jean-Philippe.

Elle toussote.

— Et bien écoute, j'avoue… Faire l'amour avec deux hommes. Mais qu'on baise vraiment, tous les trois.

Alex intervint.

— Comment ça « vraiment » ?

— Et bien qu'ils s'occupent de moi, que moi je m'occupe d'eux et… Qu'ils s'occupent aussi entre eux, tu vois ?

— Je vois.

Sandra donne une bourrade à J.-P..

— Bah tu vois ce qu'il te reste à faire !

Il fait une moue bizarre.

— Ah ouais, là c'est pas ma cam du tout… Mais, bon, faut être ouvert d'esprit. Je veux dire si c'est l'autre mec qui fait la femme, après tout… Un trou c'est un trou. Si y a que ça pour lui faire plaisir… Alex, t'es prêt ?

Tout le monde éclate de rire. Il bluffe évidemment. Depuis le début il ne cesse de déblatérer sur les « pédés », il n'a même quasiment que ce mot là à la bouche, mais compte tenu de l'attitude plus que libérée de Marion de l'autre côté, il ne peut qu'aller dans la surenchère, au risque de passer pour le coincé de service. Et la drogue lui donne toutes les audaces.

— Bon, ben à moi, alors. Alex ? Action ou vérité ?

Il fait le malin, et d'ailleurs il l'est. Aussi. Melody et Alex ont un peu sous-estimé cet aspect de sa personnalité. La question d'Alex à Melody, et sa réponse étaient bien entendu prévues. La reprise en main de Jean-Philippe un peu moins.

— Action alors.

J.-P. le fixe.

— Lève-toi et viens avec moi, on va faire plaisir à Melody. Qu'est-ce t'en penses, mon pote ?

Tout le monde retient son souffle. J.-P. attend. Alex sourit et secoue la tête.

— T'as gagné. Je sors mon joker.

J.-P. se lève de sa chaise longue et entame une danse victorieuse.

— T'as un gage ! Les filles, il a un gage !

Alex doit faire deux fois le tour de la piscine à cloche-pied, tout nu… Il est absolument furieux, et se cache le sexe à deux mains. C'est pathétique. Melody regarde ailleurs… Jean-Philippe l'attend au tournant en ondulant et en hurlant :

— Fais gaffe à tes fesses, Alex.

Il est déchaîné.

— Allez les filles, aidez-moi quoi !

Alex, pour mettre un terme à cette scène ridicule, finit par lui sauter dessus en rigolant, jaune, et ils tombent dans la piscine, sous les vivats des séductrices qui les rejoignent. Ils se mettent à s'asperger. J.-P., rayonnant, fonce sur Melody qui barbote. Il la serre contre le liner, approche son visage un peu congestionné du sien. Il halète.

— J'ai gagné. J'ai droit à ma récompense.

Il extirpe la petite pilule de sa poche de jean, heureusement très serré, avant qu'elle ne fonde et l'avale. Ses yeux brillent dans le noir, il est presque séduisant. Elle plonge pour sortir du cercle de ses bras. En émergeant, les cheveux plaqués et sans se retourner, elle dit :

— Viens.

Les autres chahutent. Alex, aux prises avec des séductrices

à moitié, ou complètement nues, voit Melody sortir de l'eau, Jean-Philippe sur les talons. Elle lui prend la main et ils s'éloignent, suivis par les caméras. Alex attrape Sandra, l'enlève dans ses bras et la jette dans l'eau dans les grandes éclaboussures et les cris requis.

Chez les filles, le jeu progresse de façon intéressante. Au rayon vérité, il est question des aptitudes de Natasha à la sodomie. Débat animé sur le sujet. Pour elle c'est clairement « berk, berk, berk ». Grave erreur. Sa réaction a l'air d'intéresser vivement Édouard et il y a fort à parier qu'il va vouloir la faire changer d'avis. Puis du nombre d'orgasmes en un seul rapport. Marion doit répondre à cette question.

— En un seul rapport ? Ben avec J.-P., je dirais euh… combien de… quoi ?

Ils éclatent de rire. Sacrée Marion… Un des garçons s'empare d'une bouteille de champagne.

— Tu ne réponds pas à la question. Tu bois !

Elle attrape la bouteille et boit directement au goulot, encouragés par les « et glou et glou et glou » des autres. L'alcool aidant, ils perdent peu à peu toute retenue. Vanessa prend son tour. Édouard choisit comme convenu entre eux l'option vérité.

— Quel est ton fantasme le plus inavouable, Édouard ?

Les cheveux ébouriffés, bien calé dans son fauteuil club, les jambes croisées, il est charmant cet archange blond dévoyé, impeccable dans son smoking cintré, quand les autres commencent à se débrailler. Il n'a même pas ôté son nœud papillon.

— Hum. Je ne dirais pas « inavouable », ni absolu, non. Mais ce qui me plairait vraiment, ce serait que ma femme se donne à ceux ou celles qui la veulent, devant moi. Je voudrais qu'elle le fasse pour moi, en m'obéissant à moi. Mais bon… Ce n'est qu'un fantasme, parce qu'il faudrait que cette femme soit exceptionnelle.

Il tapote les accoudoirs. Natasha écoute évidemment. Et Cyril saisit la balle au bond. Elle avait dit qu'elle était prête à tout.

— Natasha… Tu as eu deux vérités de suite. Donc c'est action. Et sinon c'est un gage.

Elle est dans de beaux draps. Elle se doute ce qu'il va lui demander après l'aveu d'Édouard. Et elle ne peut pas décevoir ce dernier. Il ne lui a pas encore fait l'amour, pas vraiment. Il l'a caressée pendant des heures. C'était comme une torture. Il l'a amenée pantelante au bord de l'explosion, abandonnée juste avant. Il l'a laissée toujours sur sa faim, une faim tyrannique, comme une petite bouche avide qui la tenaille en permanence. Elle sent des pulsions inconnues l'envahir, prendre peu à peu le pas sur sa volonté. Ils boivent tous aussi tout le temps, tout le monde semble s'abandonner à une sexualité exubérante, elle a regardé Marion et Vanessa dans leurs œuvres avec Sofiane la veille, la tête lui tourne. Malgré sa plastique, elle n'a jamais été une obsédée sexuelle, c'est le moins que l'on puisse dire, et Tarik lui faisait l'amour comme à la Sainte Vierge. Et maintenant, elle découvre le désir qui ne laisse aucun repos, l'envie de plaisirs beaucoup plus élaborés, en goûte la saveur poivrée, l'odeur de soufre. Et elle n'en peut plus de résister. Elle ne veut plus que ses sens la laissent en paix, elle veut les assouvir, connaître les délices auxquels Marion, par exemple, la sage Marion, semble convertie. Cela ne l'a pas tuée, au contraire, plutôt réussi même. Elle n'est plus effacée du tout, Marion. Elle devient plus belle, plus désirable chaque jour. Elle l'envie à présent. Elle inspire profondément, se cambre dans son fauteuil.

— Et beh, action.

— Caresse-toi devant nous.

Un frisson la parcourt. Elle hésite un instant encore.

Et elle se lève, attrape un verre, le boit cul sec. Elle crie « musique ». Et se met à danser, les yeux fermés, en promenant, au début timidement, ses mains sur son corps. Elle constate avec curiosité que ses propres caresses allument une multitude de petits feux, de connexions sensorielles vibrant à l'unisson, que le fait de se donner en spectacle, de savoir qu'ils la regardent accentue encore. Elle n'a jamais été aussi excitée, elle ne s'est jamais sentie aussi vivante. Elle ne reconnaît pas les lèvres qui glissent sur sa gorge. Elle sent seulement le souffle d'Édouard dans son cou, sa voix dans son oreille pendant qu'il dégrafe lentement sa robe.

— Je suis là, ne t'inquiète pas, tu es merveilleuse.

Un premier spasme de plaisir la traverse, la bouleverse. Des mains, celles d'une hydre à huit têtes, au moins, ou d'une pieuvre — elle pense un instant « mais les pieuvres, ça n'a pas de mains » avec amusement – courent sur elle, la pressent, ouvrent des chemins lumineux comme les cercles dorés qui éclatent dans sa tête et se propagent en ondes si sensibles qu'elle a l'impression de se briser à chacune d'elle. Le lendemain, quand elle essaierait de reconstituer le déroulé des événements, elle se souviendrait de la présence constante, et tendre, d'Édouard à ses côtés, de son hochement de tête pour donner sa permission à un séducteur de descendre sa culotte le long de ses jambes. Elle se souviendrait de la douceur de la voix de Marion qui lui disait qu'elle était belle en lui caressant les cheveux, alors qu'on l'allongeait sur un divan. Elle se souviendrait du sourire de Vanessa, assise, en train de la contempler, de ses yeux verts qu'elle ferma tout d'un coup, le visage très vite parcouru d'un frémissement, des gémissements qu'elle entendit à un moment, en surimpression des siens. Elle se souviendrait longtemps d'Édouard, l'enlevant à eux, la portant dans ses bras jusqu'à sa chambre, avec cette violence pour une fois non contenue, qu'elle aimait qu'il ne domine plus à cause d'elle. Ou pour elle. Elle n'eut pas conscience de son cri quand il la prit directement sur le sol à l'entrée de la case, dont la porte était restée entrebâillée, ni du fait que les caméras tournaient, tournaient, tournaient. Elle se souviendrait de la sensation brûlante, insensée, de son sexe enfin en elle, de la force avec laquelle il la cloua, longtemps, en la faisant gémir, et supplier, et crier encore, de son ravissement quand elle vit ses traits enfin bouleversés.

Melody, une fois dans la case de Jean-Philippe, se retourne vers lui.

— Tu le pensais sérieusement ton plan à trois avec Alex ?

Il sourit en la débarrassant de sa robe humide et tiède.

— J'suis pas une pédale.

Elle frissonne, les seins nus. Elle se force et le pousse contre le mur. Elle attrape son menton dans sa main et rit :

— On aura compris… Non, bien sûr que non, tu n'es pas une « pédale »…

Elle n'a pas à se hisser beaucoup pour coller ses lèvres aux siennes. Cela lui fait un drôle d'effet, il n'est pas très grand par rapport à Alex. Elle pense à lui pour simuler l'excitation censée s'emparer d'elle. Elle refait les mêmes gestes, en fermant les yeux, plus précisément qu'avec lui parce qu'elle ne ressent rien. Elle dirige les opérations en s'efforçant d'éviter les coups de langue désastreux de Jean-Philippe. Qu'est-ce qu'il embrasse mal, c'est une catastrophe, pense-t-elle alors qu'il lui malaxe en plus les seins comme une rotative emballée. Il a la maturité sexuelle et l'égoïsme forcené d'un adolescent prépubère. Elle glisse soudainement à ses pieds, et il sourit aux anges, dans l'attente de ce moment, de cette sensation qu'il a tant de fois imaginée. Mais elle part à la place d'un grand fou rire, plutôt déplacé à cet instant. Il ne s'en est pas particulièrement préoccupé, mais il n'a pas eu de véritable érection de toute la soirée, là où il aurait dû normalement avoir un braquemart d'enfer. Il n'a jamais connu de souci de ce côté, son corps lui obéit quand il en a besoin d'habitude. D'ailleurs il lui est souvent arrivé de passer à l'acte sans en avoir vraiment envie, et sans que cela ne pose de problème. Et là, alors qu'il se consume de désir pour elle… Elle le regarde, à genoux, morte de rire, le visage à la hauteur de cette espèce de nouille molle, en lieu et place du dard triomphant qu'elle aurait dû emboucher avec extase. Il fronce les sourcils. La pilule d'Alex ne va pas tarder à faire effet de toute façon. Enfin si elle cesse de rigoler parce que ce n'est pas comme ça que ça va s'arranger. Il fait un effort pour rester calme.

— Arrête… s'il te plaît. Aide-moi plutôt.

Elle se releve, s'assied sur le lit.

— Viens là.

Il s'approche. Elle passe ses cheveux derrière ses oreilles. Et fait mine de s'occuper de lui. Mais en même temps, elle glisse sa main dans son dos et brusquement lui enfonce un doigt dans l'anus. Il veut se dégager.

— Putain, mais arrête ça !

Il lui attrape le bras pour qu'elle le lâche, mais le vieux truc a fonctionné. Son sexe s'est mécaniquement dressé.

Melody obéit et retire sa main.

— Comme tu veux… T'es pas un pédé, toi, hein? Noooooon. Tu veux que je te dise : ça ne crève pas les yeux là, tout de suite. Mais j'aurais dû m'en douter ! Pédale, t'as que ce mot là la bouche, c'est louche... La prochaine fois, dis-le avant, ça évitera à tout le monde de perdre son temps.

Elle se rhabille.

Il essaye de la retenir.

— Non, mais attends ! Je t'assure, je ne comprends pas. J'ai envie de toi !

Elle le toise, son sexe revenu à son apathie. Elle ouvre le bar de sa chambre. Elle en sort une bouteille et la pose sur la table de nuit.

— Tiens ! Tu vas en avoir besoin. Bonne nuit.

Et elle sort. Dehors elle trouve l'équipe habituelle. Ils allument caméras et éclairages dès qu'elle franchit la porte. L'un des cadreurs l'interpelle.

— Ben alors ? C'est déjà fini ?

Elle ricane.

— Ça n'a pas commencé. En fait je crois qu'Alex aurait dû nous accompagner. Il lui fait plus d'effet que moi… Je vais me changer maintenant. Excusez-moi.

Et elle fonce vers sa chambre.

6

Le sixième jour

La sonnerie persistante finit par tirer Thomas Richard de son sommeil. Il est rentré fort tard d'un souper après l'opéra. Les queues de homards lui sont restées sur l'estomac. Il regarde l'heure à son radio-réveil. Sur la table de nuit les chiffres digitaux bleu pâle indiquent deux heures vingt-sept. Du matin. À ses côtés sa femme gémit et se propulse à l'autre bout du lit en se plaquant un oreiller sur la tête. Il cherche le combiné extra-plat Bang et Olufsen du regard. Tellement profilé qu'ils passent leur vie à le chercher partout dans la maison, particulièrement dans les draps du lit et à s'appeler eux-mêmes pour le débusquer au son. L'appareil repose tranquillement sur sa base et continue à sonner. Il décroche et sort de la chambre en tâtonnant dans le noir, en caleçon. Il pile dans le couloir quand il comprend ce qu'on est en train de lui annoncer. Il prend sa robe de chambre dans la salle de bains et s'achemine en chuchotant vers la cuisine, pour se faire du café. Sa nuit est terminée.

Il essaye de réfléchir en conduisant dans Paris vers les locaux de la chaîne. Pas facile en ayant aussi peu dormi et alors que son téléphone, mobile cette fois, s'allume toutes les deux minutes dans le noir et qu'il doit prendre l'appel, répondre aux mêmes questions incrédules, à mesure que d'autres gens, réveillés dans la nuit, apprennent la nouvelle à leur tour. Au petit matin, en Indonésie, sur l'île des garçons, ils venaient de trouver un corps. Un mort.

Il est à présent cinq heures, soit six heures de plus là-bas, et il va falloir prendre une décision rapidement, avant que les participants de l'émission qui dorment encore ne fassent surface. Thomas Richard soupire en faisant un signe au gardien de nuit qui le salue dans le hall. Il monte directement en salle de réunion où a été convoquée une cellule de crise. Et on lui établit sans attendre la liaison en visioconférence avec les équipes en Indonésie. Brice Toulemonde a été averti en premier. Thomas prend la parole après un silence de part et d'autre, et une inspiration en fixant le visage défait du présentateur sur l'écran.

— Salut Brice.

— Salut Thomas.

Le léger décalage entre l'image et le son rend les choses un peu plus invraisemblables.

— Bon… Vous en êtes où ?

— Comment te dire… On a un macchabée sur les bras, une script, celle qui a découvert le… corps en état de choc, une équipe de production traumatisée et je ne te parle pas des participants du jeu. À part ça, je n'ai pas pris de petit-déjeuner. Et toi, ça gaze ?

— Hum. Je comprends. Vous gérez ça très bien en tout cas, merci.

Brice hausse les épaules.

— Pourvu que ça dure, comme dirait l'autre.

— Bien. Qu'est-ce que vous avez fait du… Où repose Jean-Philippe pour le moment ?

Brice se rembrunit.

— Il est à l'infirmerie.

— Sous bonne garde ?

— Évidemment, sous bonne garde ! On l'a pas exposé sur la plage, figure-toi ! Mais on ne va pas pouvoir garder le secret là-dessus très longtemps.

— Je sais, je sais. On va prendre une décision, des décisions très vite ne vous inquiétez pas.

— Très vite, oui, parce que je t'explique, Thomas. Il fait

chaud ici, tu sais, très. On ne va pas pouvoir fournir en glace.

Sa voix s'altère sur le dernier mot. Thomas Richard se passe une main sur les yeux.

— Ok. On se réunit tous ici, on attend le grand chef d'une minute à l'autre. Mais d'ores et déjà faites prévenir l'hélico de se tenir prêt, il faut évacuer le corps dans les meilleurs délais sur le continent.

Brice émet comme un hoquet.

— Et qu'est-ce qu'on fait avec les autorités ici, Thomas ? On est obligés de les avertir, je te signale. Et on l'a déjà transporté sans autorisation de… là où on l'a trouvé.

— On s'en occupe Brice. Et pas de panique. Vous avez fait ce qu'il fallait. Vous n'alliez pas le laisser euh… dans son jus si j'ose dire. Vous l'avez transporté sous l'autorité du médecin, non ? Ils feront une autopsie s'ils le veulent…

On lui glisse une note manuscrite sous les yeux.

— Ils arrivent de toute façon. Ils vont prendre les choses en main, interroger les témoins, la procédure normale. Vous n'avez plus qu'à coopérer et c'est tout. Vous avez fait ce que vous pouviez, Brice, personne ne peut vous tenir rigueur de quoi que ce soit. Je tiens à ce que tu rassures les équipes, d'accord ?

Le PDG de la chaîne en personne entre, un peu chiffonné. Il salue les personnes présentes d'un signe de tête, demande un café, pose la main sur l'épaule de Thomas Richard, s'assied au côté de son directeur des programmes. Il fixe l'écran.

— Bonjour Brice.

— Bonjour, monsieur le Président.

— Bon, racontez-moi ce qui s'est passé.

Brice pour une fois bafouille, et commence un récit embrouillé et bégayant. Hubert de Longwy l'interrompt brusquement.

— Reprenez-vous mon vieux ! On va gérer ça, mais j'ai besoin que vous pilotiez les opérations sur place et que vous gardiez votre calme. Je peux vous faire confiance ? Quelle est la dernière personne avec qui on a vu Jean-Patrick ?

Thomas Richard intervient le plus discrètement possible.

— … Philippe. C'est Jean-Philippe, Hubert.

Le grand chef le regarde en fronçant les sourcils.

— Jean-Philippe, oui. Alors ?

Brice lui explique ce qu'ils savent des événements de la veille. Ils ont vu Melody sortir de la case de J.-P., l'équipe est restée en poste à la porte de ce dernier le temps d'être sûre qu'il ne se passerait plus rien a priori. Ils ont suivi la procédure habituelle. Ils ont cessé de tourner en se reposant sur la caméra infrarouge qui se déclenche en cas de mouvement devant la case.

— Et alors ? On a quoi en images ?

— Ben les dernières sont celles de Melody en train de sortir de sa chambre. Après il n'a plus donné signe de vie jusqu'à ce matin… Enfin je veux dire…

Le président se tourne vers les collaborateurs présents dans la pièce.

— Est-ce qu'on a les images de cette nuit de *l'Archipel de la séduction* ?

L'un d'entre eux s'avance.

— Je me les suis fait envoyer par la prod'. Dès qu'on a été averti. Ça devrait être arrivé.

— Très bien ! Montrez-moi ça.

Il s'adresse de nouveau à Brice.

— Brice, faites réveiller la jeune fille qui était avec lui. De toute façon, elle va devoir déposer avec l'équipe de nuit.

Il soupire et se passe la main dans les cheveux, une belle crinière poivre et sel dont il est fier.

— Discrètement, hein, dans la mesure du possible.

Son téléphone sonne, il sort pour prendre l'appel.

Vingt minutes ont passé. Entre le directeur de la société de production. Pas plus réveillé que les autres, mais il est beaucoup plus jeune. Il ne salue personne hormis Hubert de Longwy, un sourire collé sur le visage. Le président, le regard fixé sur le moniteur où on lui passe les rushes, lève à peine les yeux et se décale seulement pour lui faire une place.

— Venez. Regardez vos œuvres…

Et ces trois personnes adultes, à qui on a confié la responsabilité, énorme au vingt et unième siècle, de distraire, informer, faire rêver, intoxiquer des masses croissantes et de plus en plus jeunes et âgées de téléspectateurs, suivent un long moment les pérégrinations nocturnes de leurs créatures à demi nues, ivres, et déchaînées. On leur passe le tout en accéléré, jusqu'à ce que le président demande un retour sur image aux moments qui l'intéressent. Cela dure longtemps, dans un silence uniquement troublé par les raclements de gorge et petites toux des uns ou des autres. Personne n'ose intervenir. On attend que le président reprenne la parole. Il finit par ôter ses lunettes, en replie les branches et les range dans la poche de poitrine de sa veste. Il ne porte pas de cravate pour une fois, l'espace de peau nue entre son col de chemise a quelque chose de vaguement émouvant. Il regarde le jeune producteur, toujours souriant, croise les jambes, ce qui donna le signal. Les personnes présentes dans la salle se remettent à bouger, reprennent du café, les trois oracles entrent en conclave.

— Alors ? Cyrille ? On fait quoi avec ça ?

Le sourire du producteur s'élargit.

— Ça me paraît très, très bien.

Le président le regarde froidement.

— Vraiment ? Ça n'a pas l'air de vous frapper, mais on a quand même un mort sur les bras.

Cyrille Prévost se lève. Il porte un costume sombre, cintré, sur un polo de cachemire noir, une ceinture Hermès à boucle dorée et une montre un peu voyante. Dommage, mais il n'a pas pu s'empêcher.

— Pas un mort, monsieur, pas un mort ! On n'a pas un mort sur les bras, mais un suicide. Ce Jean-Philippe était bien plus fragile qu'on ne le croyait. Vous voyez ?

Hubert de Longwy lève un sourcil. Il fait un geste de la main.

— Poursuivez.

Cyrille Prévost se rassoit.

— Ce garçon refoulait son homosexualité. Sous des manières de macho. C'est évident. L'émission l'a placé face à ses contradictions et surtout il n'a plus pu s'en cacher devant Melody. Et il ne l'a pas supporté. On a son intervention pendant l'action vérité. Il suggère quand même à Alex de l'accompagner et d'exaucer ainsi les vœux de Melody qui souhaite, je cite de mémoire là, « que les garçons s'occupent d'elle, et s'occupent l'un de l'autre aussi ». Il est incapable une fois seul avec elle de la satisfaire. Il est tout à fait possible qu'elle lui ait fait cracher le morceau, ce qui justifie sa sortie, et ça aussi on l'a, à la porte de sa chambre.

Thomas Richard siffle entre ses dents.

— C'est gros, là quand même…

Le président l'arrête.

— Et comment expliquez-vous qu'on l'ait retrouvé noyé, sur la plage, dans dix centimètres d'eau, sans que personne, ni une caméra, ne l'ait intercepté ?

— Il n'y a pas d'équipe de nuit sur la plage à partir du moment où les candidats sont remontés. Et il a parfaitement pu sortir de sa case par l'arrière. Il est descendu sur la plage après s'être saoulé, seul, dans sa chambre, jusque tard dans la nuit. Désespéré, perdu, sous l'emprise de l'alcool – et ça les analyses toxicologiques confirmeront, croyez-moi, il a bu tout au long de la journée – il a eu un geste mélodramatique, il a voulu se purifier, ou se remettre les idées en place, que sais-je… Quoi de mieux qu'un bain, dans la nuit, sous la lune, hum ? « Et la mer et l'amour ont l'amer pour partage. » Je ne sais plus qui a écrit ça. Mais c'est tout à fait crédible en tout cas.

Il sourit, toujours.

— Et on va faire un carton d'audience avec ça, du jamais vu, je vous le garantis. Je suggère une spéciale, ce soir, en direct des deux îles. Avec les réactions des candidats, des séducteurs, de Marion, bien entendu, et avec Melody au centre. Elle est la dernière à l'avoir vu, à lui avoir parlé et elle saura habiller tout le barnum autour du drame de l'homosexualité refoulée, des derniers aveux de Jean-Philippe, ceux qu'il lui a faits dans la chambre, à bout de mensonges etc.

Thomas Richard le coupe.

— Pff… Mais il ne lui a fait aucun aveu ! Ça ne tient pas debout ! C'était seulement de la provoc cette histoire de plan à trois, c'est bien dans le style de Jean-Philippe. Il était tout sauf pédé et tout sauf suicidaire ce mec ! À qui voulez-vous faire avaler ça ? Et qui vous dit qu'on ne l'a pas noyé ? Si ça se trouve, on a un meurtre, et un ou des assassins sur les bras ! Il faut tout arrêter, ça va mal finir.

Le producteur se cale dans son siège.

— Et alors ? Non, je crois que ce serait une erreur d'arrêter maintenant… On tient quelque chose d'énorme.

Le directeur des programmes, exaspéré, se tourne vers l'Autorité Suprême.

Hubert de Longwy pivote vers les écrans, sans regarder ni l'un ni l'autre de ses interlocuteurs.

— Repassez-moi en conférence avec Brice. Tout de suite.

Melody ne dort pas quand ils viennent la chercher. Elle a à peine réussi à somnoler deux heures entre le départ d'Alex et le moment où ils frappent à sa porte. Elle est couchée, dans la pénombre, les yeux ouverts. Elle ouvre à la production en nuisette, elle a l'air de tomber du lit. Elle cligne des yeux, à tout hasard, genre « réveil soudain », mais ils ne sont pas accompagnés de l'équipe de tournage, seulement de deux agents de sécurité à oreillettes. On lui explique poliment qu'elle est attendue, sans plus de précision. Elle ne pose pas de question, leur demande simplement de patienter un instant pour qu'elle s'habille. Elle file dans la salle de bains, se passe le visage sous l'eau glacée, se fait une queue-de-cheval. Elle ferme les yeux en revoyant le geste d'Alex, les mains dans ses cheveux, approcher sa bouche de son sexe, tendu, lui. Elle avait failli jouir en le suçant, il avait souri en la regardant, sa queue avait encore grossi.

Elle se regarde dans la glace, pose un sérum décongestionnant sur son visage – l'odeur de menthe glaciale la revigore – avant de se maquiller, légèrement. Elle a les traits tirés sous son hâle, comme quelqu'un en manque de sommeil qui passe ses nuits à faire la fête. Cela lui donne un air fragile, tout à fait convenable. Elle vérifie tout cela d'un œil technique. Une fois prête, elle passe dans la chambre et enfile une jupe et un t-shirt. Elle sort, en fixant son micro HF. L'un des agents l'arrête d'un geste, le lui prend des mains et vérifie qu'il n'est pas allumé avant de le glisser dans sa poche de veste.

Ils la conduisent dans les quartiers de la production, de

l'autre côté du camp, qu'ils ne traversent pas directement. Ils suivent un chemin fraîchement tracé au milieu de la végétation extravertie. Il fait déjà chaud. Elle se demande comment font les hommes en costume qui l'escortent. Ils arrivent devant un préfabriqué dont ils ouvrent la porte sans frapper et s'effacent pour la laisser entrer dans la pièce climatisée et fraîche. Elle frissonne. Brice Toulemonde, en bermuda et polo, pivote sur son siège et se lève à son arrivée. Deux autres personnes en tenue de ville tropicale, c'est-à-dire chemise, pantalon de toile et mocassins souples, l'entourent. Ils l'accueillent et lui proposent un siège dans la pièce attenante, une salle de réunion équipée d'un grand écran au mur.

— Voulez-vous un café, Melody ?

Elle n'a pas prononcé un mot depuis son arrivée. Brice lui pose la main sur l'épaule avec un sourire vite effacé, pas du tout dans ses habitudes d'animateur jovial. Elle ouvre enfin la bouche.

— Je veux bien, oui, serré si possible, merci.

Ils se regardent et l'un des hommes qu'elle ne connait pas lui tend un siège, tandis que Brice s'assied en face. Il prend la parole en la regardant elle seulement.

— Melody… Nous vous avons tirée du lit après une nuit assez courte je crois… Pas assez, malheureusement pour éviter ce qui s'est passé.

Elle plisse les yeux, la pièce baigne dans une ambiance feutrée, comme protégée par les stores et par les *bodyguards* qui l'ont escortée.

On dépose une tasse devant elle. Elle lève la tête, remercie et boit une gorgée.

— Qu'est-ce qui est… arrivé ?

Sa voix, légèrement enrouée, hésitante sur la fin, pas trop, lui paraît bien.

Les hommes se regardent encore, et Brice se lance.

— Melody… On a retrouvé le corps de Jean-Philippe sur la plage ce matin.

Elle observe un moment de silence, cligne encore des yeux. Et chuchote presque :

— Le corps… Mort, vous voulez dire ?

— Oui.

Elle porte la main à sa bouche et ferme les yeux.

— Oh mon Dieu…

Et c'est tout ce qu'elle parvient à dire.

— Melody, vous êtes la dernière à l'avoir vu vivant.

Elle fait « oui » de la tête, les yeux toujours clos.

— Que s'est-il passé dans sa chambre entre vous ?

Elle rouvre les yeux et tâche de leur expliquer. À la fin de son récit, elle baisse la tête.

— Voilà, c'est tout. Après je suis allée me changer et j'ai rejoint les autres près de la piscine. On a… fait la fête, tard, et je me suis couchée. Vous pensez que c'est… à cause de moi ?

— Non.

Il fait glisser des feuilles dactylographiées et agrafées devant elle.

Elle le regarde.

— Voici le script de ce qui s'est passé entre vous cette nuit. Et celui de la journée à venir. Vous allez être au centre du récit à partir de maintenant.

Elle parcourt le document, une dizaine de feuillets, en diagonale. Ils ont réécrit la scène avec Jean-Philippe dans sa chambre et scénarisé la journée sur les deux îles.

Elle dit simplement, sur le ton du constat plus que d'une question :

— On continue l'émission…

— Vous vous en sentez capable, ou non ? La police va

vous interroger, ils voient en ce moment même le staff de service cette nuit. Ils ne vont pas tarder à apprendre le rôle que vous avez joué…

Elle sourit, incrédule.

— Ce sera filmé ? C'est filmé ?

— À partir du moment où vous sortez d'ici, vous êtes l'héroïne de cette séquence. Vous êtes la dernière à avoir vu Jean-Philippe vivant, vous avez recueilli ses derniers mots.

— Vous vous rendez compte que vous me demandez de mentir ? En tout cas de travestir la réalité, il ne m'a jamais fait cette confession. Et il est mort, et c'est la police. Ce ne sont pas des acteurs, ce n'est pas un rôle, c'est un vrai faux témoignage que vous me demandez, vous me suivez ?

Elle monte dans les aigus. L'un des deux hommes intervient.

— Il ne faut rien exagérer. Tout au plus une interprétation un peu différente des choses. Et puis vous n'avez rien à vous reprocher, n'est-ce pas ?

Elle baisse les yeux sur ses mains. Elle a besoin d'une manucure, elle s'est cassé un ongle, la veille.

— Non, mais ça aussi ça dépend « d'une interprétation un peu différente des choses », n'est-ce pas ?

Son interlocuteur écarte les mains d'un geste fataliste.

— Très bien. Mais puisque toute votre histoire repose sur moi, et sur ma… version des faits, qu'est-ce que je gagne, moi, en échange du risque que je prends si j'accepte de faire ce que vous me demandez ?

Il sourit.

— Vous pourriez devenir la star de ce programme. Ou d'un autre. Nous pourrions reparler des termes de votre contrat à Paris. C'est à prendre ou à laisser, Melody.

Elle a un mauvais rire.

— Et bien je prends alors… Vous pouvez me faire répéter, que je sois au point pour cet entretien avec les autorités ?

Vanessa dort profondément. Et l'ombre qui s'est introduite dans sa case par la porte-fenêtre met un moment à la tirer de son sommeil. Elle finit par se redresser dans le lit, se couvre maladroitement quand elle réalise la présence de son complice. Il se penche et lui apprend, tout bas, ce qu'elle doit savoir. Elle le regarde dans le noir, pose sa main sur son cou, attire son visage à elle. La bouche collée à son oreille, elle murmure :

— On ne bouge pas pour le moment, on attend. Tiens-moi au courant dès que tu en apprends plus sur ce qui se passe là-bas. Et… Personne, à part nous, ne sait rien ici, n'est-ce pas ? Personne ne doit savoir. C'est compris ?

Il fait signe que oui, se relève et disparaît par le même chemin.

Assise dans son lit, elle siffle avant de se laisser retomber dans les draps : un mort, quand même…

Petit à petit, en même temps que la température, le drame monte en puissance sur l'île des garçons. Un par un, à leur arrivée à la table du petit-déjeuner, étonnés d'être laissés en roue libre, les acteurs de la sinistre comédie sont pris en charge par une « cellule psychologique » mise en place à la hâte. Et la mort de Jean-Philippe devient l'événement de cette journée superbe. Les équipes de tournage toutes fraîches – celles de la nuit ont été relevées, leurs membres entendus par la police et exfiltrés ensuite sur le continent – filment les réactions des unes et des autres tandis qu'un corps sans vie repose à l'infirmerie. Les séductrices s'évanouissent ou fondent en larme, confient leurs états d'âme face caméra. Quant à Alex et Tarik, une délégation attend devant leur porte pour leur annoncer la terrible nouvelle, au réveil. Même Tarik, oui, car bien sûr, sa grève de la faim dans ces conditions…

Sur l'île des filles, protégée des allées et venues de la police locale, de celles de l'hélicoptère, par toute cette eau qui la sépare de celle des garçons et de l'agitation qui y règne, aucune information concernant l'incident tragique de la nuit ne filtre. Et c'est très bien ainsi.

Elles se réveillent doucement dans le calme et une certaine bonne humeur ; on leur laisse enfin le temps de se reposer, de récupérer de leurs exploits. Marion, la première à se présenter au petit-déjeuner, arbore un visage plein, comme lissé de qui a rattrapé son retard de sommeil. Il est onze heures passées. Elle s'installe tranquillement, affamée, en s'étirant. Et mange de bon appétit. Personne ne juge utile de lui apprendre la mort de son compagnon, de l'homme qui partageait sa vie dans la réalité non télévisée. Seules une ou deux personnes sur l'île savent, et on attend le feu vert de Paris pour annoncer la couleur. Et Paris hésite encore sur le timing. Leur apprend-on la nouvelle, et particulièrement à Marion, un peu ou bien avant le feu de camp prévu chez elles en fin de journée ? Filmer en direct la réaction de la jeune femme à l'annonce du décès de Jean-Philippe est tentant. Mais quand même un peu inhumain. Et Paris se pose des questions presque métaphysiques finalement, sur la vie et la mort. L'existence de quelqu'un cesse-t-elle, réellement, à partir du moment où personne n'a connaissance de sa fin ? Marion, Natasha, et Vanessa, baillent donc de concert, détendues, innocentes, vierges encore du drame qui se noue, bientôt rejointes par les séducteurs. Et ils apprennent avec joie que leurs activités pour la journée se résumeront à des tournois sportifs sur la plage. Vanessa tique, mais personne d'autre ne se pose de question.

Pendant ce temps, Melody témoigne, assistée de Brice et de ses deux acolytes, des derniers instants de Jean-Philippe. Le médecin du camp qui a procédé aux premiers gestes de secours, examiné le corps et constaté le décès est lui aussi entendu. Et leurs témoignages concordent avec ceux des membres de l'équipe de nuit précédemment interrogés. On s'oriente tranquillement vers la thèse du suicide. Ou en tout cas d'un incident malheureux, conséquence d'un esprit troublé, celui d'un homme dont l'homosexualité jusque-là refoulée — ô combien — venait d'éclater au grand jour, dont la virilité venait d'être remise en cause, le secret éventé… Une thèse étayée en détail par le récit de Melody, choquée, mais digne et par le cadavre de bouteille retrouvé dans la chambre de Jean-Philippe, par l'absence de toute marque de violence ou de coups sur le corps etc. Tout cela prend du temps, mais vers quatorze heures, les autorités locales autorisent le transport de la dépouille à l'institut médico-légal le plus proche, au grand soulagement des insulaires. Chacun prie en effet pour Jean-Philippe, enfin plutôt pour que nulle panne de courant ne vienne compromettre sa conservation jusqu'à ce qu'il soit évacué. Les séductrices ont été sommées de rester à disposition de la police et parquées autour de la piscine. Alex, enfin réveillé, s'est effondré. Il a vu les policiers dans sa case, à l'abri des regards. À force ils ont décidé de tambouriner à la porte de Tarik qui ne donnait toujours pas signe de vie. Ils ont dû lui apprendre la triste nouvelle au travers du panneau de bois. Alors il est enfin apparu, un peu amaigri, torse nu, uniquement vêtu d'un short. Et silencieux. Il les a considérés un instant, telle la statue du commandeur, sur le pas de sa chambre plongée dans l'obscurité et il a enfin ouvert la bouche.

— Qu'est-ce que vous avez fait de lui ?

Ils lui ont expliqué, un peu impressionnés par la prestance nouvelle du candidat.

— Je veux le voir.

Et il est entré dans son antre, en laissant la porte entrouverte, le temps de se changer. Il est réapparu habillé, un livre vert à la main, calme et grave. Ils l'ont conduit à l'infirmerie en silence. Et personne n'a eu le cœur, ou le réflexe de filmer cela.

Vanessa scrute du coin de l'œil le visage serein de Marion, allongée sur un transat sur la plage. Ils se sont couchés très tard, la veille, elle dort, la tête tournée vers elle, abandonnée au repos et au soleil qui caresse sa peau brune. Vanessa sait que ses joues rosissent légèrement quand le désir monte. Sa respiration calme, profonde soulève régulièrement sa poitrine, ce souffle qu'elle connaît bien, plus haché et précipité à certains moments. Elle ignore en revanche comment Marion va réagir. Elle se demande aussi ce qui se trame, car pour le moment elle n'a aucune information. Elle sait qu'en pareil cas, la sagesse et la décence voudraient que le jeu cesse. Elle sait aussi qu'ils réfléchissent sans doute à continuer tout de même. C'est ce qu'elle ferait, à leur place. Mais de quelle façon, ça, elle l'ignore. Elle soupire et décide de se laisser aller à l'engourdissement général. Elle n'a d'autre choix que d'attendre et voir, pour évaluer la situation et adapter sa stratégie, comment ils vont faire évoluer le jeu, si jeu existe encore.

Tarik, Alex et les séductrices accompagnent le corps, sous un drap blanc, de l'infirmerie à l'hélicoptère. Tarik seul lui a fait ses adieux « en face ». Il est resté longtemps debout devant le corps étendu dans la petite pièce blanche et vide, frissonnant à cause de la climatisation poussée au maximum. Et aussi parce qu'il voit un mort pour la première fois en vrai. Jean-Philippe heureusement fait un cadavre convenable. Ni gonflé, ni abîmé, ni verdâtre, seulement un peu plus pâle que dans la vie, mais sa couleur de peau rend la chose acceptable. Il a l'air de dormir, vraiment. Tarik a hésité seulement à le toucher. Il a beau avoir beaucoup réfléchi, et prié ces derniers temps, le contact glacé de la mort lui fait peur, son niveau de spiritualité ne lui permet pas encore de la regarder en face sans frémir. Mais il s'est forcé, s'est approché, cramponné à son livre, a posé ses lèvres sur le front effectivement froid comme le marbre, et murmuré la prière qu'il a trouvée dans le Coran. Il n'en comprend pas vraiment le sens, mais il récite pieusement la sourate Ya Sin qu'il a entendue, chantée, dans son enfance, pour Jean-Philippe. Il se doute bien qu'elle ne peut se dire que pour un frère défunt musulman. Mais il ne se pose pas la question. Il n'a pas vraiment conscience qu'il est en train, les yeux fermés, en disant ces mots, de faire quelque chose de totalement interdit par sa religion qu'il ne connaît guère, de très humain et de très beau pour accompagner cet homme dans la mort. Et d'opérer en l'espèce une très sainte réconciliation. Il fait simplement ce qui lui semble juste. Alors Allah le très Miséricordieux ne saurait lui en vouloir… Quand il les rouvre, le profil de Jean-Philippe, définitivement immobile, ce visage qu'il a vu si crispé, si déformé parfois par les tensions qui animaient le jeune homme, le glace. Il n'a pas été un homme très bon, ni très grand. Seulement un homme, et il ne méritait certainement pas de mourir ainsi loin de tout, sans personne, à moins de trente ans. Tout ça à cause d'un jeu télévisé… Tarik effleure une dernière fois la main gelée avant de se retirer. Et une « sainte » colère, un profond et féroce désir de vengeance grandissent en lui, qu'il ne cherche pas à réfréner.

L'hélicoptère emporte le corps. Bientôt il n'est plus qu'une sorte de gros bourdon dans le ciel toujours aussi bleu. Tout le monde respire mieux. Les adieux ont été filmés. Ainsi que l'arrivée au bar de la piscine des deux candidats restants, et des séductrices, tous à peu près convenablement vêtus pour une fois. Et transpirants. Et rêvant sans l'oser d'un plongeon. Gênés, pas tellement en deuil, mais repris d'un certain sens des conventions, et conscients de l'indécence de se précipiter déjà dans le bassin inchangé où le mort barbotait la veille encore. Ils se tiennent et se résignent à contempler, avec envie, à l'ombre de la grande paillote, un crocodile gonflable oublié là, dériver seul interminablement à la surface de la piscine et se cogner aux bords, attiré et repoussé par la force des skimmers.

Comme rien ne se passe, quelqu'un propose une partie de cartes, pour patienter en attendant les directives. Tout le monde accepte de bon cœur, ils demandent des cartes et constituent des groupes de belote et de tarot, plus convenables que le poker.

Tarik ne connait que la belote de comptoir. Les séductrices et Alex entreprennent donc de lui apprendre d'autres règles. À un moment il rit en comptant les points pendant que Sandra ramasse les plis en triomphant, le plus discrètement possible, c'est-à-dire en effectuant une danse silencieuse.

— Ça se passerait pas comme ça, s'il serait là…

Alex lève un instant les yeux de son jeu. Il a pris une garde contre. Ils se regardent, et de sa table :

— Il nous plumerait oui ! À cinq allumettes du point !

Ils rient tous, doucement.

Ils carburent au jus de pamplemousse, personne n'a trop le cœur à boire, et personne surtout ne les pousse à la consommation pour une fois. L'après-midi se déroule donc calmement. Ils attendent d'aller faire leurs bagages, tous convaincus qu'ils passent leurs dernières heures sur l'île, que le jeu est fini. Et tous soulagés d'un poids.

Vers seize heures, la production se manifeste enfin, sous la forme d'un message enregistré de Brice, qu'on leur passe sur les écrans. Ils interrompent leurs parties.

À circonstances exceptionnelles, dispositif exceptionnel : la chaîne a décidé d'une émission spéciale pour le soir même. En hommage à Jean-Philippe. Une émission d'une heure, en léger différé depuis le feu de camp des filles, mais dans laquelle ils vont intervenir. Du jamais vu. Ils n'osent rien dire. Les séductrices parce qu'elles réfléchissent aux conséquences de cette décision inattendue sur leurs carrières, Alex parce qu'il se demande ce qu'il doit diablement faire encore pour faire cesser ce jeu, Tarik parce qu'il ronge son frein. Ils prennent l'antenne dans deux heures. Il est temps de se préparer.

Chez les filles, même branle-bas de combat. Séducteurs et participantes sont tirés de leur sieste ou de l'eau. Pour un feu de camp, « un peu particulier ». C'est tout ce qu'on leur dit.

Vanessa fronce les sourcils. Ils maintiennent l'antenne…

Elle rentre le plus rapidement possible à sa case sans que sa hâte ne paraisse suspecte, pour prendre une douche avant de passer au maquillage comme d'habitude. Et récupérer les informations qu'elle attend. Elle ne trouve rien dans sa serviette de bain pliée en quatre. Elle cherche autour d'elle. Aucun signe. Elle ouvre tous les robinets en grand et démonte la chasse d'eau sans bruit. Elle trouve le téléphone fixé à la paroi dans un sac plastique. Et l'allume. Un SMS lui indique l'heure à laquelle elle doit entrer en contact. Dans dix minutes. Elle attend, en prenant sa douche, le regard fixé sur l'écran, qui s'allume à l'heure dite. Elle prend l'appel. Et entend la voix chuchotée d'Alex.

— Qu'est-ce qui se passe ?

— Émission spéciale ce soir. Une heure. On intervient d'ici nous aussi.

— Putain ! Qu'est-ce qu'on fait ?

— On continue. C'est exactement ce qu'on voulait, ils ont complètement perdu le sens de la mesure à présent que ça a l'air de marcher. C'est à toi de jouer maintenant, je ne peux rien faire de plus pour le moment.

— Et Tarik ?

— Il est presque mûr.

— Il est sorti de sa grève de la faim ?

— De sa grève de la faim je n'ai pas vérifié, mais de sa tanière et de son silence, oui.

— Et tu crois que ça va prendre encore longtemps, là, parce que…

— Non. Mais de ton côté ? Marion ?

Elle hoche la tête.

— Je pense plutôt à Natasha en fait. Je crois… Je vais voir. On fait comme d'habitude. Bye.

Elle sort de la douche, arrache la puce du téléphone, la jette dans les toilettes, scotche l'appareil à la paroi comme prévu dans les procédures de son plan tellement génial qui foire lamentablement. Elle s'assied sur la cuvette, nue et dégoulinante pour essayer de faire le point. Et se relève d'un bond. Elle a oublié de tirer la chasse d'eau. C'est bien le moment que quelqu'un tombe sur une carte SIM en immersion dans ses chiottes…

Vanessa reprend vite ses esprits. Elle réfléchit en se préparant. Elle tire ses cheveux en chignon, ne se maquille pas, des professionnelles vont s'en occuper. Elle pense à Marion. La Marion de cette nuit, à l'éclosion de laquelle elle a œuvré. La Marion du début, il y a… six jours est morte elle aussi. Six jours pour faire d'une oie blanche une Lucrèce Borgia. Elle sourit. Lucrèce, oui, et non Messaline. Elle ne serait jamais une simple arriviste dévergondée et prête à tout. Marion est bien trop complexe, bien trop intelligente, et honnête. Vanessa a seulement ouvert des portes, celles qu'elle n'avait pas osé approcher elle-même, pour que la jeune femme fasse les pas qui lui manquaient et s'affranchisse enfin. Elle a réveillé une belle endormie. Lors de leurs conversations nocturnes, entre deux étreintes, elle lui avait confié en riant que le comportement de Jean-Philippe à son égard ne la touchait pas vraiment. Depuis toujours elle se sentait comme engourdie. Elle s'était toujours laissée guider par les événements, et c'est vrai, par des gens comme lui qui semblaient tellement savoir où ils allaient, ce qu'il fallait faire, des gens tellement volontaires et animés d'une énergie qu'elle admirait vaguement et trouvait surtout épuisante. Jean-Philippe avait mis à la séduire la même rage qu'ensuite à la bafouer, elle s'était laissée assiéger de plus ou moins bonne grâce, et délaisser aussi. Elle n'y était pas pour rien. Jean-Philippe la trouvait « molle », et il avait des raisons. Indolente, évaporée… Les mots de ses carnets scolaires. Tellement peu concernée, en fait. Marion, à Berck-sur-Mer, n'avait rencontré personne qui l'ait intéressée vraiment, et surtout pas Jean-Philippe évidemment. À l'exception d'une copine de classe avec qui elle avait appris à fumer, Seigneur ! Et échangé quelques timides caresses. La copine avait changé de département, Marion était retournée à ses rêveries, et à ses livres. Vanessa avait éclaté de rire, mais écouté aussi. Beaucoup écouté. De plus en plus attendrie. Marion se confiait, pour la première fois. Parce que Vanessa ne lui demandait rien, et que ce qu'elle lui racontait semblait l'intéresser. Et puis elle ne prenait rien au sérieux, riait de tout avec une drôlerie qui réveillait la sienne. Tout avec elle semblait sans conséquence. Vanessa avait balayé les problèmes de conscience inhérents à leur situation, à savoir ce qu'elles faisaient ensemble dans un lit, avec beaucoup de grâce. Elle aimait Alex tendrement, il n'était pas question que quiconque souffre. Il suffisait de s'y prendre correctement. Elle avait ajouté pour clore le sujet, ce qui avait ravi Marion, que de toute façon, il serait dans le pire des cas apte à comprendre, du moment que rien ne se cassait. Fin de la parenthèse, retour aux jeux et aux caresses, à la merveilleuse impunité. Tout cela avait un air de grandes vacances. Des vacances licencieuses.

Marion elle aussi se prépare dans sa case. Elle se regarde, nue, dans la glace en pied au sortir de la douche. Elle se sourit. Elle se trouve, elle est splendide. Elle pense à Vanessa. Elle a envie de la voir, de la toucher surtout. Elle est sûre de l'avoir comblée à son tour. Elle a lu la reconnaissance dans ses yeux, elle l'a entendue crier, vue défaillir, sous elle, ou à ses côtés en la regardant avec Sofiane. Et elle en tire une fierté étrange. Elle a juste passé son temps à baiser dernièrement, à plusieurs en plus, et dans des proportions tout de même… Mais Vanessa lui a appris à se sentir fière de son corps, de ce qu'elle en fait, du plaisir qu'elle donne et reçoit, d'elle en fait. Elle imagine le rictus de Jean-Philippe, ses mots pour qualifier sa conduite in-qua-li-fiable. Son sourire s'élargit. Elle passe la robe noire, sobre, mais très près du corps, prévue pour le feu de camp, directement sur elle, sans sous-vêtements.

Natasha se sent nettement moins légère. Elle est déjà dans la loge de maquillage. Elle ne s'est pas attardée sous la douche, ni dans sa case. Elle a besoin de gens autour d'elle, pour canaliser sa nervosité. Elle appréhende ce feu de camp, et la confrontation, inévitable, avec Tarik, ou son absence. Une grève de la faim… Oh pétard… Qu'est-ce qu'elle a fait ? La culpabilité la tourmente. Mais elle a pris goût aux tourments.

Le feu de camp

La nuit est tombée en Indonésie, mais on y voit comme en plein jour sur les deux îles, sur les deux plateaux montés dans l'après-midi. La prise d'antenne, à dix-sept heures cinquante-sept exactement pour se ménager trois minutes de différé, approche. À vingt-trois heures pétantes en France, des millions de téléspectateurs attendent, après leur série du samedi soir, de plonger une heure durant dans le monde exotique et impitoyable de *l'Archipel de la séduction*. Brice et les candidates procèdent aux tests habituels. Les séducteurs attendent au bar le résultat des courses et de récupérer des proies sensiblement plus faciles, en fonction de ce qu'elles vont découvrir de la vie dissolue de leurs compagnons. De leur côté, Alex et Tarik attendent, maquillés et équipés près de la piscine, au milieu des caméras, les séductrices, au bar elles aussi, en arrière-plan. Brice peut les faire intervenir à tout moment.

Marion, Vanessa et même Natasha plaisantent, encore épargnées par la nervosité palpable chez leurs homologues masculins et les équipes. Et pour cause. Hormis Vanessa, elles ignorent encore la mort de Jean-Philippe. Brice va devoir l'apprendre à Marion, en quasi direct. Comme souvent, il se demande comment de Sciences Po, il a atterri aux commandes de ce programme grotesque et cruel. Et comme souvent la réponse est à plusieurs chiffres. Et comme souvent, cela fait passer la pilule. Comme tout le monde il se représente *l'Archipel de la séduction* comme un marchepied, un accélérateur de carrière. Comme tout le monde il se trompe. Cette émission vous marque d'un sceau indélébile, non exportable hors du monde de la téléréalité. Mais comme tout le monde, il y croit, ou se force à y croire. À quoi bon, sinon ? Mais cette fois tout de même, « il y trouve dur » comme on dit dans le monde paysan dont il est issu. En signe de deuil, il ne porte pas son uniforme immaculé, mais des vêtements sombres. Tarik et Alex, à l'unisson, remâchent des pensées dans les mêmes tons.

Tarik se demande comment il va s'y prendre pour faire cesser ce qui est devenu à ses yeux, mais un peu tard, une ignominie. Sa conversation avec Alex l'a conforté dans son dégoût, remonté comme une pendule. Il lui a confié sa volonté d'intervenir, Alex n'a pas trouvé cela ridicule ou insensé, au contraire. Ils ont cherché ensemble par quels moyens. Alex se pose lui aussi des questions, mais pas les mêmes. Et surtout pas les bonnes. La mort de Jean-Philippe, la prise d'antenne ce soir… La machine s'emballe. Cette escalade ne peut qu'aboutir à une catastrophe. En dépit des apparences, il en a la conviction, ils ne sont pas loin du but, ils vont parvenir à faire interdire, définitivement en plus, ce programme. Parce qu'il a encore un atout maître dans sa manche. Les filets qu'il a jetés lui ont ramené, en Tarik, le bras armé qui va leur assurer la victoire. Il ne se rend plus compte du danger, il a oublié le monde extérieur, et les conséquences incalculables de ce qu'il s'apprête à mettre en place. En revanche, il n'est plus très sûr d'en sortir indemne. Et il a peur, pour lui et pour Melody. Ils se sont beaucoup exposés dans cette histoire, et elle semble avoir du mal à encaisser. Il n'a pas pu l'approcher de la journée. Lors de la seule occasion qu'ils ont eue d'échanger deux mots, elle a détourné le regard en se mordant les lèvres. Dieu seul sait comment elle va réagir, si elle va tenir, si elle ne va pas tout déballer. La question n'est pas tant de savoir si l'on peut compter sur quelqu'un, mais plutôt : jusqu'à combien ? Si elle se met à dérailler et à représenter un danger pour leur propre sécurité, il n'aura pas le choix, il le sait.

On demande le silence sur les deux plateaux simultanément. Le décompte commence. Brice et les filles apparaissent sur les écrans de contrôle, dans le décor du feu de camp, et donc la lumière mordorée, chaude, intimiste des flammes vives, orange et bleues qui éclairent leurs visages. Brice, après quelques mots de bienvenue pour tous ceux qui les rejoignent, entre directement dans le vif du sujet. Des bandes-annonces tournent sur l'antenne depuis le milieu de l'après-midi, ils ont organisé une conférence de presse au débotté dès la décision prise. Les sites Internet spécialisés l'ont retransmise et ont relayé l'information. Il a, à présent, la lourde et télégénique tâche d'annoncer le décès de l'un des candidats à des millions de voyeurs intrigués. Et à sa petite amie, assise sur son rondin. Il passe donc souplement de la position debout après son stand up, à une posture beaucoup plus empathique. Il s'assied au côté de Marion. Les deux autres candidates ont été décalées pour l'occasion. Les éclairages du plateau se font encore plus doux, il lui prend la main. Elle se laisse faire, à peine intriguée par toute cette mise en scène, habituée à ses effets de manche. Elle se raidit cependant : cela ne présage rien de bon. Brice prend une inspiration, le temps que la régie permute en gros plans sur elle. Il se lance.

— Marion… Je voudrais que vous m'écoutiez attentivement. Et que vous me pardonniez. Je suis le messager d'une mauvaise nouvelle…

Il enchaîne rapidement en lui jetant un coup d'œil et serre sa main fermement, au cas où, alors qu'elle esquisse un geste de recul. Il se penche vers elle.

— Marion. Il est arrivé quelque chose de terrible. À Jean-Philippe. Il… Il nous a quittés.

Elle le fixe sans comprendre. Mais Natasha, elle, a saisi avec son sens inné de la dramaturgie. Elle échappe un cri, vite étouffé dans ses mains plaquées sur sa bouche, ne laissant dépasser que ses yeux écarquillés. Marion a tourné la tête vers elle, et Vanessa, dont elle cherche le regard. Elle fixe Marion, sans ciller. La jeune femme se tourne vers Brice, il tient toujours sa main.

— Marion… Je suis désolé.

Elle déglutit et ouvre enfin la bouche.

— Qu'est-ce qu'il… Qu'est-ce qu'il s'est passé ?

Elle a failli dire « Qu'est-ce qu'il a encore fait ? ».

Mais elle s'est reprise, avertie de la gravité de la situation par l'ambiance sur ce plateau, le silence, pesant, qui y règne, et par ce qu'elle a vu dans le regard de Vanessa, une tendresse triste, inhabituelle.

Brice prend, vraiment, son courage à deux mains. À ce moment, les connexions sur le compte twitter de l'émission sont si nombreuses que le serveur implose.

— Marion, il va falloir être courageuse. Jean-Philippe s'est noyé, cette nuit.

Elle sursaute, mais reste calme.

— Comment ?

Il lui explique, sur les images de la petite procession jusqu'à l'hélicoptère, du corps sous le drap blanc qu'on y installe et de l'envol de l'appareil. Marion découvre les plans en question, en même temps, enfin à trois minutes d'intervalle, que les téléspectateurs. Sur son visage se peint une franche incrédulité. Elle fronce les sourcils et coupe, heureusement, Brice, un peu empêtré dans ses commentaires.

— Non, mais attendez ! Vous êtes en train de me dire que Jean-Philippe s'est… suicidé ?

Brice la regarde et se redresse.

— C'est, euh, la piste retenue en effet…

Elle part d'un énorme fou rire. Elle se tient très vite les côtes, tellement elle rit, les yeux pleins de larmes, murmurant entre deux éclats tonitruants « pardon ! » en secouant la tête.

Ils se regardent tous sur le plateau, gênés, Tarik et Alex ébahis devant leurs moniteurs. Le léger différé prend toute sa dimension. Ils décident de couper le fou rire à la diffusion. Ils comblent avec la séquence émotion prémontée, les images de leurs adieux sur la plage etc. avec en vignette des plans larges des deux plateaux. On la voit pliée en deux, mais sans le son, et de loin, on peut penser que c'est de douleur. Elle se reprend, les yeux humides, mais beaucoup plus digne. Marion, en essuyant les larmes de ses yeux du bout du doigt, interpelle Brice, et ça aussi, ils le coupent :

— Non, mais vous rigolez ?

Il enchaîne, ils finiront par le reprendre au moment opportun.

— Hélas non. Mais ce peut-être aussi un accident. On a retrouvé une dose massive d'alcool dans son sang. Il a beaucoup bu cette nuit, et ça peut aussi expliquer…

Marion se tait enfin, elle a repris son sérieux. Ils reviennent sur son visage bouleversé. Et Brice reprend le court de son récit et du conducteur, images à l'appui. Ils n'épargnent rien, surtout pas le mort, avec l'histoire de l'homosexualité refoulée, la relation tortueuse avec Melody. Celle-ci raconte, consternée, sa dernière conversation avec lui, sous-titrée en banc-titre « Jean-Philippe : l'aveu ». Marion porte la main à sa bouche, puis à ses oreilles pour ne plus entendre ce tissu de mensonges. Elle manque de nouveau éclater de rire, ou en sanglots. J.-P. incapable de « tirer un coup » selon ses propres termes, avec une fille comme Melody à cause d'une attirance louche et… refoulée… pour les garçons ? On croit rêver. Et il est mort. Mort. Sans vie. Fini. Elle est prise de nausée et quitte précipitamment le plateau. Ça, ils ne le coupent pas. Au contraire. Les caméras la laissent sortir du champ en courant. Ils envoient la première page de pub.

S'ils n'ont encore aucune estimation précise de l'audience de l'émission, ils n'ont aucun doute non plus. Le truc s'est répandu comme une traînée de poudre sur les réseaux sociaux. Les internautes connectés, alertés, alléchés par ceux qui ont découvert l'ampleur du drame en quasi direct, ont basculé en masse de leurs ordinateurs et tablettes à l'écran de télévision, tout en continuant à surfer, encouragés par les alertes sonores des tweets ou des statuts et commentaires postés, échangés, colportés à une vitesse effarante. Et incontrôlable. Dans les locaux de la chaîne, à Paris, l'état-major regarde l'émission, en liaison téléphonique avec les équipes indonésiennes. Au départ, personne ne touche au buffet. Mais à présent, sans sabrer le champagne tout de même, on s'autorise quelques bulles. On les abreuve en temps réel des premières statistiques sur la toile, ils surfent eux-mêmes frénétiquement. Ils ont réussi leur coup : l'émission dans son premier quart d'heure fait un buzz d'enfer. Le montant de la page de publicité pour le deuxième écran prévu à la césure crève les plafonds. Et ce n'est pas près de se calmer. Ils l'ignorent encore, mais quelqu'un quelque part a entre les mains les images de la fin de soirée de Natasha, vendues à prix d'or par un technicien en poste en Indonésie, et s'apprête à les diffuser sur le net.

Melody entre en scène. Après le départ de Marion, on bascule sur l'île des garçons, où elle va revenir sur les derniers instants de Jean-Philippe en direct live. Les garçons témoigneront ensuite. Puis ils enchaîneront naturellement sur Tarik, de retour, et sur Natasha forcément. La transition s'impose d'elle-même : du suicide de Jean-Philippe, on glisse à la grève de la faim de Tarik, et à la confrontation avec sa dulcinée coupable, à ses remords éventuels. Bref : les ravages de l'amour, ses trahisons. Ils termineront d'ailleurs par un duplex à Aubagne avec la mère de la bimbo. Ils n'ont pas réussi à avoir celle de Jean-Philippe, aux abonnés absents, la famille de Tarik pour le moment refuse de témoigner, à part un petit frère de treize ans. Inexploitable. Mais la génitrice de la traîtresse, ça, c'est du lourd. D'autant qu'elle ne mâche pas ses mots…

Shakespeare, Racine, Stendhal n'avaient pas disserté ni mis en scène autre chose après tout, dans leurs chefs-d'œuvre impérissables. Goethe lui-même… Mais c'était beaucoup plus long. Il fallait lire en plus dans une langue qui tendait à devenir incompréhensible pour la cible chérie des mass media. Cette cible si mouvante, inconnue, énorme, qu'il fallait retenir coûte que coûte et garder captive si on voulait d'abord faire d'énormes profits publicitaires, et ainsi entretenir et alimenter la société de consommation. Enfin et surtout — mais n'était-ce pas la clef de voûte de l'ensemble ? — l'empêcher de penser, donc de décider un tant soit peu de son sort. Et, catastrophe, cesser d'engloutir n'importe quoi, n'importe comment, tout ce qu'on voulait bien lui servir, sans discernement. Il fallait de la vraie chair et du vrai sang, en direct si possible, il en allait de la survie du système. Rien ne change, Spartacus était mort pour rien.

Melody fait son entrée sur le plateau quelques secondes avant l'antenne. L'assistant la conduit à sa place. Brice, sur l'autre île, reprend la sienne, aussitôt assailli pour un raccord maquillage, et en opinant aux consignes que lui donne le réalisateur dans l'oreillette. « Antenne dans dix secondes… » Le décompte commence.

Alex regarde Melody, visiblement tendue, mais merveilleusement éclairée, superbe, et tragique, dans une robe noire asymétrique qui découvre l'une de ses épaules. Elle porte une manchette et un collier d'esclave, rien d'autre, et les cheveux tirés en chignon. Elle semble très peu fardée.

En fait elle a passé deux heures entre les mains des maquilleuses pour obtenir cet éclat discret, cette apparence un peu mystique, grave, digne. Elle garde les yeux baissés sur ses mains, posées sur ses genoux serrés. Alex ne peut que la désirer en silence et avec respect, comme tous les hommes présents, sur le plateau et devant les écrans. Tarik siffle entre ses dents.

Brice, en duplex, se lance dans la séquence « émotion ». Melody joue parfaitement son rôle, visiblement affectée, les traits tout à coup tirés, adorable, en exprimant ses regrets face caméra, de n'avoir peut-être pas… Et d'avoir sans doute… Le présentateur la questionne avec empathie, mais sans complaisance, sur ses relations avec Jean-Philippe tandis que repassent les images de leur courte, et… chaste, tant qu'on y est, idylle. Ils arrivent doucement, mais sûrement, à LA révélation, à la raison à présent évidente de ce soi-disant suicide. Melody, au bord des larmes, lâche la bombe, enfin la boule puante : durant les dernières heures de sa vie, Jean-Philippe lui a fait une confession. À bout, il lui a avoué son douloureux secret, avant de commettre, hélas, l'irréparable. Sous ses dehors de macho se cachait donc une âme tourmentée… C'est énorme, cousu de fil blanc, franchement médiocre, mais sur les deux plateaux, en régie, à Paris, et dans les chaumières, on retient son souffle. D'autant que Melody, brusquement muette, pleure, de vraies larmes, en silence, et ne répond plus aux questions de Brice.

Alex comprend qu'elle ne va pas y arriver, que c'est trop pour elle. Elle craque. Et risque de dire la vérité, d'essayer de sauver ce qui reste, c'est-à-dire au moins la mémoire de ce pauvre garçon. Et de raconter ce qui s'est vraiment passé cette nuit-là. Il se tourne très vite vers Tarik et marmonne :

— Putain, c'est ignoble. On ne peut pas les laisser faire ça !

Et Tarik, qu'il travaille au corps et endoctrine patiemment depuis des jours, le récompense de ses efforts. En alerte depuis le début de cette mise en scène écœurante, il réagit comme il l'attend. Il se lève d'un bond, bouscule au passage un cadreur, se plante devant Melody. Ils se regardent, et il s'agenouille devant elle, assise, la prend contre lui, sa grande main posée sur sa tête qu'il maintient contre son cou, tandis qu'elle éclate en sanglots.

Brice suit, évidemment, grâce au retour antenne. Il cherche du regard son réalisateur. Derrière la caméra, les sourcils froncés, ce dernier fixe lui aussi les moniteurs. Il lui fait signe de ne pas intervenir. Et l'ordre de Paris de laisser tourner grésille dans son oreillette. On patauge en plein psychodrame. Tarik relève Melody effondrée et l'entraîne, toujours serrée contre lui. Il lui parle doucement, tout bas, en l'exfiltrant de ce plateau, de ce « feu de camp ». Dans lequel il jette au passage son micro et celui de la jeune femme qu'il arrache, en lançant un regard terrible à l'assistant qui se dirige vers eux. Personne n'ose s'interposer, encore moins les suivre et ils disparaissent tous les deux dans la nuit. Brice reprend la main. Il se tourne vers Natasha. Vanessa a disparu du plateau, il sait qu'elle est allée, avec l'assentiment de la production, voir ce que devient Marion, accompagnée de son cadreur évidemment.

Deuxième coupure pub.

À la reprise, surprise : Tarik a pris la place d'Alex chez les garçons. Le jeune gréviste de la faim attend près du feu, à nouveau équipé, l'air parfaitement calme, la liaison avec l'autre île, avec Natasha, pour la troisième attraction de ce direct décidément riche en rebondissements : la confrontation entre le héros, le grand frère, l'amoureux transi, et la gazelle infidèle. Comment ont-ils réussi à leur faire accepter cela ? Natasha tremble de tous ses membres, seule à présent sur le plateau tandis que sur le stand up de Brice Toulemonde qui résume la situation, défile un nouveau montage des images du corps de Jean-Philippe emporté par l'hélicoptère, du départ précipité de Marion, des larmes de Melody. Et pour terminer, les quelques plans furtifs de ses exploits nocturnes. On reconnait évidemment sa crinière blonde à la hauteur de la taille d'un homme, tache claire dans le noir et la voix d'Édouard en train de l'encourager. Tarik ne peut heureusement voir les images en question car elles sont mixées et diffusées sur les propos de Brice depuis Paris, en différé. Il n'entend et ne voit sur le combo en face de lui que le présentateur debout, et Natasha, derrière lui. Brice s'assied enfin en face d'elle.

— Bonsoir Natasha.

— Bonsoir.

—Natasha, comme tout le monde ici, vous êtes bouleversée par la… le départ de Jean-Philippe. Comment vivez-vous ces instants terribles, vous qui êtes finalement devenue… assez proche de Marion ? Je précise que Vanessa l'a rejointe tout à l'heure, ce qui explique son absence du plateau comme vous pouvez le découvrir chez vous sur vos écrans, comme Alex a rejoint Melody, elle aussi très éprouvée après son récit des derniers instants de J.-P..

Natasha baisse les yeux un instant avant de répondre. Ça, ils sont devenus proches oui, avec Marion, Sofiane, Édouard, Vanessa, et… Bref.

— Je ne connaissais pas Jean-Philippe, évidemment. Et je comprends pas trop qu'est-ce qui s'est passé. Mais partir comme ça, à cet âge-là, c'est terrible, terrible…

— Oui, c'est terrible, Natasha, la vie est cruelle parfois, très cruelle et les passions peuvent conduire à bien des extrémités. Tarik est en duplex avec nous depuis l'île des garçons. Tarik, vous nous entendez, vous nous voyez ?

Natasha a un léger recul en entendant la voix familière, chantante, un peu plus grave.

— Ouais, c'est bon.

— Bonsoir Tarik.

Brice se tourne vers Natasha, elle lâche, d'une toute petite voix :

— Bonsoir.

Ni l'un ni l'autre ne parle, interdits. Brice comble.

—Tarik, nous sommes heureux de vous retrouver en ces heures sombres de *l'Archipel de la séduction*. Cette émission porte et portera toujours le deuil de Jean-Philippe, venu ici à la recherche de la vérité, de sa vérité. Et je vous remercie d'être sorti de votre silence pour lui rendre hommage. Le moment est venu pour vous Tarik, pour vous Natasha de vous confronter à votre tour et nous sommes là, je suis là pour vous y aider et surmonter cette épreuve. En souvenir de Jean-Philippe, je vous en prie, essayez d'aborder ce tournant de votre relation dans un esprit de pardon. Je compte sur vous. Mais d'abord Natasha, regardez.

En triplex, en multiplex – cette émission devient un mythe au fur et à mesure qu'elle se déroule – la maman de Natasha apparait à l'écran, assise dans le canapé du salon, à Aubagne. Natasha ferme les yeux, un instant. Il est minuit passé, dans le petit appartement qui lui paraît loin, si loin, et sa mère a l'air fatigué. Elle n'a pas fait sa couleur en plus. Forcément, c'est elle qui s'y colle d'habitude.

— Bonsoir madame, et merci d'être en direct avec nous. Il est tard, et vous attendez depuis longtemps de pouvoir parler avec votre fille, avec Natasha, alors allez-y, c'est à vous.

La pauvre femme hoche la tête dans le vide, ils l'ont équipée d'une oreillette elle aussi, afin qu'elle entende les questions et les réponses et elle fixe l'écran de contrôle en face d'elle où apparaît sa fille en gros plan.

— Maman…

— Ma poupée.

Les yeux de Natasha s'embuent. Les deux femmes ne peuvent partager que leurs larmes et le silence. Mais Natasha se reprend, déjà professionnelle, obéit aux ordres dans l'oreillette et s'éclaircit la gorge.

— Maman tu vas bien ? Et papa ?

— Tout va, tout va, ne t'en fais pas… Et toi ?

— Et beh tu vois.

— Je vois oui. Et je te reconnais pas !

Sa voix monte sur le « pas ». Natasha baisse encore les yeux, essuie vite une larme du bout des doigts. Elle relève la tête en fixant l'image de sa mère, en pleurs à nouveau.

— Maman… Pleure pas…

— Mais comment tu veux pas que je pleure ? Je te reconnais pas, tu nous fais honte…

Heureusement pour Natasha, qui va en prendre pour son grade, son petit frère, le petit dernier surgit dans le champ en faisant le signe de la victoire. Il fait le malin, il passe à la télé, il a revêtu son survêt de l'OM, sorti sa chaîne en or et mis du gel dans ses cheveux, à minuit. Natasha sourit à travers ses larmes. Il regarde la caméra.

— Vas-y, tu la connais la daronne, t'inquiète. C'est dar, on te kiffe tous, sauf le plan avec l'autre, là. Sérieux, c'est quoi ce bouffon avec ses lunettes ? Vas-y, lâche l'affaire quoi ! Et pis pour la touz', chais pas qu'est-ce qui va dire Tarik, mais…

Il rigole cet abruti, en parlant en direct, à la télévision, des exploits sexuels de sa sœur devant des milliers de gens. Il est bien parti pour continuer, s'installer carrément dans le poste. Cela va tourner à la grosse farce, et perdre en intensité.

La régie passe donc les images de Natasha, en larmes à son tour, en gros plan, penchée sur l'écran, et de Tarik, pendant qu'à Aubagne, ils font sortir le jeune Brian du cadre, non sans mal.

Brice, au signal, reprend la parole.

— Tarik, vous avez entendu les paroles de Brian, le frère de Natasha, « Je ne sais pas ce que va dire Tarik » … Et bien justement, qu'avez-vous à dire ?

Il termine sa phrase un peu en l'air, surpris par la réaction du jeune homme. Il s'est approché d'un coup de la caméra en face de lui, en faisant foirer tous les réglages. La régie passe immédiatement en plan large, juste pour le montrer furieux, menaçant. Il arrache la caméra des mains du cadreur encore relié à l'engin par son casque, que Tarik fait sauter d'un revers de main. Il approche son visage de l'objectif, crache à terre et grince entre ses dents :

— Ça te va là ce que j'ai à dire ? Tête de nœud, ton jeu pourri il a déjà fait un mort, ça te suffit pas ?

Il termine par un juron en arabe, et jette la caméra à terre, dans le sable, dont on peut observer les grains en gros plan.

Natasha s'est levée, abasourdie, enfin consciente, enfin revenue à la réalité. Elle crie :

— Tarik, Tarik !

Mais il a quitté le plateau, en donnant un coup de poing dans une « mandarine » au passage. Le projecteur s'écroule dans un grand bruit.

Les monteurs, à Paris, opèrent en temps réel et à une vitesse folle, les « rectifications » dictées par la production. Ils alternent les gros plans de Natasha et ceux de sa mère et de son frère, juste après l'intervention de ce dernier, ils raccordent les images de Tarik qui se lève, moleste le cadreur, s'empare de la caméra, la jette et quitte le plateau. Ils coupent évidemment dans la colère de Tarik le moment où il est question du jeu, gardent l'injure en arabe, les yeux fous. Brice regarde Natasha. La bouche ouverte, elle s'est rassise ou plutôt est retombée sur son siège. Il se tourne vers sa caméra et conclut sur les images de ce qui vient de se passer, en tout cas de la version qu'ils ont décidé d'en donner, car il est – déjà – l'heure de se quitter après ce premier direct que l'on peut qualifier d'historique. Son visage s'efface, à l'antenne, quand il rappelle, encore une fois, l'information : la mort de Jean-Philippe, pour laisser place à une photo, récupérée auprès de la serveuse du café de Berck. Un cliché du défunt, en noir et blanc, pris lors d'une fête. Rendez-vous à la même heure au même endroit dès le lendemain. Générique de fin sur l'image de Jean-Philippe, souriant.

8

Dieu acheva le septième jour son oeuvre, qu'il avait faite...

Genèse 2/2

Le septième jour

Sodome et Gomorrhe... Ils ne se rendaient pas compte. Ce septième jour, la production de *l'Archipel de la séduction* a prévu une rétrospective des situations amoureuses des uns et des autres pour le direct du soir. Faute de pouvoir utiliser les images qu'ils ont reçues de la nuit passée. C'est... spectaculaire. Et inexploitable. Il n'y a pas un plan où l'on ne voit pas des gens forniquer, vandaliser, uriner sur le matériel, se droguer, etc.

Le CSA adressait régulièrement des remontrances à la chaîne, qui faisait amende honorable dans la foulée, et continuait benoîtement à diffuser d'autres contenus. Que les Sages de l'Audiovisuel, les deux termes étant antinomiques, menaçaient à nouveau de leurs pétards mouillés. Mais là ils encourageaient l'interdiction pure et simple.

La soirée avait été riche, à bien des égards. Sur les îles, des portes avaient claqué, on s'était enfermé, des séductrices et des séducteurs étaient partis à la recherche de candidats, des jurons avaient fusé, des sanglots avaient éclaté, on avait supplié. Cris et chuchotements avaient peuplé la nuit. Ce petit monde fictif, resserré sur lui-même, pataugeait avec entrain dans les affres de la passion, rongé par les regrets, la culpabilité, le désir et l'ambition. Rien de bien nouveau, mais en version concentrée, et sous l'œil grand ouvert et vorace des caméras.

Après le feu de camp, la production avait organisé sur les deux îles un banquet. En hommage à Jean-Philippe.

Comment refuser de rendre honneur à l'absent, encore plus encombrant mort que vivant et dont la pensée, si ce n'est le souvenir, hantait les esprits comme une ombre ? Tarik n'avait pas pu décliner. Pas question d'y couper pour Marion, escortée de Vanessa et Sofiane. Natasha avait suivi le mouvement. Elle n'avait pourtant qu'une envie : se cacher la tête sous les draps et dormir. Mais elle passait suffisamment pour la garce de service. Édouard n'était même pas venu la chercher. Alex a accompagné quasiment de force à ce dîner sinistre une Melody mutique et comme absente. Personne n'avait tellement envie de ripailler, mais tout le monde se forçait. Avec une sorte de soulagement, comme lors des collations qui suivent parfois les enterrements. La vie autour du repas reprenait ses droits. Ils étaient en plus affamés, certains n'avaient rien avalé de la journée. La production avait bien fait les choses. Les buffets dressés dans la pénombre, éclairés à la bougie, regorgeaient de mets appétissants, odorants et colorés. Et l'alcool coulait à flots, discrètement, mais sûrement. L'ambiance ne mit pas vraiment longtemps à se détendre. Les participants à ces agapes étaient choqués, éprouvés, ou stressés. Et fatigués. Ils s'installèrent et se mirent tous à dîner, certains même avec une certaine gloutonnerie. Et comme la nourriture était comme d'habitude assaisonnée de quelques excitants, bientôt les choses prirent une tournure intéressante. Peut-être pas forcément comme le prévoyait la production.

Plus tôt dans la soirée, Alex avait eu le temps de tenir sa conférence téléphonique habituelle, par les moyens habituels, avec Vanessa. Et l'idée générale de leur rôle avait été ajustée, pour ce qui devait être le septième et dernier jour de cette saison, qui devait elle aussi logiquement, vu ce qu'ils avaient prévu, devenir la dernière de *l'Archipel de la séduction.*

L'entretien avait eu lieu dans la case d'Alex. Il y était passé en coup de vent « pour se doucher ». À peine sec, il était retourné directement à celle de Melody.

En sortant du plateau elle s'était évanouie, Tarik avait dû la porter jusqu'à sa chambre. Le médecin du camp avait été appelé, Tarik était revenu chercher Alex, et avait pris sa place au feu de camp. Il devait mener à bien sa « mission » et sauver ce qui restait de sa dignité, et de celle de Natasha si c'était possible. Dans sa chambre, une fois ses esprits recouvrés, Melody avait été prise de sanglots convulsifs, elle avait fait une crise de nerfs, elle avait frappé Alex, accouru à son chevet, sous les yeux du médecin, heureusement sans rien dire de cohérent. Ils avaient commencé par lui donner une douche froide.

Mais elle ne s'était pas calmée. Elle hurlait, se débattait. Ils avaient coupé les micros, mais vu le boucan qu'elle faisait, l'équipe qui stationnait à sa porte ne pouvait rien ignorer de ce qui se passait à l'intérieur, et ne se privait sans doute pas de prendre le son. Le médecin du camp avait décidé de lui faire une injection, et il l'avait laissée sous la garde d'Alex, pendant qu'il filait récupérer le nécessaire.

— Ça va aller mon vieux ?

— Oui oui ! Allez-y, vite !

Alex la tenait, ses mains emprisonnées dans les siennes, glacées après la douche. Elle se tordait contre lui, criait, hoquetait, le griffait, délirait… Elle allait finir par tout faire capoter. Il hésita un instant avant de la plaquer sur le lit, et d'attraper dans sa poche de bermuda de quoi la faire taire. À califourchon sur elle, il la désirait encore, peut-être même plus, dans son dénuement. Il aimait les cernes bleus sous ses yeux, la légère transpiration de son corps nerveux, un peu amaigri, plus fragile. Il aurait voulu la consoler. Mais elle était sa complice, il était à l'origine de ses tourments. Le médecin n'allait pas tarder à revenir. Il la regarda, avec toute la tendresse dont il était capable, la tendresse qu'il avait apprise en se penchant sur les deux petites filles qu'il avait veillées, soignées, baignées il y avait des années-lumière, à Paris. Il essaya, encore une fois, avant qu'il ne soit trop tard, et attrapa son menton d'une main.

— Melody ! Regarde-moi ! Regarde-moi !

Dans une ruade, elle manqua de lui échapper, elle fermait les yeux, refusait de l'écouter.

Alors il fit ce qu'il fallait. Il la piqua, très vite, elle eut à peine le temps de s'en apercevoir. De toute façon il était grand, affûté, et déterminé. Elle ne pouvait pas lutter. Elle se détendit presque immédiatement.

Quand le médecin revint, il trouva Alex en train de bercer Melody. Il fit mine de s'approcher, mais Alex lui fit signe que ça allait, qu'il avait réussi à la calmer. Il dit qu'il allait quand même attendre dehors. Alex caressait les cheveux de la jeune femme pelotonnée contre lui. Il s'écarta enfin. Elle avait les pupilles dilatées, un vague sourire aux lèvres. Il les embrassa. Elle n'eut aucune réaction. Elle était ailleurs. Il l'allongea confortablement dans le lit, la borda. Elle dormait. Il sortit et demanda au médecin de rester dans les parages encore un peu, le temps qu'il aille se changer.

Alex réveilla doucement Melody. Ils étaient seuls dans la chambre, plongée dans le noir. Il alluma la lampe de chevet, alla chercher une serviette humide, la lui passa sur le front. Elle avait du mal à émerger. Enfin, elle refit surface. Elle le regarda. Il caressa ses cheveux. Il dit :

— Viens, lève-toi.

Elle était docile maintenant. Il l'aida à sortir du lit, à se laver, à s'habiller. À un moment, il eut envie d'elle encore, quand il lui glissa sa culotte le long des jambes. Comme une poupée debout devant lui où assise sur le lit, elle se laissait faire, les yeux dans le vague. Il leva la tête, esquissa un geste. Mais elle partit d'un éclat de rire sinistre, qui le glaça. Ils sortirent de la chambre. Il n'y avait plus rien entre eux désormais. Plus rien que ce qu'il devait exiger d'elle, et faire taire en lui.

Ils rejoignirent les autres, ivres déjà, et chauds comme des cailles prêtes à se faire dévorer. Ils les entourèrent et les incorporèrent à la fête nauséeuse.

Melody, dans un état second, se laissait vaguement tripoter en riant, par un cadreur. Elle ne dirait plus rien à présent. Il la regardait osciller, partie. Il eut les larmes aux yeux.

Il avala un verre de rhum en respirant par le ventre. Et peut-être à ce moment-là, il fut à deux doigts d'aller la chercher, de tout laisser tomber. Mais il tourna les talons. Il devait piloter la suite des événements. Froidement, minutieusement… Il se répétait en boucle les deux adverbes, en cherchant Tarik des yeux.

De son côté, Vanessa regardait Édouard et Sofiane mettre en place le piège qu'elle leur avait soufflé.

Tarik mangeait peu, buvait peu, fidèle à son ascèse. Il n'était donc pas réceptif aux drogues contenues dans la nourriture. Alex s'assit près de lui. Les séductrices s'échauffaient autour d'eux. Cela devenait compliqué pour elles. Les deux proies mâles semblaient avoir oublié leur existence. Mais cela allait attirer l'attention, alors Alex suggèra à Tarik de donner le change. Ils rejoignirent les filles sur la piste de danse, et se mirent à flirter, comme tout le monde. Ce qui présentait l'énorme avantage pour

Alex de garder un œil sur Melody, et à voix suffisamment basse, couvertes par les hurlements des filles et le volume, croissant, de la musique, de parler avec Tarik, par intermittence. Ce dernier en attrapa une au hasard. En riant, il la souleva d'un seul bras.

— Allez, viens avec moi ! On va chercher le mec que j'ai bousculé tout à l'heure. Faut que je m'excuse, avec toi ça sera plus facile !

Ils le trouvèrent très vite, le pauvre garçon était toujours sur le pont. Alex de son côté rameuta les autres filles. Et ils entourèrent les preneurs de sons, cadreurs, membres du staff présents, armés de bouteilles. Exigèrent qu'ils boivent avec eux, à la santé de J.-P. Les assistants de plateau qui tentaient d'intervenir furent poussés dans la piscine, tous ceux qui s'interposaient furent forcés de partager un verre difficile à refuser.

Tarik enjoignait son cadreur du feu de camp à en boire plusieurs, cul sec.

— Ben quoi ? Tu veux pas boire avec moi ? Tu m'en veux ? J'pue le fioul ? Ou c'est parce que j'suis rebeu ? T'es feuj, toi ? T'as bien une tête de feuj...

Il devenait légèrement menaçant, soutenu par les séductrices déchaînées et Alex, qui criaient en chœur :

— Et glou et glou et glou…

Les séductrices s'attaquaient aux techniciens, des verres à la main. Débordés, bousculés, hués, ils capitulèrent sans trop de résistance. Il y avait quelque chose de pas très rassurant dans ce nouveau jeu, et ils étaient rincés, mal payés au regard de leurs heures de présence. La même scène se déroulait sur l'île des filles, animée par Vanessa, Marion, Sofiane, Édouard et… Natasha, guidée par ce dernier.

La plupart des techniciens savaient que les plats et les boissons étaient trafiqués, une pratique courante dans ce genre de programme. Ils ne partageaient évidemment aucun repas avec les participants du jeu. Mais il n'y avait pas moyen d'arrêter les marionnettes déchaînées. Les garçons maintenaient leurs victimes et les filles leur versaient l'alcool dans le gosier, comme des oies.

Les téléphones sonnèrent dans la suite de Brice, sur le continent, puis à Paris chez le producteur de l'émission. Les choses dérapaient sérieusement sur les îles.

— Comment ça « dérapent » ?

— C'est l'orgie généralisée ! Nos équipes forniquent avec les séductrices, les séducteurs, les candidats, les candidates, à deux ou à plusieurs, y a guère que les chèvres et encore… Il faut arrêter ça.

— Mais… Ils filment tout ça ?

— J'en sais rien putain ! Les cadreurs ont l'air occupés, là, tu vois ?

Melody, fascinée, regardait Tarik, torse nu, le crâne rasé, la barbe naissante – il la laissait pousser comme un « brassard du deuil » de Jean-Philippe – faire un feu de joie avec les meubles en teck du pool house. Alex lui passait les fauteuils. Vanessa tenait la tête de Marion qui vomissait dans la piscine, filmée de près, et de travers par un cameraman en caleçon. Sofiane, Édouard et Natasha jouaient aux statues avec des techniciens. Ils tombaient les uns sur les autres en hurlant, sous les hourras des autres convives, séducteurs et machinos, vautrés sur les divans, hilares, saouls comme des cochons.

Alors, au matin qui suivit cette nuit orgiaque, le matin de ce septième jour, Paris décida d'embarquer tout le monde sur deux bateaux, pour une petite croisière au large. Afin de « faire le ménage » sur les îles.

Marion, Vanessa, Natasha, Tarik et Alex voguent donc en compagnie des séductrices et séducteurs.

Sur l'eau : gueule de bois généralisée. Même pour Alex et Vanessa, même Tarik, qui se sont un peu laissés aller dans l'ivresse du moment. Sur les îles également, où l'ambiance est au règlement de compte. Les équipes techniques coupables, cantonnées dans leurs quartiers, sont sévèrement tancées et priées de plier bagage sur le champ, sans qu'on leur laisse le temps de cuver. Et rien de plus pénible que de faire ses valises avec la migraine. Les personnels en question, remplacés par leurs homologues de l'équipe deux, normalement en récupération, sont évacués sur le continent. Résultat : tout le monde titube de fatigue et la grogne monte. En plus, pas question d'annuler les activités prévues au programme : bateau, pêche au gros et ski nautique, toujours assez éprouvantes et compliquées à filmer. D'autant que les participants, affalés dans des transats sur les ponts, se montrent peu coopératifs. Ils récupèrent des libations de la veille, l'œil vitreux, et refusent de participer à quoi que ce soit d'autre qu'une grosse sieste. Le barnum déployé tourne à vide, dans une chaleur d'enfer.

Le ton finit par monter sur les embarcations. Au début courtois, les assistants de production chargés de piloter les troupes dans les diverses activités perdent patience. L'un d'entre eux revient pour la quatrième fois. Il essaye de motiver le banc d'otaries luisantes au soleil de se bouger un tout petit peu, de faire quelque chose de filmable. Exaspéré, il se penche sur les corps étendus, et hurle :

— Oh ! La viande saoûle ! Vous allez vous bouger le cul oui ou merde ?

Vanessa, qui somnole, la tête sur le ventre de Marion, ouvre les yeux, sourit et tourne lentement les yeux vers Sofiane, allongé à ses côtés. Il se lève comme un chat, passe à côté du gringalet en bermuda, dont l'oreillette grésille sans discontinuer et se dirige lentement vers les glacières.

— Quelqu'un veut une bière fraîche, un coca ?

Murmure d'assentiment heureux.

— Tu te fous de ma gueule ? Vous voulez des petits fours aussi ?

Sofiane pose les canettes glacées, s'approche de l'empêcheur de buller en rond, aussitôt rejoint par Édouard. Et ni une ni deux, ils s'emparent de lui. Il couine d'une petite voix plaintive :

— Hey, les mecs, vous faites quoi là ? Vous faites quoiaaaaaaah ? Aaaaaah !

Ils le jettent par-dessus bord. Et retournent tranquillement s'allonger près des filles, qui rigolent. Édouard crie en se réinstallant :

— Un homme à la mer.

Et ils éclatent de rire en ouvrant leurs boissons gazeuses tandis que ses camarades récupèrent difficilement la victime dans l'océan, heureusement calme.

S'ensuit une conversation musclée entre les équipes et les participants du jeu. Menaces et injures volent. La matinée tourne à l'affrontement.

Sur l'autre bateau, qui croise au large de l'île des garçons, Tarik et Alex négocient tellement le moindre mouvement que le réalisateur de service, censé être en repos, fait appeler son « n + 1 » sur le continent. Il menace de jeter l'éponge. Un vent de sédition souffle sur les îles, sous un soleil éclatant, assommant, un ciel superbe vraiment, un ciel de tragédie.

En dépit de la tournure que prennent les événements, le direct du soir est maintenu. Les écrans publicitaires s'arrachent à des prix délirants. Ils ne peuvent décemment diffuser les images tournées ces dernières vingt-quatre heures, mais ils en ont tellement d'autres. Il suffit de scénariser tout cela correctement. Les chefs parisiens n'écoutent pas les remontées de leurs relais sur le terrain, inquiets de l'état d'esprit des équipes, quasi insurrectionnel. Tarik, inspiré, et secondé en sous-main par Alex, attise le mécontentement des personnels, des camarades exploités en fait, au même titre qu'eux-mêmes, par la société des spectacles. Il parle de dignité, de résistance. En riant, mais quand même, Tarik a menacé d'utiliser un preneur de son un peu trop zélé comme appât pour la pêche au gros prévue au programme, puisqu'ils veulent les forcer à suivre le programme… À la décharge des responsables inconscients, un mouvement de sédition, rallié par leurs propres troupes, sur le tournage d'une de leurs émissions, ils n'ont jamais vu ça… Ils n'y croient pas, et pensent régler le problème en promettant des primes à tout le monde, y compris aux candidats s'ils montrent un peu de bonne volonté.

Sur l'embarcation des garçons, des cadreurs délaissent leurs caméras pour boire une petite mousse et discuter le bout de gras avec des séductrices à moitié nues. Des machinos trinquent joyeusement avec les filles déchaînées. Elles tâtent leurs petits muscles sûrement douloureux à force de porter tous ces machins tellement lourds, les massent.

— T'es tout tendu, détends-toi… Oh, pis t'es tout blanc toi, dis donc, quand je pense qu'ils vous laissent même pas vous baigner…

Sur le bateau des filles, l'atmosphère s'est apaisée. Édouard et Sofiane ont présenté leurs excuses. Ça vire au copinage, les séducteurs tapent maintenant dans le dos des techniciens, Vanessa, Marion et Natasha servent gaiement des tournées en paréo. La mutinerie s'organise tranquillement. Obnubilés par leurs chiffres d'audience, les cadres parisiens donnent l'ordre de négocier un retour au travail à n'importe quel prix. Avec le projet de mater tout ce beau monde, de punir les nouveaux traîtres etc. APRÈS le feu de camp, afin de préserver la prise d'antenne. C'est vendredi, le dernier direct de la semaine. Ils comptent sur le week-end pour apaiser les esprits, et reprendre le lundi avec des équipes « fraîches » déjà dans l'avion pour remplacer les éléments défectueux. Le petit con à la tête de la maison de production, le très respecté président de la chaîne ne peuvent tout simplement pas imaginer que ces gens qu'ils payent, qu'ils dominent, qu'ils méprisent puissent cesser de leur obéir. Les grands ensembles ont souvent du mal à appréhender la capacité de résistance et de révolte de ceux qu'ils maintiennent sous leur joug. Ils ne sont pas raisonnables : ils croient leur pouvoir éternel, inoxydable, ils sous-estiment leurs opposants, et quand ils pourraient maîtriser les révolutions en transigeant, en écoutant un peu les souffrances de leur base, ne le font pas. L'habitude sans doute. Sauf en Chine. Dans sa grande sagacité, le parti communiste sait lâcher du lest parfois, s'adapter à l'évolution inéluctable des sociétés quand il sent que l'élastique trop tendu va lui claquer dans les doigts. Après avoir tenté d'étouffer la révolte dans le sang, bien sûr. Cette sagesse orientale n'inspire malheureusement pas souvent les réflexions des managers occidentaux.

Dès le pied posé à terre, le staff intervient et remet donc un semblant d'ordre tarifé, en douceur pour le moment.

Ils obtiennent que le feu de camp soit assuré. Les révoltés de *l'Archipel de la séduction* se laissent faire comme des enfants fatigués après avoir été très dissipés. Pour mieux recommencer.

Brice dissimule mal sa nervosité. Un homme en moins quand même… À présent une sédition… Bien renseigné par ses collaborateurs qu'il traite mieux qu'il n'est d'usage dans ce milieu, il sent, lui, que cela ne tourne pas rond, que quelque chose va craquer. À son humble avis, il eut mieux valu annuler la quotidienne. Comme ils ne peuvent rien tirer de la nuit ni de la journée passée, sauf à admettre qu'ils ont perdu le contrôle, ils vont devoir racler les fonds de tiroir pour maintenir le niveau, et cela risque de ne pas apaiser les esprits. Il craint tout particulièrement les réactions de Tarik, et aussi celles d'Alex, dont il entrevoie le jeu. Il les a identifiés comme les deux « meneurs » de la petite révolution de moins en moins rampante. Il a reçu les représentants du personnel, un peu plus tôt dans la journée. Et leurs propos ne l'ont pas rassuré. On est à deux doigts du piquet de grève, et encore, ce serait moindre mal. Il a pris sur lui de céder à une première revendication : les noceurs ne seront pas sanctionnés et percevront leur cachet en intégralité de retour à Paris. Et accepté de passer l'éponge sur les dégâts matériels qu'ils ont en partie causés. Des débordements mis sur le compte de l'épuisement et de ce que la production met dans la nourriture des candidats, suivez mon regard, pas très légal tout ça. Et si on veut que ça reste officieux… Brice s'est aussi engagé à respecter les amplitudes horaires prévues par le Code du travail, la convention collective, la Bible, la Torah, le Coran même s'ils y tiennent. N'importe quoi en fait pour calmer le jeu. Cyrille va faire une syncope quand il l'apprendra. Mais il n'a qu'à venir sur place gérer lui-même cette bande de syndicalistes déchaînés. Brice n'est pas l'abruti gominé qu'on pense. Il comprend le monde qui l'entoure et ses intuitions souvent tombent juste, mais il ne compte que très peu dans le processus de décision.

Quand Tarik fait son entrée sur le plateau, Brice a plus l'impression de se retrouver en face d'un boxeur prêt à grimper sur le ring que d'un participant à un jeu télévisé. Il est suivi d'Alex. Il les accueille avec un sourire forcé et une poignée de main que Tarik accepte en le regardant droit dans les yeux. Ce qu'il lit dans son regard glace Brice. Avant de le lâcher, Tarik se penche et en le fixant, toujours :

— Ça va être un vrai feu d'artifice ton truc ce soir…

Alex, juste derrière, sourit. Et il comprend immédiatement qu'il va y avoir du grabuge.

Natasha et Vanessa entrent elles aussi sur la position de direct, aménagée pour les duplex prévus pendant le feu de camp des garçons. Marion, déjà installée, ouvre le bal. Elle est censée porter le deuil de Jean-Philippe. Elle a exigé une robe rouge baiser très décolletée, et balayé celle, noire, droite, genre veuve corse que lui tendait l'habilleuse d'un geste qui ne lui ressemble pas en disant seulement :

— Robe de pute, comme d'habitude.

Elle a l'air ce soir d'une plante vénéneuse, la bouche fardée du même rouge que sa tenue, les yeux charbon, les cheveux lissés, détachés.

Brice la découvre ainsi sur son moniteur et manque en manger son oreillette. Elle a tout de la veuve éplorée, il va avoir bonne mine avec sa séquence émotion… Il se tourne immédiatement vers son assistant et lui donne ses directives à l'oreille. Ils prennent l'antenne dans cinq minutes.

Ils envoient le générique, Brice fixe sa caméra et se lance.

— Mesdames et messieurs bonsoir, et bienvenue dans

cette émission quotidienne en direct de *l'Archipel de la séduction*. Ce soir le traditionnel feu de camp se tient sur l'île des garçons. Vous savez qu'ils ne sont plus que deux, accompagnés de neuf séductrices, depuis le décès tragique de Jean-Philippe. Tarik et Alex vont découvrir ce soir, en même temps que vous, ce qu'a été la vie de leurs compagnes ces dernières heures. Des heures donc endeuillées par le drame que nous avons connu. Marion, sa compagne est en duplex avec nous depuis l'île des filles et c'est tout naturellement que nous commençons ce feu de camp en prenant de ses nouvelles. Marion, bonsoir.

Il regarde la caméra, hoche la tête.

— Bonsoir, Brice.

Elle est calme, et souriante.

— Marion tout d'abord permettez-moi de me réjouir : il semble que vous supportez très courageusement le choc. Et je dois dire que je suis heureux, malgré les circonstances, de vous découvrir aussi… posée, ce soir.

L'œil noir de la jeune femme brille, elle hausse un sourcil, et baisse la tête.

— Merci.

— Marion, puis-je vous poser une question simple : comment allez-vous ?

Elle regarde l'objectif la tête un peu penchée, comme un animal étrange et un peu bête qu'elle essaye de comprendre.

— Je vais bien Brice. Les choses ne sont pas faciles, mais il faut continuer.

— Vous auriez pu choisir de cesser le jeu, de rentrer, Marion, vous savez que vous êtes libre de choisir.

— Je sais. Mais j'ai préféré aller jusqu'au bout. Après tout, cette aventure, c'est Jean-Philippe qui la voulait, et j'ai trouvé beaucoup de… réconfort ici. C'est peut-être plus facile à accepter ici que… chez nous, pour le moment, vous voyez.

— Bien sûr Marion, bien sûr. Merci de nous faire partager cela. Nous allons découvrir avec Alex et Tarik comment Vanessa, Natasha et vous-même avez passé ces dernières vingt-quatre heures.

Ils regardent les écrans de contrôle. Tout le monde apparait dans ces extraits au summum de sa forme. Tarik manque démonter le banc sur lequel il est assis en découvrant Natasha dans ses œuvres, en plein « lap dance », passant d'un séducteur à l'autre — ils glissent à tour de rôle des petits cadeaux dans son string doré — pour finir sur Édouard qui ôte son soutien-gorge. Marion et Vanessa l'une contre l'autre, Sofiane à leurs pieds, regardent fascinées. On dirait une pub pour Tom Ford. Ils reviennent ensuite en plan large. Natasha se tourne vers ses admirateurs en se trémoussant. Le rose lui est monté aux joues.

Ça s'arrête là. Ils ont coupé la suite. C'est déjà bien suffisant. Brice ouvre la bouche pour poursuivre l'indigne tâche. Tarik ne lui en laisse pas le loisir. Il lui saute dessus, et il se retrouve avec la lame d'un énorme couteau, volé aux cuisines, sur la glotte, à moitié broyée par la poigne du jeune homme qui hurle. Certains membres de l'équipe esquissent un mouvement. Mais Tarik fait mettre Brice à genoux, avec une force et une autorité qui les arrête. Il n'a pas l'air de plaisanter du tout, il a l'air carrément dangereux en fait.

— Personne approche ou je le saigne comme un porc. Toi ! Tu filmes qu'est-ce que je dis et vous balancez le message à l'antenne. Si vous arrêtez le direct, j'ai des paquets cadeaux un peu partout sur l'île, j'fais tout sauter, je m'en fous, j'ai plus rien à perdre. Ça sera une vraie boucherie. Votre animateur vedette là, c'est mon premier otage. Hein, Brice ?

Brice Toulemonde fait signe que oui, il se sent bien l'otage de Tarik, ce dont personne ne doute au demeurant.

Ils ont les moyens, à ce moment-là, d'interrompre la diffusion sans que Tarik ne s'en aperçoive. Mais ils ne le font pas, sidérés, comme des lapins impuissants bloqués dans les phares. Ils ne sont, il faut le dire, pas très accoutumés aux prises d'otages… Les quelques courageux qui font mine d'intervenir sur le plateau sont immédiatement immobilisés et contrôlés… par leurs collègues. Le réalisateur, les assistants, les cadres sont entourés et on les conduit directement dans leurs quartiers, sous bonne garde. En quelques minutes, l'île sous le vent se soulève… Les techniciens, séduits par les discours de Tarik, inspirés et discrètement relayés par Alex, ont pris fait et cause dans le combat du jeune homme contre l'injustice, contre les *world companies* qui les exploitent tous pour produire cette merde, contre ce système qui broie les gens etc. La mort de Jean-Philippe les a tous choqués, et perturbés, ils se sentent forcément un peu responsables. L'idéal de pureté de Tarik leur fait du bien, c'est une vraie cause, noble, et belle, comme un petit vent frais sur le tas de purin dans lequel ils pataugent, qui les asphyxie. La rhétorique vieille comme les révolutions a fait son chemin, distillée par le complice d'Alex auprès de ses camarades de la production. Exploités, chauffés à blanc, indignés, soulagés d'enfin faire quelque chose, les intermittents du spectacle se transforment en rebelles. Ils prennent le contrôle de l'île des garçons.

Natasha s'est penchée sur l'écran de contrôle, la bouche ouverte, et considère « son » Tarik, le crâne rasé, barbu, en pleine prise d'otages. Comme Marion, attentive à ce qui se passe sur les écrans, et Vanessa. Les équipes autour d'elles contemplent elles aussi les moniteurs, médusées.

Tarik maintient toujours Brice, le regard rivé à l'objectif de sa caméra. À Paris, ils ne savent pas comment arrêter cela, plus personne ne répond sur les îles. Ils ne peuvent pas interrompre le direct maintenant, à vue de nez il y a bien quatre ou cinq millions de téléspectateurs devant leurs postes, et au moins autant qui suivent sur le net… Tarik s'adresse au public, pendu à ses lèvres, avec trois minutes de différé — mais qu'est-ce que vous voulez couper là-dedans ?

— Maintenant c'est avec moi, ou contre moi. Et c'est moi qui décide de ce qu'on fait, ou pas. Alex !

Alex, en arrière-plan, est resté assis sur son banc, l'air totalement dépassé par les événements. Il se lève et s'approche.

— Trouve-moi la clef de l'infirmerie. Brice : ça va être ton nouveau chez toi. Ça a été aussi chez J.-P. vers la fin, ça te gêne pas ? On va jouer à un autre jeu, ça va te plaire, ça s'appelle les cocus et le prisonnier. Tu kiffes ou pas ?

Brice a un peu de mal à respirer. Tarik l'imite, sardonique.

— Mesdames, messieurs, vous êtes toujours en direct, mais on a un peu changé le programme. Natasha, bébé, tu regardes, c'est pour toi, j'ai vu que t'aimais les sensations fortes.

Il appuie la lame de son couteau sur la gorge de l'animateur. Le sang coule et tache sa belle tunique blanche. Brice s'évanouit comme une jeune fille. Natasha crie en se levant, et expulse dans le mouvement un objet vibrant qui flatte son intimité. Édouard lui a demandé de se rendre au feu de camp ainsi équipée, pour son face-à-face avec Tarik. L'engin tombe dans un petit vrombissement de robot désœuvré et l'indifférence générale. Elle ne porte même pas de culotte. Tarik lâche sa victime qui glisse à ses pieds, le regard fou planté dans l'œil vide de la caméra, sur Natasha en fait, son arme ensanglantée à la main. Il ajoute simplement :

— Coupez.

Le site de la chaîne explose quasi immédiatement. Le replay de l'émission, déjà culte, est indisponible seulement quelques minutes après sa diffusion. Ce qui agite un peu plus la toile et les réseaux sociaux. Les premières réunions de crise sont convoquées, pour ne plus cesser. Et les chaînes « tout info » commencent à passer en boucle les images de la prise d'otages qu'elles ont évidemment récupérées. Les autoroutes de l'information titrent en bandeaux : « Télé-réalité : le présentateur de l'émission *l'Archipel de la séduction* pris en otage en direct par un participant du jeu. ». Les journalistes locaux et les correspondants se rendent sur place, les camions satellites s'acheminent vers le QG de la production, sur le continent, en face des deux îles. Les positions de direct se mettent en place. Et les téléphones égrènent leurs sonneries monotones.

La femme de Jean-Paul K. fait un bond dans le lit et se redresse en ôtant ses boules Quiès.

— Mais qu'est-ce qui se passe ?

Son mari, en boxer-short et t-shirt UCLA, la télécommande à la main, l'a réveillée dans un mouvement incontrôlé et inhabituel. Le PDG de P & J ne saute pas facilement au plafond. Mais là… Il passe de chaîne en chaîne. Son mobile en mode silencieux ne cesse pas de s'allumer en vibrant doucement sur la table de nuit. Il tourne à peine la tête et pose une main distraite, mais apaisante, sur la cuisse de son épouse.

— Rien, rien. Ne t'inquiète pas. Rendors-toi.

La femme de Jean-Paul K. expose ses aquarelles deux fois l'an, sur l'Ile de Ré et dans une galerie des quais de Seine. Elle n'a jamais entendu parler de *l'Archipel de la séduction*. Il éteint la télévision de leur chambre et se relève. Il a des messages en absence. Et des gens à rappeler. À commencer par leur client. Sacré Timothy, il a fait du beau travail, vraiment…

Alex, justement, s'assure que Brice Toulemonde, enfermé à l'infirmerie, est bien traité. Tarik est en train de transformer l'île en camp retranché, toujours armé de son couteau de boucher, et de son fanatisme entraînant. Sa première mesure : envoyer les séductrices se rhabiller. Au sens propre du terme. Elles ont été priées d'enfiler des tenues plus décentes. L'une d'elles maugréa.

— Putain dans deux minutes, c'est la burqa sans déconner !

Tarik l'entend, fait trois pas et l'attrape par les cheveux. Elle pousse un cri, il articule :

— Dis pas des mots que tu comprends pas. Et va te changer !

Il la lâche. Elle le regarde en se massant le cuir chevelu, les larmes aux yeux. Elle ne reconnait pas le type un peu débonnaire et en maillot de bain avec qui elle a dansé, et trinqué. Il a passé un pantalon de treillis, un débardeur sombre, et il n'a plus l'air de plaisanter du tout. Il répète :

— Bouge !

Le ton est donné. Personne ne songe plus à discuter l'autorité du nouveau maître autoproclamé, l'ex gentil barman d'Aubagne. Le Tarik d'avant, fou d'amour pour Natasha, et rendu fou par le concept de cette émission idiote, à laquelle il a accepté de participer pour lui faire plaisir, n'a pas changé en fait. Il reste toujours aussi pur et vrai. Il l'aime, vraiment. Il a agi par pur amour, il continue. Et il n'y a pas grand-chose de pire que l'amour déçu, trahi, bafoué. Certains de ses complices commencent déjà à regretter leur choix. Le leader semble animé de penchants rigoristes, et d'une détermination un peu effrayante. Cette histoire d'explosifs placés aux endroits stratégiques de l'île leur fait un peu peur. Les Arabes, c'est bien connu, maîtrisent l'art de la pyrotechnie. Ou les Chinois ? On n'en est plus à une approximation près, mais en clair tout cela risque bien de leur péter à la gueule.

Alex escorte le médecin de l'île, cantonné dans ses quartiers avec le reste des cadres, au chevet de Brice, dont la blessure, heureusement, ne présente pas de gravité. Cela ne l'empêche pas de râler comme si on lui avait vraiment tranché la gorge. L'homme de sciences l'examine, soupire et prépare une injection.

— Brice, je vais juste te faire une piqûre. On ne sait pas trop d'où ce fou furieux sort cette lame, il ne faut surtout pas que ça s'infecte. Mais c'est superficiel.

Le malheureux s'étrangle, les yeux exorbités en montrant le sang dont il est couvert.

— Oui, oui, ben ça saigne toujours beaucoup, c'est impressionnant, mais tout ira bien. Tiens-toi tranquille.

Il le pique puis se met à panser la plaie. Alex fait les cent pas dans la petite pièce qui a servi de chambre mortuaire à Jean-Philippe. Il réfléchit.

La torture morale est à la portée de tous. Mais infliger une douleur physique est un cap difficile à passer. Les victimes crient, pleurent, supplient, font du bruit en somme, donc jouent sur l'influx nerveux du tourmenteur. Qui doit être doté d'un caractère sérieusement trempé, d'une importante soif de vengeance ou d'un très grand idéal à défendre pour résister à la pression et assumer les conséquences très tangibles de ses actes. Ou bien être complètement fou. La violence physique, infligée, ou subie, même si elle peut faire partie du jeu, est très très réelle. Tarik semble avoir franchi le pas sans faiblir. Ce qui signifie un point de non-retour. Pour lui uniquement. Parce qu'Alex compte bien revenir, lui, si possible accompagné de Melody à présent qu'il a mené à bien sa mission. Il demande au médecin de bien vouloir les laisser et se penche sur le présentateur affublé d'un magnifique pansement autour du cou. Il se tient la tête entre les mains, assis sur le lit, tout blanc pour une fois dans ses vêtements tachés d'un sang caillé, brunâtre, assez inesthétique, pitoyable, démuni de sa liaison téléphonique avec Paris, de son staff, de ses moyens de communication. Alex fait pivoter une chaise pour s'asseoir en face de lui. Brice relève la tête sur ce candidat discret, pour tout dire un peu fade. Forcément… Comparé aux autres cinglés de cette foutue saison… Alex est le plus « normal » finalement, et il faut l'espérer, le plus sensé. Parce qu'il semble avoir l'oreille de Tarik. Un peu plus que l'oreille, même, Brice a perçu comme un double fond chez le gentil Alex, mais tout est faux de toute façon dans ce programme. Et il est un peu tard pour se poser les bonnes questions, il est son seul interlocuteur. Il esquisse donc un sourire faible, auquel répond le jeune homme. Alex se penche.

— Quel bordel, hein…

Brice porte la main à son cou et soupire.

— 'Vous le fais pas dire… À quoi ça va vous mener tout ça, franchement, Alex ?

— « Nous » mener ? Je suis le premier surpris par les événements, Brice. Et, tout comme vous, j'aimerais bien sortir de là entier, figurez-vous, rentrer et oublier…

— À Longjumeau, avec Vanessa…

Ils se regardent un instant. Alex sourit.

— À Longjumeau, oui, avec Vanessa. Mais pour le moment, ça semble un peu lointain comme perspective…

Ils se taisent, ruminant chacun de sombres pensées. Alex se décide à avancer ses pions.

— Tarik ne reviendra pas en arrière à présent. Pour nous, il n'y a pas trente-six solutions. Soit on coopère, soit on s'oppose… Dans quelle position êtes-vous, Brice ?

Le présentateur hausse les épaules.

— Inconfortable ? Ça me paraît bien décrire ma position comme vous dites. Est-ce que j'ai vraiment le choix ? Il n'a pas l'air vraiment ouvert au dialogue, vous avez remarqué ?

— Hmmm. Je pense que vous avez quand même une carte à jouer. Tarik a des… revendications. Et donc besoin de communiquer. Notre intérêt à tous, si on veut éviter un bain de sang et sortir de ce pétrin sans trop de… dommages, c'est que vous jouiez la courroie de transmission avec Paris. Voir ce qu'il veut et de quelle façon répondre à ses exigences. Je peux convaincre Tarik de votre coopération, de l'utilité de vous utiliser comme médiateur…

Brice a un haut-le-cœur.

— Et me faire passer pour un vendu à la cause de ce dingue ? Vous avez d'autres idées comme celles-là ?

— Pour un très bon négociateur, et dans cette configuration, pourquoi pas un sauveur. Ça devrait vous assurer des jours meilleurs si vous parvenez à contenir une rébellion et un candidat versé dans le djihad, vous ne croyez pas ?

Brice secoue la tête avec prudence et dévisage Alex.

— Mais qui êtes-vous, nom de Dieu ?

Alex sourit.

— Au nom d'Allah, je dirais plutôt ces temps-ci…

Brice fait une grimace et murmure.

— Très drôle… Et qu'est-ce qu'il veut exactement, le moudjahid ?

Alex croise les jambes et regarde par la fenêtre.

— Je crois qu'il n'en sait trop rien lui-même. Sa vocation est encore… jeune. Mais l'idée, c'est que je le persuade de vous faire confiance et qu'on arrive à lui proposer des solutions, et à le ramener à des intentions plus pacifiques.

— Vous croyez que c'est possible ?

— Le management par la terreur, ça donne des résultats, au moins au départ, mais il faut des nerfs d'acier, surtout quand on n'en a pas l'habitude. Et Tarik n'est pas un mauvais bougre à la base, c'est juste un bon gars qu'on a poussé à bout. Que vous avez poussé à bout.

Brice baisse la tête. Il acquiesce.

— Allez-y, Alex… Ou quel que soit votre prénom. Allez-y, qu'on essaie de rattraper le coup maintenant. Je ferai mon possible pour raisonner mes ayatollahs à moi, à Paris.

Ils se serrent la main.

Le cri aigu d'un oiseau sardonique fait sursauter tout le monde sur l'île des filles, et chacun semble sortir d'un long sommeil et s'ébroue. Natasha reste bloquée sur l'écran désormais aussi noir que la nuit tropicale, interdite et bientôt dans l'obscurité, car un machino a la présence d'esprit d'éteindre les éclairages braqués sur elle, Marion et Vanessa. Elles non plus ne bougent pas, serrées l'une contre l'autre, tandis qu'autour d'elles les équipes recommencent à s'agiter. Ils plient le matériel, et déjà, et encore, numérisent les images qui viennent d'être tournées, les envoient à Paris. Comme si tout était normal. Marion tourne lentement la tête vers sa voisine, statufiée, et pose sa main sur sa cuisse.

– Natasha ? Ça va ?

Il n'y a pas de réponse à cette question. Tout va tellement loin, trop loin, ils ont tous complètement perdu les pédales… Natasha s'aperçoit avec terreur qu'elle a en fait complètement « zappé » Tarik. Elle l'a oublié, en quelques jours. Parce qu'un type qui ne l'aime pas l'a faite se sentir exister, vivre, vibrer, enfin, et qu'elle est devenue grâce à cette émission et ses amours tourmentées ce qu'elle a toujours voulu être : une héroïne. Une star. De feuilleton télévisé, mais c'est tout ce qu'elle connaît et tout ce à quoi elle aspire depuis toute petite, à Aubagne, plantée devant *Alerte à Malibu*… Tarik la ramène à la réalité et se rappelle ce soir à son bon souvenir, et elle ne le reconnaît pas. Il est devenu fou, et il semble bien que ce soit sa faute à elle. Elle gémit simplement :

— Oh, pétard… Avec son accent chantant, elle pose sa tête de linotte sur l'épaule réconfortante de Marion.

Vanessa se relève en annonçant à voix basse qu'elle doit aller aux toilettes. Marion lui fait un clin d'œil, en berçant Natasha. Elle sourit. Quel joli tableau… La brune et la blonde. Le Vice et la Vertu. Cela n'a aucun sens.

Elle croise celui qu'elle cherche sur le plateau en pleine ébullition, comme si l'agitation habituelle pouvait apporter une réponse à la question : que faire maintenant ? Les liaisons entre les équipes sur les deux îles sont interrompues, Tarik et ses hommes ont sans doute pris le contrôle des moyens de communication, pour le moment personne ne répond chez les garçons. Et Paris n'a qu'un mot à la bouche, un seul mot d'ordre : pas de vague. Il faut maintenir le calme chez les filles. Donc maintien d'un minimum d'activité pour occuper les troupes. Il y a de toute façon assez peu de chance pour que les candidates se révoltent de leur côté, ou quoi que ce soit dans ce goût-là. Les femmes n'ont pas naturellement le réflexe armé, la culture du coup d'État. Elles n'ont pas le temps. Elles doivent protéger leurs enfants, survivre elles-mêmes pour ne pas les abandonner, et se sortir des griffes des valeureux combattants, prompts à se récompenser sur elles de leurs glorieux exploits. Il n'y a pas de repos de la guerrière dans un pays en guerre. En paix non plus.

Quand Vanessa réapparait après sa pause pipi, pour la première fois sans escorte — les cadreurs au chômage technique attendent comme tout le monde des directives de la chefferie – elle trouve Marion, Natasha, les séducteurs en pleine discussion avec les techniciens autour de la piscine. Elle les rejoint et s'exclame :

— J'ai faim, moi. Je meurs de faim. Vous n'avez pas les crocs, vous ?

Natasha fronce les sourcils.

— Ça te coupe pas l'appétit toi au moins…

Vanessa hausse les épaules.

— Tu comptes t'y mettre aussi, toi ? C'est une tradition à Aubagne la grève de la faim ou quoi ?

Natasha s'empourpre, un cameraman, par réflexe empoigne déjà son engin. Marion pose la main sur le bras de la bimbo.

— Oui, bon de toute façon il va bien falloir se nourrir à un moment ou à un autre. Je vais voir ce qu'ils fabriquent aux cuisines si vous voulez ?

L'un des membres de l'équipe, sensible à l'argument, prend les choses en main.

— Ouais, je t'accompagne. À moins que vous ne me preniez en otage, mesdames ?

Personne ne répond.

Chez les garçons, Tarik, très inspiré, instaure un couvre-feu. Les équipes de production, en roue libre, se prennent au jeu et appliquent les ordres que donne le jeune homme un peu au hasard, en fonction de ses souvenirs télévisuels, de sa culture de films d'action. Et ça marche. Tout le monde file droit. Cette île de la perversion connait enfin un semblant d'ordre et de discipline. À dix heures du soir, du jamais vu, extinction des feux. Les séductrices sont escortées en tout bien tout honneur à leur chambre, du moins officiellement, par des cadreurs mercenaires et des scripts guérilleros. Des preneurs de son montent la garde devant les quartiers de Brice et des cadres présents. Tarik et ses nouveaux « lieutenants » promus en raison de leur ralliement et de leur adhésion à la cause un peu sommaire, mais pure, du révolutionnaire établissent leurs quartiers très logiquement dans le pool house. On y boit du thé en discutant avec « le chef » de la suite des opérations. Tarik n'oublie plus aucune des cinq prières quotidiennes. D'ici à ce qu'il exige que tous ses partisans se convertissent à l'Islam, il n'y a qu'un pas. Qu'Alex se chargera de l'aider à franchir. Alex a obtenu du chef de conserver son autonomie, sous prétexte d'être ses oreilles et ses yeux sur l'île. Comme tous les dirigeants, il va avoir besoin d'un homme de l'ombre. Cela a beaucoup plu à Tarik.

TROISIÈME PARTIE

Pornographie, pédophilie, drogues, idées fascistes... Ce ne sont pas vraiment des crimes graves de nos jours.
J. G. Ballard *Super Cannes*

... et désoler mais on va pas en prison pour avoir poignarder quelqu'un y a plus grave dans la vie sa arrive se genre de choses.
Tweet de Lisa#teamNabilla

Il n'y eut pas d'aube nouvelle.

Il n'y en a jamais vraiment. Les apparences seulement changent. Les habitants de l'île des insurgés, sous la coupe de Tarik, réapprennent très vite les bonnes manières, et l'art de la dissimulation. En dehors du barman djihadiste et d'une poignée d'illuminés sensibles à l'appel de la foi, tout le monde se remet à forniquer dès la première nuit, mais discrètement. Les séductrices, contraintes pour la plupart à l'abstinence depuis une semaine, trouvent leur bonheur dans les bras des membres de la production, eux aussi soumis au régime sec, et depuis plus longtemps. Il y a des allées et venues dans l'ombre, des échanges de bons procédés d'une case l'autre. Paradoxalement l'absence de caméras les incite à observer des précautions, à préserver une certaine décence, comme dans la vraie vie en fait. Personne ne fornique en public dans la réalité, à part dans certaines circonstances très particulières. Plus rien d'outré donc, officiellement, sur l'île des garçons. Et une libération des sens, un vrai déchaînement de sexualité plutôt sains, à l'abri des regards.

Chez les filles en revanche, sans plus aucun contrôle, les choses suivent le cours vicié posé en postulat de base de l'émission. Aux cuisines, en l'absence de consignes, l'équipe de nuit n'a pas remplacé celle du jour. Marion et Anthony, de la production, renoncent à aller chercher les cuistots en goguette quelque part sur l'île. Et trouvent des trésors dans les chambres froides. Comme ils ont faim, ils sortent un peu tout et n'importe quoi des rayons. Des jambons, des fromages, des tomates. Ils rient comme des enfants en amassant des victuailles sur le chariot roulant. Ils tombent enfin sur des fraises dodues, et rouges. Ils sortent, ils commençaient à avoir froid, et en mangent immédiatement quelques-unes.

Marion est à moitié nue dans sa robe sophistiquée au milieu de cette cuisine. Elle a un peu de jus de fraise sur le menton, l'air affamé. À vrai dire elle l'est. Et elle s'est vue à l'antenne, transformée, affolante, révélée. Elle a découvert des plaisirs inconnus et vertigineux. De toute façon, sa vie ici ne ressemble à rien. Elle plonge ses mains dans le saladier de fraises, prend les fruits à pleines mains. Et s'en couvre la poitrine en riant de plaisir, le jus rouge et odorant coule sur elle. Elle regarde Anthony ainsi barbouillée avec une sorte d'innocence. Il fait glisser sa robe.

Alex quitte la tente de Tarik. Ce dernier s'inquiète de son départ, mais Alex, sous prétexte qu'il est fatigué et a besoin de repos, a décliné une énième tasse de thé, une énième discussion abrutissante sur les vertus comparées de telle ou telle machine de musculation ou des différents explosifs utilisés par les terroristes professionnels. Le chef, magnanime, le laisse partir et le gratifie d'une accolade et d'un :

— Salaam, mon frère.

Heureusement, personne ne filme plus. Alex file directement à la recherche de Melody. Elle n'est pas dans sa chambre, aucune des séductrices non plus d'ailleurs. Leurs

« gardes » aussi ont disparu. Il se doute bien qu'aucun de ces jeunes gens ne s'est plié au couvre-feu. Un couvre-feu ! Pourquoi pas un autodafé ? Il n'y a pas de livres en même temps sur l'île. Ils ont dû trouver un endroit suffisamment distant du camp de Tarik pour pouvoir faire la fête sans se faire repérer par les adeptes de la prière. Faut pas charia, quand même ! Alex rit tout seul de son bon mot, dans le noir, pour tromper son inquiétude. Il se dirige vers la plage la plus éloignée. Il marche un moment sous la lune le long de l'océan, en essayant de se calmer, jusqu'à percevoir des bruits de voix, des éclats de rire. Ils sont une vingtaine effectivement autour d'un feu, avec guitare, alcool piqué aux bars, et quelques victuailles. Il y en a aussi dans l'eau. Bref : la bande de jeunes lâchés au bord de la mer. Melody tire sur un joint, sans maquillage, les épaules couvertes d'un chandail de machino, écroulée contre Sandra. Elles sont mortes de rire, et quand elles le voient en face d'elles, elles pouffent de plus belle en lui tendant le pétard.

— Ah ben, tiens ! V'là l'plus beau. Manquait plus que toi !

Alex s'assoit près d'elles sans rien dire en souriant. Il respire mieux. Il l'a sous la main, et elle ne semble pas avoir éventé leur secret.

Natasha, pour la première de fois de sa vie, boit beaucoup ce soir-là, encouragée par Édouard. Quand Marion et Anthony reviennent, rajustés, en poussant leur chariot de nourritures, elle joue à la barmaid et fabrique des cocktails improbables qu'elle goûte au passage pour tous ses nouveaux amis. Vanessa et Sofiane saluent ses trouvailles sans les boire. En voyant Marion, un peu rose sous son hâle, la chercher du regard, Vanessa sourit. La jeune femme pose une main sur le bras de son amant éphémère et se dirige droit vers elle. Vanessa la serre contre sa hanche.

— Ça va ? Tu veux un cocktail de Natasha ? Elle est très douée…

Marion considère la bimbo déchaînée.

— Elle est très saoule surtout… Je t'ai rapporté quelque chose des cuisines. Ouvre la bouche.

Elle lui glisse une fraise entre les dents. Vanessa ferme les yeux.

— Hum. C'est bon….

— Hey, Nath', tu m'en fais un pour moi ?

Natasha roucoule en se saisissant de ses bouteilles, elle en renverse pas mal au passage. Elle pouffe.

— Bien sûr, ma chérie !

Elle oscille dangereusement, un peu dépoitraillée, joue aux serveuses aguicheuses sous le regard concupiscent des séducteurs et des personnels de plateau agglutinés derrière le bar. Édouard veut la leur livrer en pâture ce soir, il a parié avec Vanessa et Sofiane qu'il y parviendrait. Et cela a l'air bien parti. Vanessa observe l'avancée des opérations avec satisfaction. Après un mort, un viol collectif, c'est le moins qu'elle puisse faire. Elle n'en a pas besoin, l'émission maintenant est coulée, cela ne fait aucun doute, d'ailleurs plus personne ne filme. Mais elle a quand même glissé une de ses petites pilules dans le verre de Natasha. Enfin si, quelqu'un tourne encore : Édouard apprend à se servir d'une caméra, et suit les directives d'un cadreur. Bien sûr les images ne seront pas d'une qualité *broadcast*, mais bien suffisante pour internet. Un peu plus tard quelqu'un fait couler de la vodka sur les seins de Natasha, à moitié évanouie, soutenue par Sofiane et deux acolytes. Les autres dégrafent leur ceinture. Marion veut intervenir, mais Vanessa l'en empêche. Elle caresse ses beaux cheveux, tandis que derrière elle, Natasha subit les premiers assauts, sans réagir qu'en gémissant un peu.

— Ne regarde pas si tu ne veux pas.

Elle glisse son pouce contre ses lèvres.

— Mais pourquoi ?

Vanessa plisse les yeux.

— Parce qu'il faut toujours une victime.

— Ça va trop loin. On ne peut pas les laisser faire.

— Hum. C'est trop tard. Tu as vu tous ces mâles en rut ? Si ce n'est pas elle, ce sera nous. Et je ne veux pas qu'ils t'abiment, mon ange…

Elle mord son pouce. Vanessa étouffe un cri. Marion desserre les dents et suce le membre endolori. Elle l'embrasse. Vanessa garde les yeux ouverts, par-dessus l'épaule nue, blanche dans la nuit, sur la masse des corps qui ondulent dans un même mouvement au-dessus de Natasha. Elle disparait sous le nombre de ses assaillants. On dirait qu'ils vont chacun emporter un morceau d'elle dans leur case, comme un trophée de cannibales. Édouard filme la mêlée.

Le huitième jour

Natasha émerge d'un coup d'un sommeil hypnotique. Elle rêve qu'elle est sous l'eau, elle voit la surface, mais elle étouffe, elle étouffe. Elle prend une grande respiration affolée en ouvrant les yeux. Elle met un moment à se repérer, elle ne sait pas où elle est. Sur une banquette du bar. Ils l'ont laissée là, nue, sous une nappe… Quelqu'un a quand même pris la peine de la couvrir avec ce qui lui est tombé sous la main. Elle ne se souvient de rien, mais elle sait. Elle a mal. Son hurlement s'élève dans le ciel impavide, pur.

Marion sursaute, alertée peut-être par un pressentiment, car elle n'a pas pu entendre le cri de Natasha depuis sa case. Elle réveille Vanessa qui dort à plat ventre à côté. Cette nuit, elle a refusé que Sofiane se joigne à elles. Elle l'a vu prendre son tour dans la file…

Alex, assis dans le lit, caresse les cheveux de Melody, dont la tête repose sur ses genoux. Elle dort enfin. Ils se sont déchirés toute la nuit. Il a fini par la piquer une nouvelle fois pour la calmer. Il regarde les ombres des palmiers qui jouent sur les murs de la chambre. Il va devoir se lever et retrouver Tarik. Il lui a demandé la veille de le laisser dormir, afin d'être dispo pour la suite. Le nouveau guerrier de la foi l'a regardé d'un œil soupçonneux. Alex a soupiré.

— Je n'ai pas ta force. J'arrive plus à dormir à cause de Jean-Philippe et Vanessa et tout ça. Je vais prendre un somnifère, j'en peux plus.

Tarik, levé à cinq heures, a procédé aux ablutions et fait sa première prière, juste avant le lever du soleil. Puis des séries d'abdominaux et des pompes.

Quand Alex arrive, l'air chiffonné, au quartier général, il lui tend un thermos de café.

— Ben dis donc, ça a pas l'air d'aller tellement mieux… T'as pioncé au moins ?

Alex ne répond pas et se sert un gobelet.

— Quelle heure il est ? On en est où ?

— Neuf heures et demie. Allez, viens par là.

Tarik essaye de mettre au point sa liste de revendications, toutes plus saugrenues les unes que les autres. L'un de ses fidèles lieutenants, lui aussi somnolant – le djihadiste est affreusement matinal – entre et les interrompt.

— Tarik, on a reçu un message de Paris. Ils attendent pour une liaison téléphonique avec toi, quand tu veux.

Le GHB avait modifié le comportement de Natasha. Elle n'a aucun souvenir conscient de ce qui s'est passé la veille, mais une sorte de prescience abominable. Elle a la sensation d'avoir été conduite par elle ne sait quels moyens, à des actes qu'elle n'a pas souhaités. Sa douleur au bas-ventre la renseigne malheureusement sur la nature de ces actes. La honte, l'horreur, la colère, la peur prennent possession d'elle. L'absence d'Édouard n'arrange rien. Elle erre de case en case en pleurant, enveloppée dans sa nappe, frappe aux portes, les unes après les autres. Personne ne lui ouvre. Enfin, un preneur de son finit par répondre. En caleçon, il la toise.

— T'en veux encore toi ? Et ben ma salope… Entre, viens…

Cet accueil la renseigne définitivement. Elle lui saute en visage en hurlant, il a beaucoup de mal à la maîtriser. Elle saigne du nez à présent, il l'attache au lit, elle pleure, elle appelle Tarik.

Ce dernier tient conseil afin de définir une stratégie. Les séductrices, transformées en ombres obéissantes, sans maquillage, les cheveux tirés et les yeux baissés, servent le thé aux hommes réunis. Et étouffent leurs bâillements, en ressassant les souvenirs de la nuit. Et en reluquant certains participants, qui n'ont pas été aussi sages que prévu. Disons qu'ils ont pris une petite avance sur le paradis et les onze mille vierges promises. Le compte n'y est pas, ni sur le nombre, ni sur la virginité, mais bon, en temps de guerre on se contente de ce qu'on a. Le décor façon tente de Bédouin assure néanmoins une certaine solennité. Alex pense à Melody. À la cure de sommeil qu'il lui inflige. Il est peut-être temps encore de tout arrêter. Ils sont en position de négocier avec la chaîne. Un rapatriement dans le calme des équipes, des insurgés, de tout le monde sans causer plus de dégâts arrangerait certainement toutes les parties. Douces illusions… Le processus qu'il a contribué à enclencher ne peut plus être neutralisé. Même par lui.

À Paris, réunion du conseil restreint de la chaîne, dans la salle attenante au bureau du président. La situation leur échappe complètement, ils l'admettent enfin. Dans les couloirs, on rase les murs, dans l'attente de ce qui va sortir de la pièce aux portes closes. Rien de bon, de toute façon : *l'Archipel de la séduction* c'est over… Les images tournées par Édouard la veille, celles de la nuit précédente circulent sur le net depuis quelques heures. Des milliers de gens les ont vues, les partagent avec d'autres milliers avant qu'on ne parvienne à les retirer de la circulation. La traînée de poudre scandaleuse défraye la chronique faussement indignée, avide, obnubilée par ce spectacle inédit : un vrai gang bang, avec de vrais gens, qui plus est des héros de télé-réalité. Tous ces mâles sur cette malheureuse fille siliconée… *L'Archipel de la séduction* fait l'ouverture des journaux télévisés, les chaînes d'info, passent les images « montrables » avant que le CSA ne se réveille, ce qui ne devrait pas tarder, les autres en parlent en disant qu'elles se refusent à les montrer. Un coup énorme. Mais c'est la fin de la partie. À part des actes de torture, ils ont à peu près tout fait là-bas, de quoi nourrir plus tard une bonne série documentaire genre *retour sur une dérive* avec des spécialistes et tout le truc quand tout cela se sera tassé. Mais là, plus question de direct, ni de diffuser les huit épisodes programmés dans l'été, ni de quoi que ce soit pour le moment. Il faut plier les gaules.

Hubert de Longwy écoute ses conseillers disserter sur la nécessité d'interrompre ce qui n'aurait jamais dû commencer. Le petit merdeux de la boîte de production sourit ironiquement, les yeux fixés sur les immeubles de bureaux de l'autre côté de la rue, comme s'il n'y était pour rien. Le président de la chaîne a très envie de le gifler. Mais il a d'autres chats à fouetter. Il a reçu un coup de fil des hautes sphères juste avant la réunion. Il ne l'a pas annulée pour donner le change.

— Vous allez me faire cesser immédiatement ce bordel, mon vieux ! Une prise d'otages en plein milieu de la zone pacifique, il est question d'explosifs me dit-on ? Non, mais vous vous rendez compte, dans le contexte international ?

— Je sais, monsieur le Ministre, je sais, mais…

— Vous ne savez rien, Longwy ! Vous avez de la chance, on vérifie encore, mais aucun de vos soi-disant « djihadistes » n'est fiché par nos services. L'État Islamique ? Al-Qaïda ? La menace terroriste ? Ça ne vous dit rien ? Vous croyez qu'on a besoin d'agiter encore ce chiffon-là sous le nez des gens avec vos islamistes d'opérette ? On dirait que vous les avez vous-mêmes formés ! Mais qu'est-ce que vous avez foutu, nom de Dieu ?

Il hurlait carrément au téléphone.

Hubert de Longwy se demande effectivement ce qu'il fabrique à la tête de cette usine à gaz, cette usine à intoxication cérébrale. Cette usine à cash aussi… Mais bref : de toute façon les dés sont jetés. Le ministre avait pris la décision tout seul, enfin piloté par l'Élysée évidemment, mais en tout cas sans lui, avant de l'appeler pour passer ses nerfs. Pas question de laisser cette situation hors de contrôle, et à la discrétion des crétins de la télé. De vrais dangers publics soit dit en passant ! Un commando d'une unité spéciale basée dans la zone est en route en ce moment même. Des hommes habitués à ce genre de situations ont déjà reçu l'ordre d'intervenir, et de mettre hors d'état de nuire les agités du bocal. La production ni la chaîne n'ont plus le contrôle du dossier. Ça tombe bien, elles n'ont plus non plus le contrôle de leurs équipes. Il est tenu au secret défense bien entendu.

Il ne reprend la parole qu'une fois le tour de table terminé. Comme d'habitude personne ne s'est mouillé.

— Nous allons devoir gagner du temps. Nous avons pris contact avec eux, nous serons en communication dans quelques instants. On va dans un premier temps écouter ce que le leader a à nous dire, voir ce qu'il veut et où il en est. Brice fait le lien, il a apparemment réussi à établir une relation de confiance. On va négocier. À notre connaissance, pour le moment, il n'y a pas eu heureusement d'autres actes de violence perpétrés sur des membres des équipes ou des participants, en dehors de cette pauvre fille, je veux dire, bon… Mais la situation peut dégénérer d'un moment à l'autre. Vous avez vu ce dont ils sont capables. Je vais donc gérer le dossier moi-même dorénavant, en liaison avec les autorités compétentes. Bien entendu, rien de ce qui vient de se dire ici ne sort de cette pièce. La moindre fuite pourrait avoir des conséquences très lourdes. Vous m'avez bien compris ? Il en va à présent de notre responsabilité, et de notre devoir de gérer tout ça et de mettre un terme, si possible pacifique, à ces dérapages regrettables. Cette production a clairement dévissé, nous en tirerons les leçons. Messieurs, je vous demande de bien vouloir nous laisser à présent.

Ce que veut Tarik c'est une prise d'antenne le soir même, pour expliquer en public, au monde, à Natasha, qu'il a purifié ces deux îles sataniques, éradiqué le stupre et la fornication, qu'il a fait son devoir et œuvré pour le bien. Mais surtout ce qu'il veut, bien sûr, c'est récupérer Natasha, la ramener à Aubagne et oublier. Oublier tout cela. Que tout redevienne « normal » et retrouver la vie d'avant. Et recommencer à sauter des falaises des calanques…

— Au nom d'Allah, rajoute quelqu'un.

— Ouais, au nom d'Allah, exactement !

Il a aussi une petite liste de revendications manuscrite de son écriture enfantine et appliquée.

Alex fait les cent pas pendant que tout le monde y va de sa petite idée, à grand renfort d'exclamations et de bourrades viriles. Ces imbéciles jouent au soldat, hilares, sans aucune conscience de ce qui se trame autour d'eux. Même les membres de la production, pourtant un peu plus au fait des réalités, succombent au délire ambiant… Il s'arrête et prend la parole, pressé d'en finir.

— Bon. Mais alors il faut que Brice présente l'émission.

Un concours de sifflets et de protestations accueille son intervention. Tarik le fait cesser.

— Laissez-le parler. Vas-y, mon frère.

— Sans lui, le message, ton message risque de mal passer. Et la chaîne ne peut pas te laisser à l'antenne avec… tout ça, sans un minimum d'encadrement. Trop risqué. Déjà qu'ils passent pour des guignols…

Tarik fronce les sourcils.

— Je m'en fous. Ils ont pas le choix maintenant ces bâtards. Et sinon, et ben c'est pas grave, on fera une vidéo. On s'en fout, on la balance sur le net et voilà. On n'a pas besoin d'eux, c'est nous les stars maintenant, c'est nous qu'on fait le buzz quoi !

Son assemblée approuve chaudement cette déclaration de politique générale d'une simplicité et d'une clarté désarmantes. Tarik n'est ni idiot, ni fou. Mais sentimental. Il écoute encore Alex, son âme damnée, qui l'a révélé à lui-même.

— C'est vrai. Mais justement. Tu as le pouvoir. Profites-en pour faire passer un vrai message. Tu imagines : en direct, avec Brice à tes bottes, il fait grave le job, il va te faire passer ça comme une lettre à la poste, ça va être nickel et ce sera nettement plus efficace qu'une vidéo. C'est pas un clip de rap, putain les mecs, réveillez-vous, on a un vrai truc à dire, et c'est la parole du Prophète !

La parole du Prophète qui n'est qu'un support en la matière, évidemment, compte tenu du fait qu'elle n'importe à personne réellement, même à Tarik. Mais ce n'est pas le problème.

Alex prend des risques. Il pense que c'est le seul moyen de les tirer tous d'affaire à présent, de lui faire miroiter cette émission coûte que coûte. Il se doute que la chaîne va de son côté temporiser. Et lui accorder tout ce qu'il veut, ou faire semblant. Il sait que le direct à présent est impossible. Mais ils peuvent, avec Brice, faire croire à Tarik que ses désirs sont exaucés. Et le calmer. Et obtenir que tout ça s'arrête. Plus personne ne manifeste. Tarik réfléchit. Il comprend bien ce que veut dire Alex. Et puis cette histoire d'explosifs est bidon. Autant négocier et s'en tirer en plus en mode héros de la foi. Ça fera plaisir à sa mère, et puis peut-être à Natasha. Cette dernière pensée le décide. Il n'a tué personne, après tout…

— OK, ch'uis d'accord. Allez chercher Brice, on va discuter avec eux.

Alex se lève. Ils se frappent dans les mains.

— C'est sage, mon frère !

Tarik ne se connecte pas à l'Internet de façon aussi automatique que le djihadiste moyen, une vraie midinette de ce côté-là. Il est un peu fatigué, et étourdi. Alex se charge de lui soumettre des tas de décisions à prendre, comme un vrai chef doit le faire, et ses prières quotidiennes, en dehors de lui occuper l'esprit et d'apaiser un peu ses tourments et la seule plaie de son cœur, Natasha, lui prennent beaucoup de temps. En plus il n'a pas forcément envie de lire, ou de voir son honneur bafoué sur la toile, ses malheurs disséqués. Il se décharge instinctivement de la partie média sur Alex, qui a l'air de se débrouiller. Celui-ci a réglementé très strictement l'accès aux réseaux. Tarik ignore donc encore ce qui est arrivé à sa moitié, ce qu'elle a fait. Il est bien le seul. Mais Alex ne pourra pas empêcher tout le monde de se connecter éternellement, l'île est évidemment suréquipée pour les besoins de la production. Il faut accélérer le mouvement.

Sur l'île des filles, la vie suit son cours intranquille. Livrés à eux-mêmes, ses habitants glissent sur la pente des pires désordres avec un bel enthousiasme. Plus d'horaires, plus d'obligations, plus de tâches à accomplir, plus d'émission : l'anarchie s'empare de cette île, en face de celle contrôlée par les terroristes, dans un raccourci historique et politique saisissant. Et avec la même naïveté consternante quant au résultat des courses. Au petit-déjeuner, tout le monde s'engueule. Deux camps s'affrontent autour du sort de Natasha, toujours séquestrée et ligotée à un lit. Les uns penchent pour la libérer, les autres pour la garder captive. Et personne ne fait rien. Édouard, assis au bar, ironise :

— Si vous êtes pour relâcher Natasha tapez 1, si vous êtes contre, tapez 2…

Sofiane, agacé, tape du poing sur une table.

— Ta gueule Édouard, c'est pas drôle.

Effectivement cela ne fait rire personne. Car personne n'a très envie d'affronter ce qui s'est passé la veille. Vanessa pose la main sur le bras de Sofiane.

— Non, mais c'est pas con en fait ! On n'a qu'à voter ! Qu'est-ce que vous en pensez ?

L'idée et le principe démocratiques mettent tout le monde d'accord. Le vote : LA solution parfaite, anonyme, irresponsable. En plus de cela, il faut l'organiser, ça occupe, et ça donne l'illusion de décider, ou au moins d'agir.

Ce n'est pas comme si on laissait pourrir les choses. Puisqu'on vote, on se prononce. Et comme c'est anonyme, c'est quand même la meilleure solution. Et la pire de toute, songe Vanessa que ce procédé démocratique arrange bien. Elle garde ainsi la situation sous contrôle en attendant des informations. Elle sent le dénouement imminent.

Tarik et ses sbires sont en place pour la liaison en visioconférence avec Paris. Alex a essayé de les freiner dans la mise en scène. Sans grand succès. Ils ont construit une tente de djihadiste d'opérette, comme d'indiens, sans comprendre que ce n'est plus un jeu. Il se tient derrière la caméra pour soutenir Tarik, de plus en plus inquiet. Ce dernier apparaît à l'écran comme un calife, assis devant le fond vert, nu, de la salle d'interview, entouré de ses compagnons de combat debout, tous en tenue vaguement militaire, enfin pas en maillots de bain, et en noir, tous pas rasés, tous l'air patibulaire. Et armés. De fusils de pêche destinés aux activités de plongée sous-marine et de couteaux de cuisine. Le technicien parisien qui gère la liaison dans la salle de réunion se recule et lâche un « oh putain ! » que personne ne relève. Assis à côté de Tarik, seule tache claire, mais fripée, dans ce tableau, Brice Toulemonde. Le président de la chaîne, l'envoyé du quai d'Orsay, et le directeur des programmes se regardent. Hubert de Longwy se penche légèrement vers le micro en regardant l'écran.

— Bonjour. Bonjour, vous m'entendez ?

Le léger décalage entre la voix et l'image rend les choses un peu caverneuses, ridicules, tout le monde de chaque côté s'observe comme au travers d'un œilleton.

Tarik se tourne vers Brice.

— Ouais, c'est bon. C'est qui qui parle ?

Brice fait son boulot et présente son interlocuteur. Avec respect.

— C'est… le président de la chaîne, Tarik.

— Bonjour, Tarik. On peut se parler ? Je vous écoute.

Tarik ricane en décalé et attrape Brice par le collet, en dépit des gestes de dénégations d'Alex.

— C'est pas moi qui va parler, c'est lui. Il a l'habitude. Et pis pour une fois, ce sera la vérité. Allez, vas-y. Et t'oublie pas qu'est-ce qu'on s'est dit, sinon…

Il passe lentement son pouce sous sa propre gorge. Quelqu'un dit encore « Oh putain… » Alex se tient la tête entre les mains. Il improvise complètement par rapport à ce qui a été décidé, à fond dans son personnage, c'est une catastrophe.

— Bonjour Brice.

Le présentateur fait un signe de tête. Et en jetant un œil sur les papiers étalés devant lui, toujours sous la férule de Tarik, il se lance et sa voix vibre d'une émotion véritable.

— Voici les trois conditions à la libération des équipes retenues. Premièrement une émission en direct tournée ici ce soir et diffusée comme un feu de camp ordinaire.

— Tarik, je peux me permettre une question ?

Il fait oui de la tête.

— Quel serait le contenu de ce programme ?

— Tarik est d'accord pour travailler sur un conducteur. L'idée c'est de le faire intervenir et qu'il puisse s'expliquer ce soir. Expliquer, euh, son combat…

Tarik pousse Brice et intervient.

— Ouais. Brice va m'interviewer et tout le monde va comprendre qu'on a juste repris les choses en main, quoi.

— Pendant combien de temps, parce que ça…

— T'inquiète mon gars, vous z'allez pas vous ennuyer. Vas-y Brice.

— Oui, en fait Tarik désire aussi pouvoir parler à sa famille. En fait c'est une condition *sine qua non.*

Il se prend une tape sur la tête.

— C'est ça ou je fais tout sauter.

Traduction amusante de *sine qua non*.

Brice reprend précipitamment. Alex échappe un gémissement derrière la caméra.

— Voilà. Et il veut aussi, il a une liste de reven…

Tarik l'interrompt à nouveau.

— C'est bon, j'expliquerai ça ce soir. Faut laisser du suspense, hein, gros ?

Pendant cet échange, Hubert de Longwy reste de marbre.

— OK, Tarik, pour le direct. Il faut que vous restiez en liaison permanente avec nous pour préparer l'émission.

— Nan, j'ai aut'chose à faire.

— Écoutez…

— Ta gueule, hurle Tarik. Brice va la préparer l'émission, c'est son boulot après tout. Avec un de mes gars à côté comme ça, y aura pas d'lézard. Ah, et les flash-backs en arrière, là, avec des images que vous avez gardées d'avant, vous oubliez, ok ?

Le directeur des programmes essaye de convaincre Hubert de Longwy de ne pas céder, catastrophé. Tarik entend un bout de leur conversation, et se remet à hurler.

— C'est moi qui décide ! Tu préfères Brice en pièces détachées ? On commencera par la langue. Qu'est-ce t'en penses, toi, bouffon ?

Il resserre son bras autour du cou de l'animateur, qui se remet à saigner. Le président fait signe à son collaborateur de la boucler et intervient.

— Ok, ok, ok. On fera comme vous voudrez. Et ensuite vous libérerez tout le monde ?

— On verra après l'émission. Si ça s'passe comme il faut, les gens y verront qu'on n'a rien fait de mal, qu'on a même arrêté le massacre, et que J.-.P c'est vous qui l'avez tué.

— Ok, on va se mettre au travail.

Tarik sourit, relâche sa prise et dépose un bisou ironique sur le front de Brice.

— C'est ça. Inch'Allah.

Et la transmission s'interrompt.

Personne n'ose rien dire, le président ôte ses lunettes.

— Faites ce qu'il a demandé, préparez les duplex avec la famille de cet abruti.

Thomas Richard se tourne vers lui.

— Hubert ! Monsieur le président, je m'oppose à cette décision, je…

Hubert de Longwy sourit et lui met la main sur l'épaule.

— Richard, vous êtes assez courageux dans votre genre… Vous me prenez pour un imbécile ?

— Euh, non, mais…

— Il n'y aura jamais de direct, on va tourner l'émission comme si elle était en direct, mais sans la diffuser.

— C'est de la folie ! Vous l'avez entendu ! Quand il va s'apercevoir…

— Faites ce que je vous demande, ne discutez pas. Et faites-moi confiance, je sais ce que je fais.

Normalement, ils n'auraient pas le temps de s'apercevoir de la supercherie avant que les troupes ne se soient rendues maîtresses de la situation.

— Allez-y Richard, donnez les ordres.

Thomas Richard sort, blême, de la salle de réunion. Hubert de Longwy se tourne vers l'une des deux autres personnes présentes dans la pièce.

— Raphaëlle, est-ce qu'on a coupé comme je l'ai demandé tous les moyens de communication sur les îles, à part avec nous ?

La responsable concernée s'avance, les yeux rivés sur son *BlackBerry*. Elle vérifie et répond.

— À l'heure actuelle ils sont totalement coupés du monde et…

— Ce n'est pas ce que je demande. Sont-ils encore en mesure d'envoyer une autre de leurs vidéos lamentables ou de communiquer de quelque façon que ce soit sur les réseaux ? Oui ou non ?

— Normalement non, monsieur. Ils n'ont normalement plus accès à aucun réseau. À part le nôtre.

Hubert de Longwy hausse les épaules, soupire et se lève.

— Qu'est-ce que ça veut dire « normalement » ? Est-ce qu'il y a quoi que ce soit de normal dans tout ça ? Démerdez-vous comme vous voudrez, mais rien ne sort de plus de ces saloperies d'îles, est-ce que c'est clair ? Il s'adresse alors à l'envoyé du quai, qui n'a pas prononcé un mot.

— Voulez-vous me suivre dans mon bureau ?

Le feu de camp

Marion avait donné l'alerte. Pendant le vote, elle était quand même allée voir ce que devenait Natasha. Et avait trouvé la chambre vide. La bimbo s'était défaite de ses liens et enfuie, l'oreiller portait encore la marque de sa tête. À présent, organisés en patrouilles, ils la cherchent partout, les deux filles, les séducteurs, les équipes, ses violeurs. Ils sillonnent l'île depuis ce qui leur paraît des heures. Et ils réalisent enfin. Parce qu'ils ne la trouvent pas. Marion inspecte la plage sud en compagnie de deux autres insulaires. Ils décident de quadriller chacun un coin de la plage immense. Ils appellent, ils crient, ils essayent de trouver des traces d'elle, en espérant ne pas tomber sur un truc horrible. Parce qu'il va finir par faire nuit, et que plus le temps passe plus la visibilité faiblit, plus les chances de la retrouver s'amenuisent, plus leur culpabilité grandit.

Surtout si elle a décidé de traverser pour rejoindre l'autre île, en dépit de tout ce qu'on leur a dit sur les conditions de navigation. Mais peut-être que cela aussi est faux. Marion se dirige seule vers le local à bateaux, pour voir s'il ne manque pas un optimiste ou un kayak. Elle s'éloigne peu à peu des autres.

Elle se sent brusquement soulevée du sol, une main gantée de noir sur la bouche pour l'empêcher de crier, et transportée sans difficulté. À la première ruade, la prise se resserre férocement et l'empêche de respirer. Elle entend une voix, assourdie, en français :

— Ne bouge pas et tais-toi. Il ne t'arrivera rien si tu bouges pas.

On lui fait traverser très vite la mangrove qui borde la plage, puis au pas de course, on l'entraîne au travers des arbres plus denses de la jungle, dans une semi obscurité. Elle entend son nom crié maintenant avec celui de Natasha par ses camarades. Elle a peur, elle respire mal, les yeux écarquillés elle s'affole, ses jambes pédalent dans le vide en essayant de suivre la foulée puissante de son ravisseur. Ils remontent en fait au pool house par un chemin non balisé, et il la dépose enfin à terre au milieu de la piste de danse. Les bulletins du vote volettent au vent, éparpillés un peu partout. D'autres hommes en noir, cagoulés, s'affairent. Toujours sans un mot, on la conduit devant l'un d'eux, assis derrière une table du bar, sur laquelle il n'y a rien que ses mains, énormes et un ordinateur portable. Il fait un signe de tête, on la lâche et lui désigne un siège, sur lequel elle s'assoit.

— Nom, prénom.

— Euh… Marion Delorme.

Il tapote sur son clavier et attend. Il fronce les sourcils et lève les yeux sur elle.

— Ok. Est-ce qu'il y a des individus armés parmi vos petits copains ?

Elle reste bouche bée.

— Des indi… armés ? Euh non, je ne crois pas non.

— À quand remontent vos derniers contacts avec l'île en face ?

— Au dernier feu de camp, il me semble.

— Hmmm. C'était quand ?

Elle ne sait plus. Elle baisse la tête, les larmes aux yeux.

— Hier ? Avant-hier soir ? Mais vous êtes qui ? Qu'est-ce qui se passe ?

Son interlocuteur continue à mâcher son chewing-gum sans répondre, dans le grésillement des liaisons radios. Apparaissent tout à coup des séducteurs, conduits par d'autres hommes cagoulés, et armés. Puis petit à petit, toute la bande des membres de la production, Vanessa, Sofiane, Édouard, sous bonne escorte. Bientôt ils sont tous regroupés sous la pagode centrale. Le chef se lève.

— Bien. Est-ce qu'il en manque ?

— Négatif. On a tout, on a ratissé toute l'île.

— Bon, on va les compter et…

Marion toussote et lève le doigt comme à l'école. Le chef se tourne vers elle.

— Il manque quelqu'un. Natasha, euh… Je ne connais pas son nom de famille. On était justement en train de la chercher. Elle a disparu.

Le chef secoue la tête, sourit, ne répond pas et se détourne. Vanessa demande :

— Est-ce qu'on peut savoir ce qui se passe ?

Toujours pas de réponse.

— Vous me les rassemblez sur la plage, le premier qui bouge vous me le contrôlez, je ne veux pas de problème ici, et vous m'embarquez tout ça. Nous, on nettoie tout leur bordel sur zone et on évacue. Exécution.

Vanessa, au milieu des insulaires, piteux, enfin silencieux, enfin calmés, respire un bon coup et murmure pour elle-même :

— Fin de la partie.

Les préparatifs vont bon train chez les garçons. Les équipes dissidentes surveillent leurs collègues et néanmoins otages extirpés de leur case-cellule et remis au travail. Avec ordre express de Paris de se plier à toutes les demandes et d'obéir aux ordres sans résistance. Ils reprennent du service aux côtés des insurgés pour préparer le direct du soir. L'ambiance est assez étrange. Mais très vite, les équipes se reforment dans le travail. Et certains commencent à se demander ce qui a bien pu les piquer de s'embarquer dans ce délire, de suivre l'autre illuminé. Ils réalisent enfin, eux aussi. S'ils rentrent un jour, ce sera dans quelles conditions ? Menottés et sous l'étiquette terroriste… Tarik se prépare, entouré de sa garde rapprochée, toujours armée de fusils de pêche. Ils donnent des ordres, relayés grâce aux talkies-walkies de la production. À côté, et sous bonne garde, bien que libéré de ses liens, Brice prépare son direct, avec une certaine fébrilité, en liaison avec Paris. Ils communiquent par le canal habituel. Le technicien chargé de gérer la liaison, lui aussi surveillé de près, s'aperçoit vite que toute autre communication sur un autre canal est devenue impossible, et qu'ils sont écoutés. Ils n'ont plus de réseau internet non plus, et plus de moyen de transmission en dehors du faisceau prévu pour le direct. Il comprend que quelque chose se trame, et il se tait. Cela lui fera peut-être des circonstances atténuantes…

À un moment, Tarik demande :

— Est-ce qu'on sait qu'est-ce qui se passe sur l'île des filles ?

L'un de ses hommes s'avance.

— On n'a plus de liaison avec eux. On a essayé, ça marche pas. D'ailleurs on a une panne générale de connexion. Y a qu'avec Paris. Ils disent qu'ils s'occupent de rétablir le réseau. Qu'il y a sans doute eu un souci d'alimentation avec les groupes électrogènes. On a un mec qu'est parti regarder.

Tarik fronce les sourcils.

— Depuis quand c'est comme ça ?

Personne ne sait. Alex intervient avec une énième modification de son texte. Il est en train de répéter, on lui demande sans cesse de trancher des questions auxquelles il ne connait pas grand-chose, on lui fixe des micros, le direct débute dans une heure. Il se promet après, de régler ce problème. Et de reprendre contact avec l'autre île. Avec Natasha.

Sur la plage, des ombres plus noires que la nuit débarquent quasiment sans bruit de Zodiacs dont les moteurs ont été coupés, toutes lumières éteintes. Une petite cinquantaine d'hommes se regroupent très vite à couvert. Des hommes armés, cagoulés, suréquipés, et informés. Ils connaissent tous les faits et gestes des occupants de l'île, tout ce qui s'y passe. Tarik n'a même pas pensé à faire surveiller les plages… Une fois réunis, tapis dans l'ombre, ils échangent à voix basse, par signes, mettent leurs montres au diapason, vérifient leurs armes à l'aveugle, échangent des contacts radio également étouffés. L'opération « Archipel » commencera à vingt-trois heures zéro zéro. Au moment de la prise d'antenne. Les mots « pas de bavure » ont clairement été énoncés. Mais cela peut aussi vouloir dire, dans un certain sens, prenez-le-comme-vous-voulez, pas de quartier pour les fauteurs de troubles. Les hommes de ce commando l'ont parfaitement intégré : les djihadistes identifiés, d'opérette ou non, doivent être neutralisés par tous les moyens.

Alex entre dans la chambre de Melody. Elle ne devrait pas tarder à faire surface. Il a diminué les doses. Il faut, à présent que le dénouement approche, qu'elle revienne à la réalité. Elle dort encore quand il s'assied près d'elle, toute rassemblée sur le lit, la tête enfouie dans l'oreiller. Il la secoue et l'appelle doucement. Elle ouvre les yeux. Et en le reconnaissant, se recule. Elle a peur de lui à présent. Il tâche de lui sourire, lui tend un verre d'eau. Ils se regardent.

— Comment tu te sens ?

Elle rit misérablement, l'élocution pâteuse.

— Bien, très bien ! Un peu... déphasée peut-être ? Qu'est-ce que tu as prévu ce soir, ou ce matin, je sais pas ? Neuroleptiques, somnifères, calmants, ciguë ?

Timothy lui fait signe de boire. Elle refuse.

— Tu peux y aller, il n'y a rien dedans, regarde.

Il avale lui-même une gorgée. Elle boit avec avidité. Il se relève pour lui apporter encore de l'eau. Elle refait peu à peu surface. Il l'aide à se lever, l'accompagne à la salle de bains, commence à chercher dans la penderie. Et il l'entend se vider dans les toilettes, il a laissé la porte ouverte, et le verrou en a été arraché. Il se précipite, la trouve assise sur le trône, un sourire atroce aux lèvres, pâle, des cernes mauves sous les yeux. L'odeur de diarrhée envahit toute la pièce, il y en a partout sur la cuvette, sur elle.

— Attends, ne bouge pas.

Il la soulève dans ses bras, tire la chasse, la dépose le plus délicatement possible dans la baignoire. Elle est molle, la merde coule en rigoles le long de ses jambes. Il respire par la bouche pour ne pas sentir l'odeur pestilentielle, et à genoux, ouvre précipitamment les robinets. Elle rit.

— Ça pue, hein ?

Il ne répond pas, règle la température de l'eau qui jaillit.

— Ça pue la merde, hein, Tim ?

Il ne répond toujours pas, prend la pomme de douche et commence à la laver. Elle l'attrape brusquement par les cheveux et tire violemment sa tête vers elle.

— Je schlingue comme trente-six cochons, dis-le, dis-le !

Il ne dit toujours rien, alors elle frappe sa tête contre le bord de la baignoire. L'eau est marron. Il attrape sa main pour se dégager. Elle le lâche, et part d'un rire hystérique.

— Alors ? T'as plus envie de me baiser ? Tu ne veux pas le faire dans le bain, on l'a jamais fait. Tu ne veux pas me rejoindre ?

Elle hurle la dernière phrase qui se termine en sanglot. Il reprend ses esprits, sonné, se relève, touche son cuir chevelu du bout des doigts. Il aura une grosse bosse. Elle grelotte. Il soupire, s'assied sur le rebord cette fois, plus prudent, et recommence à la laver. Il passe doucement l'éponge sur elle, elle ne bouge plus. Il a l'impression de bouchonner un poulain tremblant. Elle ne dit plus rien. Il masse longtemps les muscles nerveux, jusqu'à ce que s'atténue le tremblement. Elle reprend peu à peu des couleurs sous l'eau tiède, il fait très chaud dans la salle de bains. Cela sent bon le savon à présent, la mousse blanche dissimule les résidus d'excréments dans la baignoire. Elle se laisse faire, elle s'abandonne aux mains de cet homme, ces mains qui ont trempé dans les horreurs de cette saison de *l'Archipel de la séduction.* Ses mains l'ont touchée elle, l'ont pénétrée, fait jouir, amenée au bord des précipices. Tout se mélange. Elle se lève enfin, nue et propre, comme neuve, amincie, mais cela lui va bien, elle le constate en examinant son corps dans la glace. Elle prend ses seins dans ses mains. Elle ne porte aucune trace, rien, quelques marques bleues à peine, vite effacées au creux des bras, aucune trace de ce qu'elle a fait, de ce qu'ils ont fait, aucune trace du pourrissement. Timothy récurera la cuvette des toilettes pendant qu'elle s'habillera, afin de ne rien laisser derrière eux, que tout soit bien net. Il ne laisse rien derrière lui, jamais. C'est son travail, elle pense. Elle le regarde enfin, à sa hauteur, debout dans la baignoire. Elle lui a fait une belle bosse sur le front, mais un peu de glace, d'arnica et de fond de teint, et cela ne sera plus qu'un mauvais souvenir. Comme le reste, comme les autres mauvais souvenirs. Elle détaille les yeux, le nez, la bouche, l'ensemble de ce visage tendu vers elle. Elle l'a aimé, elle se rappelle. Il ne fait pas un geste, il attend. Elle s'appuie sur lui pour descendre. Il la couvre avec une serviette, mais elle la fait tomber d'un mouvement d'épaule.

— Ma tenue est sur le lit ?

Il fait signe que oui.

— Attends ici s'il te plaît.

Sur le plateau règnent l'agitation et la fébrilité habituelles. À Paris, la régie, sous haute surveillance, fait très bien semblant. Non seulement ces images ne seront jamais diffusées, mais personne ne doit les voir. Il y a quasiment un fonctionnaire du ministère de l'Intérieur formé aux techniques audiovisuelles derrière chaque opérateur. Il faut éviter tout stockage, toute fuite, tout envoi intempestif sur le net. Personne ne peut approcher du studio sans montrer patte blanche, les personnels présents ont tous dû signer une clause de confidentialité qui leur promet de gros ennuis s'ils la brisent, le président de la chaîne et le représentant de l'État supervisent le tout derrière les écrans de contrôle. Il règne un silence de mort alors que le signal « ON AIR » n'est pas encore allumé.

Bientôt ils ont le retour. Tarik a apporté sa touche personnelle à la configuration de la spéciale. Brice, dans le rôle d'interviewer plus que de présentateur, est assis à ses côtés, lui occupe la position centrale. Ils sont entourés de ses troupes, les séductrices, arrangées en vestales des mille et une nuits, en fond, assises, pieds nus, silencieuses, ombres obéissantes aux yeux baissés. Un fond épuré : plus de décolletés jusqu'au nombril, pas de robes transparentes, pas de talons de quinze centimètres. Les habilleuses ont un peu galéré. Alex a essayé de détourner Tarik de cette mise en scène désastreuse en termes d'image, mais il n'a pas plié. Le président a exigé la présence du producteur de l'émission dans la salle, histoire de le mettre devant ses responsabilités. Cyrille Prévost manque éclater de rire, ou s'étouffer en découvrant le tableau ridicule. Le président de la chaîne se penche vers lui, glacial.

— Vous vous oubliez ! Cette merde est directement sortie de votre cerveau tordu, je vous rappelle, espèce de petit con !

Brice et Tarik procèdent aux derniers essais. À Aubagne sa mère, ses frères et sœur, installés dans leur salon transformé en studio mobile et envahi par des techniciens de télévision, n'en mènent pas large. Latifa pleure en silence. Brahim, le petit frère, la rabroue, tout excité.

— Vas-y, arrête de pleurer quoi…

Zora, l'une des sœurs, le fusille du regard, sans résultat. Leur père a refusé de participer à tout ce cirque, terré dans la chambre. Il a seulement dit, en écartant poliment les gens qui voulaient lui agrafer un micro :

— Mon fils n'est pas un terroriste.

Ils ne comprennent rien, ni les uns ni les autres, à ce qui se passe, à ce qui est arrivé à leur fils, leur frère, ce si gentil garçon, le Tarik de toujours. Ils auraient dû refuser cette mascarade et négocier avec la production, avec la chaîne, après tout ils étaient aussi responsables de cette situation, et lui parler hors caméras, et ainsi le raisonner. Mais habitués à subir, ils subissent. Et puis on leur a dit que Tarik a pris des gens en otages, que c'est lui qui a exigé ce direct, qu'il est prêt à mettre ses menaces à exécution. Mais quelles menaces, et comment ? Tarik n'aurait pas fait de mal à une mouche, même à celle qui l'a visiblement piqué. Ses parents ne parlent pas bien français, ses frères et sœurs ne savent pas se défendre, n'ont pas idée que l'on puisse s'opposer à cette grosse machine. Seul son père a dit la vérité, tout bas, avant de s'enfermer au fond de l'appartement, quand il aurait fallu la clamer haut et fort. Mais il a honte, et peur. Lui n'a même pas la nationalité française. Tarik n'est évidemment pas un terroriste. Seulement une poupée habillée en « djihadiste ». Tout cela va les mettre en pièces, et personne n'y peut rien.

Melody, en entrant sur le plateau, lève un sourcil et fixe Alex un instant. Avant de rejoindre les autres houris parquées dans un coin. Son regard veut dire « Beau travail… ». Il baisse les yeux et se dirige vers la place qu'il s'est lui-même assignée, hors-champ, en face de Tarik comme d'habitude. Il lui fait signe, le pouce levé, en hochant la tête. Le jeune homme lui sourit comme un enfant qui a bien travaillé à l'école. Mais il a désobéi et fait de grosses, grosses erreurs. Et Alex, qui a toute sa vie été un élève consciencieux, retient une montée de bile, maîtrise l'élan qui le pousse vers lui pour lui dire d'arrêter tout cela, que c'est dangereux, qu'il s'est trompé. Il se contient donc, parvient à lui rendre son sourire, le cœur serré, articule « bonne chance », pour l'encourager. Il le pense. Mais il n'a aucune chance de s'en sortir, et il le sait.

Mais d'habitude on ne s'attache pas aux dommages collatéraux. Le décompte commence.

Tarik, sérieux comme un pape, enfin comme un imam, apparaît au milieu du cadre, entouré de types qu'on dirait grimés, grotesquement armés, la mine patibulaire pour faire sérieux. Certains de ses fidèles compagnons se sont proposés pour « surveiller » les opérations sur le plateau, et ainsi retourner dans l'ombre, à un anonymat moins tapageur, et surtout moins armé.

Comme toujours les rats quittent le navire, les fidèles leurs gourous, au premier coup de vent contraire. Tarik, en plus, n'a pas le charisme d'un Raël ou d'un Ron Hubbard pour les retenir. Et il n'y a vraiment que lui pour ne pas s'apercevoir que ça sent le roussi, qu'il est allé trop loin. Alex, comme les autres, s'éclipse au moment où ça se gâte, après avoir semé le grain de la fureur et de la bêtise dans l'esprit de ce jeune homme en ce moment même fier comme un gamin de jouer à la guerre, de jouer les héros, les guerriers de la foi. C'est évidemment mieux que cocu. Mais beaucoup plus risqué.

Brice, moins fluorescent que d'habitude, lance tout le truc avec l'efficacité qu'on lui connaît, et une gravité non feinte, mais qui sied à la situation pour une fois sobre, presque élégante. Après un résumé dont les mots « otages » ou « prisonniers » ont été bannis au profit de « captifs », moins connoté, moins glaçant, Brice passe la parole à Tarik.

— Tarik, nous sommes en direct devant des millions de téléspectateurs. Vous avez voulu vous expliquer face à eux, expliquer vos… motivations, et nous l'espérons, trouver une issue pacifique à tout cela. C'est à vous.

Tarik, mal à l'aise, plonge le nez dans ses notes et commence d'ânonner un texte trop littéraire, maladroit, pour expliquer ce qui se passe sur cette île, et pourquoi il a agi de la sorte. Un texte inachevé, qu'Alex n'a pas eu le temps de relire, ou pas eu envie. Il improvise donc, conscient de ne pas avoir bouclé la boucle, et dit ce qu'il a sur le cœur. Il s'empêtre évidemment, et pressé, termine fort, par « Voilà. C'est pour tout ça que j'ai placé des bombes sur l'île, et je suis prêt à m'en servir. » Désastreux. Brice, surpris, le relance assez maladroitement.

— Euh… Et quelles sont vos revendications Tarik ? Qu'est-ce qui pourrait vous dissuader de passer à l'acte ?

À Paris, Hubert de Longwy hausse les épaules. Les troupes du GIGN ont trouvé et désamorcé les pétards mouillés, des cocktails Molotov améliorés, effectivement disposés aux quatre coins de l'île. À peine un petit feu d'artifice, qui aurait sans doute provoqué un incendie en revanche. On est quand même loin d'Al-Qaïda… Mais c'est suffisant. On ne plaisante pas avec ces choses-là, contrairement à ce que croient les crétins qui animent la toile de leurs commentaires décérébrés au nom de la sacro-sainte liberté d'expression. Qui leur permet d'écrire tout ce qui leur passe par la tête sans trop de risque. Et surtout sans contrôle.

Tarik se lance dans l'énoncé de ses mystérieuses revendications. Il demande tout d'abord l'arrêt pur et simple, immédiat de l'émission, et qu'elle ne soit pas diffusée évidemment, son retour et celui de ses camarades en France et l'assurance qu'aucun d'entre eux ne sera poursuivi. Rien d'extravagant. Mais ça se corse après. Alex l'a tellement remonté que Tarik s'est engouffré, avec un enthousiasme soutenu par sa garde rapprochée et sans plus aucun discernement, dans son délire de guerre « sainte », et il n'a pas pu le freiner sans paraître tout à coup suspect… Il ose donc, les yeux cette fois droit dans la caméra demander en vrac : l'abrogation de la loi sur le mariage pour tous, celle sur l'interdiction de la burqa évidemment, l'instauration d'un jour férié et payé pour l'Aïd-el-Kébir, la libération des frères musulmans emprisonnés dans les geôles de la République et… la suppression du défilé en maillot de bain du concours Miss France, jugé indécent. À ce moment-là, le réalisateur, qui se pique au jeu, demande un plan serré sur les séductrices sagement alignées en rang d'oignon. Le port de serviettes de table en guise de voile a été jugé contre-productif par Alex, et retoqué après essayage par Tarik, et il n'y avait rien d'autre sur l'île comme tissus qui puissent faire office de hidjab, à part des draps, mais ils étaient tous blancs, ça faisait un peu fantôme, ils avaient laissé tomber l'idée. Brice attend la fin de cet inventaire à la Prévert berbère. On lui annonce, dans l'oreillette, qu'il peut enchaîner avec les duplex. Tarik, lui aussi muni de l'engin, accélère.

— Et bien Tarik, vous avez été entendu sur au moins un point, pour commencer, ce soir. Vous avez demandé à être mis en relation avec votre famille en duplex. Nous sommes à présent en mesure d'établir la liaison avec les vôtres.

En régie, à côté du président, l'officiel reçoit un message. Les hommes sont en place, et prêts à intervenir. Il entre alors directement en communication avec le ministre, le seul habilité à déclencher l'opération. Mais pour le moment ça a l'air de tourner à la farce, tout ça n'a finalement pas l'air très sérieux, quelques imbéciles qui jouent à la guerre quoi. Soupir. Avec un peu de chance, on s'en sortirait avec quelques interpellations, et une bonne session de rattrapage pour ce Tarik avec les gars de la cellule antiterroristes, cela lui fera les pieds et le dissuadera à l'avenir de jouer les moudjahidin.

— Bon, on reste en ligne mon vieux, et vous me tenez au courant dès qu'on en a fini avec cette histoire.

Latifa apparaît à l'écran, Elle pleure en silence, les yeux fixés sur l'écran devant elle où elle regarde son fils, son Tarik. Elle pleure. À ses côtés deux de ses fils regardent eux aussi l'image de leur frère. Brice se tourne vers Tarik.

— Voilà. Vous êtes en direct. Ils vous voient et vous entendent. Vous pouvez leur parler.

Latifa regarde bien la caméra qu'on lui indique, mais pas un mot ne sort de sa bouche. Elle pleure, seulement.

Tarik baisse les yeux. Et la voix.

— Maman… C'est moi. Pleure pas.

Son frère, le plus grand, éclate.

— Vas-y, mais Tarik, ça fait trois jours qu'elle est comme ça avec tes conneries. C'est quoi ton délire là ?

Tarik lance un regard courroucé à la caméra.

— Attends, mais comment tu me parles. Tu t'es cru où, là ?

— Et toi sérieux ? Mais t'as pété les plombs ? Tarik, c'est quoi ce plan avec Miss France et tout ça ?

Tarik a l'air un peu décontenancé.

— Mais c'est pour maman justement. Tu sais bien qu'elle kiffe ce truc. Mais sur le Coran…

— Sur le Coran ? Ma parole, t'es devenu ouf ! Tu veux que le concours Miss France y soit voilé ? C'est un concours couscous que tu veux ?

Le petit frère, qui trouve le temps long et veut passer à la télé prend le micro.

— Ouais, hey, Tarik, vas-y maman elle s'en bat les couilles en plus, la vérité !

Il se prend en direct une claque sur le haut du crâne par Youssef, l'aîné.

— Mais comment tu parles, toi ? Tarik écoute-moi, lâche l'affaire là…

Mais Brahim ne l'entend pas de cette oreille. Avant que quiconque ne puisse l'arrêter, trop fier de passer à l'écran, il se lance tête baissée dans le piège, déclenche le mécanisme qui va se refermer sur son frère. Il fait la dernière chose à faire : il brandit son smartphone devant l'objectif, et Tarik voit apparaître devant ses yeux des images de mauvaise qualité, mais suffisamment explicites, et entend surtout très bien les dialogues. Brahim rigole, inconscient.

— Oh, vas-y Tarik, qu'est-ce tu nous fais ? Regarde ta meuf', comment elle se fait niquer putain ! Pour Miss France franchement, t'as l'air de quoi ?

Youssef lui saute dessus, lui arrache le téléphone des mains. Trop tard.

Tarik pâlit. Il se lève lentement, avec un regard terrible, ouvre la bouche et pousse un hurlement. Sa garde rapprochée dégaine, instinctivement. Au même moment, à Paris, dans la régie, l'officiel hurle à son tour. Le ministre le reprend, écoute. Il décroche un autre téléphone et il donne l'ordre.

Sur l'écran, Youssef appelle son frère, il crie même son prénom. Mais Tarik n'entend, ne voit plus rien d'autre que le visage de Natasha renversé, que Natasha à quatre pattes entre deux hommes hilares et au pantalon déjà baissé, et leurs rires avinés, et ce qu'elle demande… Il pousse un autre cri, arrache son micro, et brandit son énorme couteau. Pour tuer qui ? Personne ne sait, même pas lui. Les hommes en noir envahissent immédiatement le plateau, ils ont Tarik en joue, ils hurlent : « Tout le monde à terre ! ». Melody comprend ce qui va se passer. Elle hurle à son tour. Elle hurle le prénom de Tarik. Il tourne la tête, elle se lève et s'élance vers lui, au milieu du plateau.

Il y a deux détonations, sinistres, froides. Deux taches

rouges s'agrandissent, sur le front de Tarik et le cœur de Melody. Ils s'effondrent en même temps, tous les deux avec une expression de surprise sur le visage. Cette image ne pourra jamais être montrée, ni utilisée. Et c'est vraiment dommage. Parce qu'au ralenti, leur mouvement synchrone aurait une classe folle.

Ils étaient les seules « vraies » personnes de cette mascarade, les seuls animés de vrais sentiments, les seuls à reposer à présent à terre, les yeux grands ouverts.

Alex tombe à genoux.

Épilogue

J'ai l'horrible pressentiment que tu vas finir en smoking rose dans un talk-show, très tard le soir, dans trois ans environ.

Bret Easton Ellis *Glamorama*

Justine fixe les écrans devant elle. Dans la régie, on entendrait une mouche voler.

On attend son verdict sur le pilote de l'émission qu'ils viennent de boucler. Sur le plateau, la tension se relâche. Elle se penche vers le micro d'ordre.

— C'est bien… Franchement, c'est bien. Natasha, ma chérie, tu as été par-faite.

Natasha hoche la tête, sourit vaguement, sort du champ, entrainée par son assistante.

Elle a déjà un rendez-vous pour une interview, et ensuite une prise de vue. Pas pour Vogue.

Pas encore. Mais Paris Match. Elle sera dans tous les salons de coiffure de France et de Navarre. Natasha vit son rêve, sous tranquillisants. Depuis la nuit passée seule, terrée dans le hangar à bateaux sur l'île, après avoir « donné » ses camarades aux hommes cagoulés, après les viols, après la mort de Tarik, elle ne peut plus dormir sans l'aide de ses pilules.

Son rêve est un brouillard gris, et froid.

Justine pose la main sur l'épaule de Marion, qui lève les yeux. Elles se regardent. Elles ont bien travaillé. Elles forment une « fière » équipe, très efficace. Depuis *l'Archipel de la séduction* elles ne se sont pas quittées, liées par un secret, et par une attirance qui ne s'est pas démentie. Et désormais aussi par leur parcours professionnel. Timothy, immobile sur le plateau, fixe les caméras.

— Je peux y aller, c'est bon ?

Il n'a pas revu Diane et les enfants. Il a disparu. Il n'existe plus.

Ibrahim Boubekri a toujours dormi comme une masse. Plus maintenant. Il passe ses nuits dans la cuisine, à boire du thé. Il use ainsi son insomnie pour ne pas réveiller Latifa de son sommeil lourd de médicaments. Elle prend, elle, des pilules pour pouvoir dormir, et oublier. Il ne lui en fait pas le reproche. Il faut bien qu'elle donne un peu de repos à ses larmes. Elle deviendrait folle de douleur, sinon, pauvre femme.

Enfin le jour. Le bruit des camions poubelles. Il sourit. Cela a été son métier, longtemps. Il se revoit, accroché à la benne, à l'arrière, dans les rues… d'Abbeville au début. Il a bien cru mourir de froid. Il lave doucement sa tasse dans l'évier. Tout le monde dort encore. Ou fait semblant. Il sort, sans bruit. Il est six heures et demie. Il va faire son tour de tous les jours.

À cette heure, il ne rencontre pas grand monde dans les rues. Il y a deux sortes de regard qu'il ne veut plus voir. Les fuyants, les ratatinés, presque apeurés, les rivés au sol, et les désapprobateurs, les outrés, des bien-pensants, des bien-jugeants, bien droits dans ses yeux à lui, pour qu'il finisse par les baisser, de honte. Mais il n'a pas honte. Il a froid. Il pleure, à l'intérieur.

Ibrahim marche dans la rue vide, doucement, en respirant du mieux qu'il peut, même si quelque chose dans sa gorge est resté bloqué et l'en empêche. Il marche, tout seul, dans les rues d'Aubagne au petit matin, suit le même trajet immuable jusqu'au bar tabac qui fait maison de la presse. Il ne peut pas s'empêcher d'aller y regarder les couvertures des journaux affichées à l'extérieur, parce que parfois, elles parlent encore de son fils. Et c'est comme si elles lui en donnaient des nouvelles. Et puis Abdel le reçoit comme toujours, rien n'a changé dans son regard à lui. Ils se serrent la main, comme tous les matins. Ibrahim s'assied toujours à la même table discrète, au fond, à côté des journaux. Abdel lui apporte son thé à la menthe, et parfois, quand il n'y a pas trop de monde, en partage un verre bouillant avec lui. Comme tous les matins, ils discutent un peu, pas longtemps, de tout et de rien, du temps, il commence à faire froid, du foot. Et Abdel retourne à son comptoir. Alors Ibrahim reste seul, un peu gris, à tripoter son bonnet posé sur la table. Il regarde les gens entrer et sortir, un moment. Et puis il ose enfin. Il jette un œil sur les « unes » des magazines soigneusement empilés.

Natasha et Alex posent en couverture de *Télé Star*. Ils lancent une nouvelle émission de télé-réalité sobrement intitulée *Les survivants*.

Ibrahim se lève lentement, s'approche, prend le journal, l'ouvre. À l'intérieur, un quatre pages présente l'émission, avec des photos de Natasha et d'Alex, tout sourire. Il la tient par la taille. Dans l'article ils expliquent le concept du programme, produit par *Peplum World Wide* : ils pilotent chacun depuis Paris, en plateau, une équipe de candidats, Natasha coache les garçons, Alex les filles évidemment. Les équipes doivent survivre à une sorte de stage commando, et gérer une, fausse, prise d'otage, une attaque terroriste etc. Elles s'affrontent dans une suite d'épreuves musclées. Un grand classique. La première chaîne d'Europe fait plutôt dans les valeurs sûres, elle. Pas question de se retrouver avec un accident industriel comme *l'Archipel de la séduction*… Il essaye de lire les interviews. Des photos tirées de *l'Archipel de la séduction* justement les étayent. Et l'une montre Natasha, en maillot, pendue au cou de Tarik, au temps des jours heureux. Ibrahim lit la légende. Elle rappelle que Natasha a vécu une véritable tragédie dans la dernière saison de l'émission. Elle avait découvert pendant le jeu qu'elle vivait sans le savoir aux côtés d'un dangereux djihadiste, Tarik, responsable d'une prise d'otages sur l'île. Elle avait facilité l'intervention des forces de l'ordre et contribué à éviter un bain de sang. Le programme s'était soldé par la mort de son compagnon devenu le temps d'un programme télé l'ennemi public numéro un.

Il y avait aussi une interview d'Alex. Venu tester son couple dans le jeu, il avait tout d'abord essayé de canaliser Tarik. Tout en faisant semblant de collaborer avec les salafistes, il avait réussi à fédérer quelques participants et membres des équipes de production et mis au point un plan pour renverser les fous de Dieu. Plan qu'il n'avait pas eu le temps de mettre en œuvre. Blessé lors de l'assaut contre les rebelles, en voulant « sauver » l'une des séductrices, tuée malheureusement lors de l'intervention, c'est un héros.

Ibrahim laisse tomber le magazine au sol. Il a fermé les yeux.

Je m'appelais Timothy.
Tout le monde m'appelait Tim.

Vincennes, 20 janvier 2019, 17. 14

Remerciements

Aux serveurs du Marigny.

À Lise Chasteloux, à Laure Prételat, à toutes celles et ceux qui ont cru en ce livre et ont contribué à son amélioration.

À Pauline, pour les cours de wesh-wesh et la correction des dialogues sur les îles.

Et évidemment à Isabelle de Chalon, « madame la fée » au grand rire franc.

ÉDITIONS-COMMUNICATION
2, chemin du communal
Toulouze 07170 MIRABEL
Tél. 07 86 53 04 25
contact@idceditions.fr
www.idceditions.fr

Collection Effets Miroir
ISBN 979-10-94302-45-3
Conception-réalisation IDC
Dépôt Légal juin 2019
Achevé d'imprimer en juin 2019
Imprimé en FRANCE
sur les presses de
La Source d'Or
à Clermont-Ferrand